U0811287

是我虚构了浪漫

石尹　著

北京时代华文书局

图书在版编目（CIP）数据

是我虚构了浪漫 / 石尹著 . -- 北京 : 北京时代华文书局 , 2019.12

ISBN 978-7-5699-3142-6

Ⅰ . ①是… Ⅱ . ①石… Ⅲ . ①故事－作品集－中国－当代 Ⅳ . ① I247.81

中国版本图书馆 CIP 数据核字 (2019) 第 161834 号

是我虚构了浪漫

Shi Wo Xugou Le Langman

著　　者 | 石　尹

出 版 人 | 陈　涛
责任编辑 | 徐敏峰　姚　赢　黄　琴
特约编辑 | 萨　萨　夜　森
装帧设计 | 楚　婷
封面绘制 | 孙十七
责任印制 | 刘　银　荆永华

出版发行 | 北京时代华文书局 http://www.bjsdsj.com.cn
北京市东城区安定门外大街 136 号皇城国际大厦 A 座 8 楼
邮编：100011　电话：010 - 64267955　64267677　57735443
印　　厂 | 三河市嘉科万达彩色印刷有限公司　0316-3156777
（如发现印装质量问题，请与印刷厂联系调换）
开　　本 | 880mm×1230mm　1/32　　印　　张 | 9　　字　　数 | 215 千字
版　　次 | 2020 年 6 月第 1 版　　印　　次 | 2020 年 6 月第 1 次印刷
书　　号 | ISBN 978-7-5699-3142-6
定　　价 | 39.80 元

版权所有，侵权必究

目录

他这一生，还不曾为谁挺身而出，这一次呢？

序言

单刀男孩

范忆堂

2015 年，石尹离开北京之前，借宿在我的出租屋内。

那时候他在创作第一本小说，我在写一首叫《性别》的歌，为了不扰他，我会躲在厨房里练歌“他他他、她她她……”两个埋头写东西的人其实没什么对话，但当我步出厨房，他却忽然开我玩笑：“你家到底来过多少个他 / 她？”我怒目一瞪，俩人捧腹大笑。

在石尹到来之前还有一件事，我喜欢的人背着我把另一个人带到我家，是石尹阴差阳错在微博上发现的。关于这件事他从未安慰过我，但这玩笑竟也化开了沉重回忆，散在笑声中。

石尹就是这样一个单刀直入的人，不遮不掩，活得比我果敢。他对事物的感受直接坦然，落笔不做作，不纠结于“肝肠寸断”。他的“小宇宙”转速快，随时启动也随时关机，关机是因为动得快累得也快，狂情或悲伤都不会停留太久，又追随新感觉去了。就像他笔下的男孩，好似身上有触角，对每种知觉都敏感。

男孩的好奇往往由意识到两性区别开始，“幻想”则是此种意识与创作的共性。石尹的“单刀直入”带着火热却不多言的性感，文字亦如此。与“抽离”的人不同，我是后者，属于朦胧的性感，某种程度上我们应该都挺性感吧。

我们也都是活得纯粹的人，专注写作这一件事，咀嚼感受，发散幻想，写成字句。不过现实的一面我不浪漫，他浪不浪漫我不得而知。有三年没见了，我还记得他的“单刀直入”，有些情绪化，也容易害羞，满满的“男孩”特质。这样的他，听闻竟曾短暂陷入抑郁，所幸及时走出。我妄自猜测，石先生心性天真，对成人世界的攻防其实无甚概念，倘若成熟男性“单刀直入”是为了“目的”和“猎取”，男孩的“刀”则如同玩具，承载着幻想乐趣。即便“玩具刀”挥空了，得不到，也无争无害；就算不慎伤了自己，舔舔伤口，静静等待伤口愈合便可。

这些年我们都经历了成长，我翻看他的文字，还能看到对“男孩本能”绘声绘色的描写，有时带着反思，而那些天真的光泽还在，这便是好的。希望他能永远保留住那些纯粹。

在 2015 年，有一个画面我印象很深，每当写作间隙，他会一边靠着沙发做平板支撑练腹肌，一边回看刚刚书写的段落。原来“性感”是他对自身的基本要求。

自序

毛边

石尹

这本书可能会带来“不适”，揭开一些男生的青涩记忆，捅破部分女生的初恋泡沫。“穆远”不是一个讨喜的人物，尤其在开头几章，因为眼疾，嗅觉的敏感和青春期男孩过度的自尊在他身上体现得非常明显，同时他骨子里又是一个自卑懦弱的人，这就让他活得很别扭。他那些下意识的幻想或许会让女生觉得“超纲”，但假使可以，我想要替他说句话，不仅是他一个人如此，可以说几乎所有经历过青春期的男生都曾有过他的这些想法，这顶多算在匮乏的生理教育下生发的过度“好奇”。

因为是第一人称，那些念头仅仅是存于他脑中的一些幻想，谁都有过邪恶念头，只不过不说出来，没人知道。当这些念头堂而皇之地摆在你面前，你不愿意接受，或者换一种说法，你觉得不能理解，否则好像自己就变成了跟他一样的人。但如果你从“林淼”的角度来看，他就是一个干净文弱的小男生，未尝不会对他动心。何谓人情？“善、怒、哀、惧、爱、恶、欲，七者弗学而能。”有了欲求和缺口的人性才是完整的人性。抱着尝试了解和探索的心情来看“穆远”的青春时期，说不定会有意外的体验。

“不是所有的人都能出书，出了一本书的人大部分也出不了第二本。”这是小说里的一句话，也是我实实在在的体会。这本是我的第二本书，严格意义上来说其实是第三本，期间我还写过一本想要撕掉的书，不提了。《是我虚构了浪漫》写了半年，修改了一年，因为未能出版丢在一边半年，后来又拿出来修改了半年。也就是说，总共两年半的时间，其中有一年半花费在推翻和调整上（当然，这样那样的理由一直没公司签下它，很难说不是反复修改的原因之一）。即便是这样，我现在再回头看这本书，仍然觉得可以继续修改，如果由着我，我可能会对任何写过的文章永无止境地改动下去。很多当时觉得天才的词句，放半年再看就不是那么回事了，现在的版本是我改的第四稿，这已经是我目前认为它能呈现的最好状态。

出了第一本书之后多多少少结识了一些同龄作家，其中一些人十分高产，节奏快的每三个月就有一本新书面世。我现在想想仍觉得不可思议，就算有出版社愿意签，以我“缝缝补补”的脾性也难以被其接受，所以那段时间总觉得压力很大。一群人坐在一起吃饭，互相聊聊最近的作品，我就很怕问到我，同很怕被老师点名一样，因为没“货”（没想到这把年纪还要遭这份罪）。别人张口噼里啪啦一堆书名，然后转向我：“你这三年都没在职场，专心写书啊？书呢？”我只好脸红。“那上一本书呢？”加倍脸红。我不太想谈过去的作品，因为我已经不是过去的我（这不是说过去的作品我不喜欢），我更想聊现在或者将来的作品。

这种场合一般是朋友带着去的，还没出发我就已经觉得尴尬，朋友会问：“该怎么介绍你合适呢？作家？”我愧不敢当，觉得自己还差得远，够不上我心中能被称为“作家”的标准，但总要有个“头衔”，大家需要这个。到场的会有各种作家、画家、艺术家，只有我找不到自己的位置。后来，我就很少在这种场合露面了。

“缝缝补补”，好像会和“勤俭”挂在一起，日子缝缝补补的，也能过得下去，又有一种“将就”的况味。我的“缝补”不太一样，源自一种敏感。我自认是一个敏感的人，有的时候过于敏感了。在生活中，这个东西有很多让我困扰的地方。我的情绪充沛到不知该放在哪里才好，有人管这个叫矫情，但它在创作中让我能够最大限度地体会痛感和产生共情，让我能够珍惜所有人的每一句话，每一个动作、神情，并斟酌这背后的意味，甚至细到捕捉他们周遭任何的风吹草动。我希望我从这些人身上看到的东西也尽量让所有读者看到，我看不到的东西也有人可以发现。

前段时间在网上看到一个脱口秀，大概是说地球上每天约有25种生物灭绝，不管我们怎样保护或者怎样糟蹋地球，每天照样有25种生物会灭绝。是我们人类做得不够吗？恰恰是人类做得太多了。我们太自以为是，我们要拯救蜜蜂、拯救鲸鱼、拯救大树，我们还妄想拯救地球。地球没有问题，有问题的是人类自己，即便人类灭绝了，地球还是会存在。人类要做的事从来都是约束自己，拯救自己。我没有到“形而上”的境界，小说里“林淼”和“穆远”没办法互相拯救，我更是连拯救自己也谈不上，我认为能表达好自己就很好了。曾经有位朋友评价我的写作，说觉得我在用字画画，这是我最喜欢的评价，因为我试图描绘出一个足够清晰和真实的世界。

我跟这本书一起反复数次经历了即将出版和临时取消，非常折磨，那段时期我做了很多自我反省、自我否定和自我说服。到后来，我已经觉得即使无法出版我也可以接受了，这也是我为什么不能让它继续困在手里的原因。很难熬，但也熬过来了（接下来的话很官方，但确实是心里想说的话）。这件事如果没有下面这些人我办不到，我很想谢谢从我最初开始写这本小说时就一直陪伴和阅读的小鹿，谢谢后期一直宽慰我帮我画封面的十七，谢谢一边奔波一边为我写序的堂堂，谢谢每一次商谈出版事宜都给予我支持的高梦，谢谢非常有责任感的编辑孙岩（排名不分先后），希望提到大家的名字不会给大家造成困扰，还有很多没有提到的人，在这里一并谢过各位，帮我打破第二本的魔咒。

第一部分 Part 1

审判

我觉得凭一时之勇或者一时之昏做出某种壮烈的姿态很容易，难的是，要承担由此引起的后果。

我这一生做过无数决定，有经过深思熟虑的，有不怎么成熟的，也有压根就没考虑的。我觉得凭一时之勇或者一时之昏做出某种壮烈的姿态很容易，难的是，要承担由此引起的后果。

一年过去了，仍有一种不可预知的阵痛时时来访，它像存于我脑中的海水，既会袭来，也会退去。后来它再出现，我便就近扶着什么，随着痛浪的频次不断数数：1，2，3，4……直到它慢慢消失，有时数到几百，有时数到几千，1，2，3，4……如同进行某种摧心剖肝的神秘仪式。我以为这钝痛是因为时夏的离去，但奇怪的是，我再也没有为了她而流泪，一次也没有过。我把回想时夏这件事用作实验，有时引来疼痛，有时又觉得麻木，好像这两个事件并没有必然关联。到现在我已经不太能确定，这莫名其妙的痛感是不是因她而产生的了。

经过层层调查、法庭辩论，时夏的案件终于走到终审判决，河畔的男人获了罪，是酒吧里见过两次的那个男人。我也因此摆脱了嫌疑人的身份，故意伤害致死的罪名不成立。如果没人翻案，那天的事情将不会再有谁知道。

双腿在宣判的最后一刻才迟钝地打起软，正因为身体被释放，精神反而背负起枷锁。为什么？我只是没有扭转她的死，没有改变原本的结局而已啊。我撑着木桌勉强挪下被告席，和冲上来的妻子抱在一起。我们紧紧相拥，像打算抱着各自的秘密同归于尽。

“我永远都不会再离开你了。”我声音很小，紧贴着她莹白的耳朵。

“可我已经不爱你了，一点也不爱了。”她的口气冷淡又平静，仍同往常一样细弱。

夕阳透过窗玻璃射进来，在石纹地砖上留下一摊扎眼的金色光洞。我的眼睛被灼得很疼，感到全身的血液一下子都涌上脑门，那里有辆巨型火车，载着我所经历过的全部伤心急速驶过，轰隆……轰隆……耳朵嗡嗡发响，一节节车厢轮番经过，轧得太阳穴蹦跳起来。

我重回了记忆的隧道，世界开始摇撼，到处都在土崩瓦解，我辛苦建立的一切都岌岌可危。车声愈来愈响，愈来愈近，脚底的泥土也开始碎裂，我害怕极了，我希望能朝着隧道的出口飞跃出去，可我没有。曾经插在我脚心里的那枚银色钢钉，足有五寸长，此刻直直穿进头顶，将我定在原地。它捣毁了喉管，破坏了神经，周遭的事物迅速沉陷，沉于幽缄与寂寞，在迎来了结局的崩坏时我终于顿悟，终于抵达黑暗背后的黑暗。我抱着妻子单薄的身体，忽而觉得心中酸楚，在令人发盲的惨然金光中，落下两行清泪来。

第二部分 Part 2

花样年华

那个夏天是我们之间最开心的一个夏天，可惜太短了。

1

我喜欢气味多过视像，我的少年时期也不同其他男孩子那样，混合着沥青、白石灰线以及奔跑的味道，更多的是眼镜布、班主任办公室和宝特瓶这些若有似无、似是而非的气味。噢，说起来，还有一种味道令我记忆犹新——水泥地面的味道。身体砸向地面，尘土因此在一瞬间飞扬起来，鼻腔痒痒的，口中咯咯作响，那是一种半生不熟的脆而生硬的味道。伴随着放肆的大笑你应该就了解，这不是因为我时常一个不小心，而是因为别人时常对我“不小心”。

小时候的男孩子顽劣、任性，以欺负有缺陷的同学为乐，我能理解，所以并不计较。相较于他们，我过早地成熟起来，透过年幼的躯壳用成人的眼光看待世界。我十分享受独自躲在教室一角看书的状态，因此成绩出类拔萃，不过我没有把这当作一种优势，只是顺其自然地接受了我成绩很好的设定，好像事情本该这样，一如我从未将我的斜视当作一种缺陷。这个世界是由许多矩阵能量场错综排列所组成的，衡量一个人的价值，也可以通过不同矩阵来判断，没有哪一种是绝对的。我是有缺陷的，是不完美而且自私的人，但我从不认为自己毫无价值。

视线从一个事物转向另一个事物的过程中有一只眼睛被落下，

看向某一个人的时候，有一只眼睛心不在焉，景象要过一会儿才与它本身相叠。除此之外，在别人看来也只是稍稍的眼位不正，就算一只眼睛被迫遮蔽着生活，但那好像也没对我造成什么影响。况且初中之后，我便很快做了手术，摘掉眼镜，除了偶尔阳光刺眼、久坐看书或者神经紧张时会出现一点点右眼外斜的情况，其余时间都与常人无异。久而久之，我甚至可以切断两只眼球的联系，单独控制右眼的移动轨迹，这听起来似乎有点可怕，但其实就像单独控制左右手那样简单。

当男孩们还专注于玻璃球和漫画书的时候，我已经发现了少女身上幽幽散发出可爱的气味。夏天闷热而又汗涔涔的教室里充满了这种身体发育的气味，那是一种混合着潮湿泥土味的嫩草的清香。

暑假原本是我最期待的自得其乐的时光，可以毫无顾虑地窝在沙发里一动不动，阅读或者发呆。然而 14 岁那年的暑假，我被难以言喻的焦渴缠上，不断喝水，不断小解，无法静下心来做任何事，总好像哪里欠缺了点什么，又说不清究竟欠缺的是什么。那时空调并未普及，家里装了空调的同学在班级里是可以大肆炫耀一番的。7 年前国有企业改制，父母的工龄被买断，父母双双外出打工，紧接着就是货币贬值，家庭条件到如今也没缓和过来。虽不至于揭不开锅，但也只能算中等偏下的家境，我想即便我家装了空调，恐怕也要计算着电费，不能随心所欲地享用。

那天异常燥热难耐，电扇发出有气无力的讨人厌的响动。我把所有窗户都尽可能开到最大，每隔一会儿，就会有飞虫撞到纱窗上。我脊背透湿，额角像刚洗过，头发一缕一缕湿溻溻地黏在一起，现在想来觉得母亲称 T 恤为汗衫是有道理的，夏日里吸汗的短衫。可是汗衫被咸湿的汗水浸透也会觉得不舒服吧？这么想着，我把手从下面抄进汗衫里抖来抖去，将它和皮肤隔开。我时常跟身边的事物讲话，一切事物，因为……我实在没什么人可以讲话，后来有不少女生因此觉得我很温柔，其实这只是寂寞的习惯罢了。

我趴在窗子边，看掉在夹缝中歪扭爬行的一只蜗牛，观察它究竟几时才能爬出囹圄。它在路过的地方都会留下一条闪亮的涎线，那涎线在暴晒中很快变成翘起的白色干皮，风一吹便飞走了。我将一只手掌伏在纱窗上，在纱窗能承受的程度下使力按压，发烫的空气从另外一侧和我的手掌交汇，那感觉很奇妙，像被一只来自其他什么人的手掌紧紧贴着。我倏忽间明白了这焦渴的来源，它源于一种由内而外的思念，我思念着那股填满教室的清香，渴望和谁发生什么青春期的碰触，虽然那些女孩子的手我一个也没牵过，甚至连人都不敢正眼看去，可我已经开始思念她们了。

“啪！”

谁的手掌从窗外快速击了一下我的手掌，虽然只是一次极短暂的接触，却使我无限振奋起来。隔着纱窗细硬的涤纶材质，从细小的眼孔中泄露出的柔软肉感比直接相碰更加明显，其中还有着汗液交接停留在我手上，不肯干去。那是我人生中第一次与女孩子发生实质性的接触，充满着若即若离的新鲜感。我停了好一会儿，才真正将对方的问话传送到大脑皮层。

“你干吗呢？”

这个处在变声期的尖细声音向我发问，我应当抓紧回应些什么，虽然我这样暗示自己，但仍是先观察了她一阵子，才开口说话。她的样貌并不出挑，但也不是说不好看，是非常令人顺眼的长相，拥有一种与一切环境相融的力量。这样说吧，把她扔进不够漂亮的人群中，并不能将她一下子挑出来，同样把她扔进十分漂亮的人群中，似乎也没什么不妥。

她的睫毛长而卷翘，从侧面看，高出鼻梁一截。眉目和煦，像炎日里可以令人安心歇息的溪边树荫，时而风吹草动，那双眼睛也跟着摇晃两下。微微渗出汗珠的细小鼻尖下，粉红色的唇齿在喘息间轻轻翕张，显露出一种害羞的少女的躲闪。头发很长，蓬松柔软地垂盖在微微隆起的胸脯之上，还未到穿胸衣的年纪，她只在里面穿了一件纯白色吊带小背心。我不想盯着她看，可眼睛总是不由自主地滑向那边，在她撩起发梢时，我的心也随着那根被牵动的吊带一起荡漾，搔得痒痒的。

我不知道她为什么偏偏要和我打招呼，是因为住在附近，还是因为和我同班？但她的突如其来给我枯燥闷顿的午后带来了一线生机。带着一种宿命的意味，我勾勒着漫长的暑期，觉得自己需要和她结识。

“你叫什么？”我没预料到我会如此直接，身体似是在大脑之外自行开辟了一个什么系统。

“你叫穆远吧？我们同班的，我叫林淼。”她的声音又细又轻，十分温柔。

“不记得？三个水那个……”

“我知道。”我打断她，那个字我当然认识。

“你知道我？”她充满期待和误会地望着我，我想了一下顺着她的意思点点头。

“嗯。”

“天真热啊。”

“夏天很快就会过去的。”

“热的话可以来我家玩，我家有空调。”

“吹起来比电扇舒服多啦。”可能怕我不好意思，她又着急补了一句，“我爸妈下午很少在家。”

我知道这是一种孩子之间非常单纯的邀约，大概就像“放学一起走吧”的感觉。但一想到只有我和她两个人，两具被青春撑得满当当的身体要单独处于一间无人的房子里，我的心就不禁胡思乱想，手指也跟着悸颤起来。

“你的眼睛……怎么了？”可能是因为神经紧张的关系，斜视的老毛病又兀自跑出来了。

“你害怕？”

她将眼睛看向别处，来回摇了摇头，心里分明是害怕的。我用手捂住那只眼睛，努力调整眼球的位置。

“好了，你看看。”

“哇！像是一种魔术……”

“差不多吧。还愿意来找我？”

“明天下午两点，午睡之后，我来找你去我家。”

说完她转身跑开，女初中生的黑皮鞋和白短袜，一晃一晃跳出了我的视线，这时蜗牛早已经消失，时间不知跳到了什么地方。

那天晚上，暑热在房间内滞留不散，我身上像裹着一件毛刺刺的粗线织物，又汗又痒，翻来覆去无法入睡。眼前不断描绘出一些模糊不清的、我自己也说不上来的事，似是同“她”有关的事情。一直处于活跃状态的脑袋像在水中泡久了的干蘑菇，发着胀，几个小时之后我仍然毫无睡意，就干脆坐起来等待窗口发白。

第二天还不到一点，我就不断向窗外张望，身体中有人悄悄作梗似的，一旦有什么影子从窗前经过，我就马上脸红心跳。林淼提前了五分钟，后来我知道这是她守时的习惯。她的短裙在蹦跳中不断拍打着白瓷般的大腿，今天的白短袜上多了一圈蕾丝花边，和头发一起上上下下翻动着。她拂拭了一下顺着鬓角滑落的汗珠，远远地，远远冲我开心地笑着，很多年之后我仍然会常常想起那轻快的毫无顾虑的笑，不知道她有没有后悔过。

对她来说，我们之间是什么先开始的呢？爱情，还是不幸？

2

当然小孩子可能还不会想那么多，但以防万一，为了不让她觉得我轻浮，我特地穿了件白色长袖衬衫，黑色短裤下是白短袜和黑皮鞋，这样黑白相间，让我觉得自己像只斑马，不由得笑出来。

“笑什么？”她好像不会大声说话，跟第一次见面一样，声音又细又轻。

“没什么……可能有点开心。”

“你这个人真的很奇怪。”

“怎么了？”

“开心就是开心，不开心就是不开心，哪里来的可能呢？”

“我还是第一次去别人家里做客。”

“从小到大一次也没有过？”

“一次也没有过。”

“想想也是，教室里你总是一副不好相处的样子，一直在角落里看书，你看过很多书吧？”

“跟有些人比起来不算多。”虽然我嘴上谦虚，实际上心里对这种恭维十分受用。

“那我是你第一个朋友？”

“算是吧。”

“太好了，我会努力的。”

林淼住在西家大塘，离我家不远，穿过一条马路就是了，但却是完全不同阶层的高档小区。那是条十分好看的马路，主路连接着一上一下两条辅路，一条通往山上，一条通往山下，在夏日里锃亮发光，很像一个人双手上下舞弄的两根银色缎带。

她家在六楼，带一个小阁楼的那种，门打开，我愣了好一会儿，直到林淼把我拉进去才回神过来。室内装修在当时的我看来十分高级，不同于奢华，是其间透露着品位的人民币味道。不用换拖鞋，我们穿着袜子走进屋里，像猫一样不发出声音。空调特地没关，空气十分凉爽，突然逃离闷热环境，让我有种不真实的轻快感，林淼将我安置在沙发上，自己去拿零食和冷饮，沙发好舒服，我心里十分羡慕。

“沙发舒服吗？”

我不想让自己显得很容易满足，不想表现得像一个没见过世面的穷孩子，于是没有正面回答她的问题。

“尤其是爬了 6 层楼 95 个台阶之后。”

对面摆放着一架钢琴，她应该平时在上钢琴课。

“你数了？！”

林淼不可置信地哈哈乐起来，半个馒头大的胸脯很显眼地跟着身子摇晃着。我为自己的关注点感到脸红，其实她也无法看穿我的心思，但我仍然觉得心里紧张，紧张到要将一只脚压在另外一只脚上才能获得一些安全感。

“我……我平时都是一个人，当然要想些方法打发时间。”

林淼递过来一块面包，那之前我从没吃过面包，我记得里面还夹了红豆，后来我回忆起林淼时总会回忆起红豆面包的味道，松软温柔，散发出内敛的香气，包裹着几粒倔强的硬核，甜甜的。

“暑假作业做完了？”

“还没有。”

“下次可以带过来一起做。”

“嗯。”

“这是我妈妈的书，我偶尔看几页，你也可以在这里看。”

林淼递过来四本书，分别是《捕风捉影》《浮生六记》《红拂夜奔》和《红城堡》。这些书很难在学生逛的考题书店找到，这里面我只看过王小波的《红拂夜奔》，是似懂非懂地读完的，没想到少女们都在看言情小说的时候，林淼竟然已经在看这些难懂的书了，心里不禁对她产生一些钦佩。见我沉默，她又开口。

“书房里还有其他书，这些不喜欢的话你就自己去找，只是千万不要翻乱了，我妈妈会不高兴。”

她坐在我旁边的位置，沙发凹陷下去时牵动我的身子，差点歪到她身上，不过我努力让自己坐正了，没有碰到她。她已经把披散的头发绑成了两条辫子，从耳朵两侧垂下来，后脑勺中央曲折的白线连接着她雪白的脖颈。

林淼从桌上挑了两颗红苹果，一颗给我，一颗自己拿着。

“吃吧，别客气。”

她招呼我，自己却并不吃，而是把那颗苹果在两手之间传来递去，间或还丢到半空中再接住，苹果落进手掌时她免不了要喘息一声，裙角跟随无忧无虑的小腿一块儿时起时落，裙边隐隐地露出大腿，我憨涩地挪开自己的眼睛，想看又不敢往那边看。

“你这样，它会头晕的吧？”

“哪样？谁呀？”林淼先是疑惑地望着我，很快又反应过来，笑得脸颊泛红。“你说苹果吗？哈哈哈……你太可爱了吧？哈哈哈……”

这有什么好笑的？我有些生气，也许她根本没看过那些书，和那些女生一样肤浅。但我还是被她笑得脸红起来，怀疑自己太婆妈了。

她扶住苹果，让它停在手心里，不再摆弄了。忽而转过脸来朝向我，神色认真。

“嗳？！你长大了想做什么？”

我没有说话，担心说出来又被她那样笑话。

“那我不看你，你就好意思说了，”她背过身去，“快说吧！我保证不笑！”

她这么一来，如果我还扭捏作态，倒显得小肚鸡肠了。

“就……想和这些人一样，”我抚着腿上的书，脸颊微微发烫。“写写东西……”我想了想，又马上否定自己。“嗨呀！我就随口说说，你别当真，我肯定不行。”

“别的人我不知道，但是你的话，一定可以的。”

“你怎么知道？”

“不知道，就是觉得你可以。”

她仍然背着我，但我却感觉到她在笑，她是微笑着咬下了一口苹果。而我，被那句话骗了很久。直到多年后，我仍旧拿不出像样的作品，独自守在北京一间狭小的地下室里，反复且无用地念叨这句“但是你的话，一定可以的”，从那时候开始我就对林淼耿耿于怀，好像若不是她毫无根据地说出这种话，我的人生尚不至于落魄至此。

不过在那个下午，因为这句话，我对她心生好感。季节日渐成熟，熟得有些烂了，太阳变得像一只老朽的灯泡，仅仅放射出照亮地面的光芒就已经气喘吁吁。那个暑假剩下的时间我几乎每天都与林淼相见，在她家里或者其他什么地方。我们在一起的大部分时间里并不交谈，我在沙发上看书，她在一旁忙自己的事，现在回想，竟全然想不起她当时在做什么，只记得我们有一搭没一搭地聊天，问话也全由她发问，令我毫无维系谈话的负担，十分自在。

有一日傍晚，云兴霞蔚，我和林淼从玄武湖边散步回家，那天出了奇得人少，几乎没什么游客，只剩三两行人不时超过我们，继续向前走去。她走在我左边，靠里的位置，身穿姜黄色连衣裙，黑色皮凉鞋上有个小小的蝴蝶结，行走间忽闪忽闪，活泼得很。还有一周就要开学了，那之后，恐怕就没有借口再过去她家了。

十来岁孩子的身体每天都在飞速变化，短短半个多月，我又长高了 3 厘米。胡子渐渐生根发芽，下身与腋窝像几块刚被开垦出的白色土地，也长出稀疏的绒毛，不再光溜溜，我日日检查，期盼它们快些茂密起来。一个人的时候，我很爱观察自己的身体，与此同时，我也越发讨厌以任何形式裸体出现在别人面前，即便是和父亲一块洗澡。那令我觉得害臊，怕发育不良，也怕过早成熟，遭人取笑。

除了我自己的身体，林淼的身体我也一丝不苟地关注着，当然并不是明目张胆地察看，而是在恰当的时候偷偷瞄上两三眼。这已经变成我的一项特殊技能，能神不知鬼不觉地迅速锁定自己希望看到的部位，甚至不用移动脑袋，只要微乎其微地移动一只眼球的位置，利用余光即可办到。

林淼的胸部好像并没有很明显得变大，只是不再那么坚挺挺得像个帐篷了。她腋下的毛发已经十分浓密，但又细嫩，像刚抽条的柳枝。有微风吹过时，她扬起手臂十分享受地闭起眼睛，那些柳枝便悬在风中，藏在衣服的角落里轻轻摇晃。她好像忽然感受到了我的注视，忙收回手臂，背到身后握住。

我们一言不发地走，空中的云片像铺开的斑马线，一条一条整齐地排列，等待着被谁用颜料着色。整个天空的颜色随着我们脚步由远及近、层层变化，由靛青色变为海棠红，再由海棠红变为绛紫，之后转为雪青，最终化成深深的黛蓝色，渐渐灰暗下去了。这时，我突然想牵林淼的手。心里琢磨着别的事，脚步不自觉慢下来。

"累了？"她开口询问。

"没有啊。"我快步疾走几步，到超过她一点的位置，用后脑勺对着她说话。"可以牵你的手吗？"

说完我的心脏怦怦直跳。

"不要，会被别人看到。"

"就从这边到那边。"

我厚着脸皮用手指指前方小路的尽头，与眼下不过 50 米的距离。话说出口心中便替男人们觉得可怜，他们不如女人那样矜持和耐得住寂寞，因此常向女人低声下气，殊不知女人也有同样的需要，此刻我就十分自信，林淼也是渴望着与我牵手的。

果然，她轻悄悄地从我身后将自己的手递到我的手心里，像递一瓶矿泉水那样，很自然。如果她当下知道我们的牵手是为了最终的分手，还会不会心甘情愿地伸出手来呢?

我牢牢抓着她的小手，用大拇指来回摩挲手背，那只手又软又老实，像只睡熟了的小兽。她的体温从她泛红的脸颊上传递到掌心，又从她的掌心颤巍巍地传递到我的掌心，我们两个人的温度加在一起几乎要比整个夏日还烫。

但我的心情，好像除了一种需求被填补的充实满足感外，别无他想。后来的几天里，我甚至已经开始对牵手感到了厌倦，仿佛我们已经牵了成千上万次手，慢慢地，我只是在她的要求下事务性地和她握手，十分潦草，那对我来说已经跟与任何一个男人握手没什么不同，不过她好像并没有察觉到这点。

没想到的是，在假期结束前，我终于还是不巧碰到了林淼的母亲。实际上，在结识林淼之前我已经认识了她的母亲。那是一位十分端庄得体的女人，无论从衣着还是谈吐都透露出不俗的品位。

碰见我们的那天，她下身穿了件藏青色长裙，上身同样藏青色的小坎肩下，半掩着一件粉色短袖衬衫，圆圆的小领子，白色扣子颗颗规矩地一直排列到领口最上方。恐怕她是半途想起了什么重要的东西，折返回来取的。那时我正和林淼挤在一张单人沙发上看书，她一边推门一边轻声问话：

“没午休吗？在做什么？”

“林……林老师，我是……”

“穆远，我知道。淼，好好招待同学，我先走了。”

虽然林淼在她推门的一瞬间立刻起身，但我想她还是看见了，就算她没看见，从林淼局促的站姿、紧张的神态和我们之间的距离绝对不难往回推算出我们两人在一起时的景象，这对她来说轻而易举。

“你说，我妈妈刚才看见了吗？”

“应该是没看见。”不知道为什么，我撒了谎。

“你确定？”

“确定。”

“这样就好，以后我们还是保持距离吧。”

“那你不会想我吗？”

“可我们这算什么呢？”

“你这话可真像个大人，说得好像我们真在谈恋爱似的。”

“真讨厌！”她把手里的书丢到我身上。

“不如我们就交往吧。”

“什么？”

“我们交往吧。”

说完我站起来，在林淼脸上亲了一下，我还想再亲亲她的嘴唇，可是被她推开了。她没有回答我的问题，我们这个年纪当然不该谈恋爱，我们甚至都不知道两个人什么样子才是谈恋爱。但有一点我很清楚，就是林淼心里是高兴的，她喜欢我，喜欢跟我在一起，这是毋庸置疑的。但是我呢？对于她，我绝对是不讨厌的，但要说喜欢，可能还算不上，况且那个时候，我还不懂爱情是怎么一回事呢。

我的心脏在不断膨胀，几乎要爆开了。不过那只是因为这是我第一次亲一个女孩子，体验亲吻，这是我盘算已久的事情，如今得以实现，实在令人兴奋不已。那个夏天是我们之间最开心的一个夏天，可惜太短了。

3

我盲目的自信只存于对待女孩子以及写作上，随着年岁增长，我发现生活变得越来越难，被肯定和夸奖也变得不能轻易得到。我的那点自信逐渐消磨殆尽，到而立时，就只剩下怯懦和自私。

高中时代，我依旧常被欺负，不过随着少年变成青年，“坏同学”的心智和霸凌的手段也在成长，我无法再以一个凌驾于他们之上的视角来预判我即将面临的伤害，他们已经变成冲动的不可控的，甚至不清楚自己行为后果的青春期野兽。我开始不能保持泰然，开始觉得害怕，避开他们是我能想到的最好办法。在校内不走便捷的直路，而是从人少的小径绕上一圈，不在人多的时候去食堂吃饭，宁愿去吃冷掉的饭菜……即使这样，我还是躲不掉被欺负的宿命。

有一次我挨打被同班同学撞见，那个人是班里的“扛把子”，平时没少拿我取乐，但那天他却扶起了我，可能是他身上的英雄主义作祟，说晚上要带我去收拾那帮家伙，我当然立刻拒绝了。

“不用了，没什么大不了的。”

“怕啥，有我呢，你只要认出他们，剩下的我来。”

我怕找上门去免不了又要挨打，也怕老师知道这件事，我最怕的，是和他们纠缠不清。晚上我几乎是被他拖着去的，他带了十几号男生，气势汹汹地砸着寝室门。

“开门！开门！有种就出来！”

“快开门！敢做不敢当啊？！”

我缩在队伍中间想，不要开门，别开门，就这么算了吧。结果在砸了两分钟后，门猝不及防地打开了。

“是不是你们欺负了他？”那位同学拨开人群，拎小鸡似的把我拉到前面晃悠了两下。

“我们没有啊，根本不认识他。”寝室里黑漆漆的，两三个人堵在门口吊儿郎当地说话，一脸不屑。

“穆远！你说！是不是他们？”

所有人都蓄势待发，沉默着等待我的一声确认，可是我没有说话。

“别害怕，只要你说是他们，承不承认老子都打爆他们的头。”

“说话啊！”身后有人不耐烦了。

“我记不清了。”

“你仔细看看，不是他们吗？”

“我当时也没看清楚，可能……不是吧……”

“早就说了我们不认识他，现在没事了吧？有病！”

那人轻笑一声，砰的一声把门摔在我们面前，夹爆了一颗叫作“茫然”的气泡，在我们中间蔓延开来。大家都愣住了，没人想到会是这样的收尾。几秒之后才有人回过神来，悻悻地掉头离开。

“穆远你活该！”

“娘娘腔……”

“胆小鬼……”

每个人走过时都为我贴上一个标签，把我压得弯下腰来，向他们低头道歉。那之后再没人管过我，也是从那之后，我变得越来越窝囊了。

我上的是市里数一数二的高中，林淼只是就近读了一所高中，这正合我意。因为打从上次亲吻脸颊之后，她就再不肯和我有什么亲热的举动了，不得不说这令我有些失望。本来我得意于自己的领先，但实际上我和抱着黄色漫画意淫的同龄男生并没有什么不同，我和林淼的关系在两年中毫无实质性的进展。

我们已经 16 岁了，身体日趋成熟，每个部位都充盈着过剩的力量，这让我开始对我们之间寡淡无味的相处感到倦怠。诚然，她对我很好，虽然还算不上谈恋爱，却完全尽到了女朋友的责任和义务。不过，我反而对她的事无巨细感到不耐烦，开始应付和她的相处。

开学前一周，我再次跟林淼约在她家。我决定如果这次再不能有所推进，就和她切断联系。她的家里除了换过一套沙发，餐桌改到窗下以外，其余的陈设都没什么变化，我轻车熟路地走到厨房，打开冰箱取了罐汽水。

“你喝吗？”想想好笑，倒像是在我家。

“不了，我喝不了。”

“喝不了？”

“去新学校看过了吗？”

她没有答话，抛出不相干的问题。我想了想日期，知道是她到了生理期。

“没什么可去的，以后早晚要看腻。”

“哦。”那时候沙发上总要铺一层白色镂空花朵的防尘罩，她就跪在沙发上，用手抠花蕊中的小孔。

“今天想去你房间看书可以吗？”

“早知道我就把书桌收拾出来。”

“没关系，躺床上才舒服呢。”

“随你高兴吧。”眼看那个花蕊就要比别的花蕊大出一倍了，她又将布扯扯平，好让那孔显得小些。

我躺在床的外侧，后背贴着硬硬的木质床头，右手边桌子上，有一台可以放两张卡带的录音机，我胡乱按了几下，竟然按响了。我对音乐一窍不通，但这首爵士乐意外地使我觉得惬意，书盖在腿上，我闭着眼睛陶醉其中。

“In the mood for love.”

“嗯？”我没有听到林淼进来的脚步声。

“歌名是这个，翻译过来，是花样年华。”

“好听，名字也好听。”

“你喜欢？”

我点点头。

“之前不知道你听这些，喜欢的话送你了。”

我笑着睁开眼睛，在音乐中，房间里的光线一团团晕开，变得柔和了许多，一切都朦胧有致。林淼坐在一旁的椅子上望着我，嘴唇在阳光的照耀下呈现出半透明的嫩粉色，我伸手拍拍身边，棉被吸足了阳光，被我一拍散发出蓬松的香气，橙黄色的小粉尘轻轻飘进空中，烘托出雾状的光柱，很浪漫。

“过来。”

“干吗？”

“过来。”

“不要。”

“怕什么呀！”

我坐起来拉住她，她从我手中挣脱，跑到门边打里面关上了门。

“怎么了？”

“万一像上次那样，妈妈突然回来了……”

“反正我们又没干什么，有什么好心虚的？”

林淼不说话，咬着嘴唇爬到我身边，小心翼翼坐靠在墙角，少女天生的羞涩令她周身闪烁着别样的风情。

“坐过来点。”我拖拖她的手臂，她微微靠过来一点点。我接着说，“开学之后就不能像现在这样频繁地见面了。”

“你会想我吗？”

“我天天想你。”

我的脸皮实在太厚了，我发现只要在安全可控的环境中，我就变得大胆又无耻。

“我怎么觉得，我现在就已经想你了。”

“真傻呀，让我抱抱你吧？”

可能是感觉到日后没什么机会像这样拥抱，她没回应也没反抗，我抬起打战的手臂迅速将她搂进怀中，如果不这样快，我怕我会因为紧张而无法完成这个动作。林淼的头发上有一种新生水果的香气，那种香气甜甜的，淡淡的，青涩中有些不由衷的抗拒。我低头看着她，像看着一颗害怕被一口吞掉的甜柚，心里盘算怎样才能顺势而为，剥去她的层层果皮。

“到了新学校肯定会有许多漂亮女生。”她坐远了点，好像已经生疏了。

“你还不知道我？”

“那你能保证……高中毕业了就跟我谈恋爱吗？不跟其他人……能保证吗？”她伸手拧大了音乐的音量，脸颊很红很红。

“我从没想过对其他人怎么样，倒是你，在你家被林老师撞见之后就再不和我亲近了，是我做错了什么吗？”

“我只是觉得……我们还小。”

“我都忘了亲你是什么感觉了。”

我等着她回答，可她一直不作声，不过音乐声中的沉默比平时更容易让人接受一些。现在回想，当时自己真是被好奇心完全冲昏了头。

我又主动开口说话。

“就亲亲，别的什么也不干，行吗？”

依旧没回应。

“以后如果有机会，我想把我的第一次给你，你知道吧？现在说这个或许有点早，觉得我下流也好，无耻也好，反正我就是这么想的，别的人我谁也不想给。还是说……你不喜欢我？”我做出很失落的样子。

“不是的，再等两年，等我们毕业吧。”

“那现在不能亲一下？这样的话，至少我还能实实在在地回想起你，你就不想实打实地想想我？”

林淼终于点点头，闭上眼睛。我轻轻将嘴唇凑上去，四片嘴唇颤抖着极生疏地翕张，好几次错过对方，好几次喘不过气，最终搞得两个人咯咯笑场。我们分开，四目相对，我不太喜欢这样，她眼神中的深情令我困惑。难道我真的只是把她当作在青春中渡河的工具？难道我真的不喜欢她？还是一切都是我大男子主义的自我催眠？不过现在不是思考这些的时候，我躲闪开，再次一鼓作气吻上去，这一次就熟练了许多，窍门也渐渐掌握，我慢慢体会到了亲吻的快乐。

她的嘴唇又软又薄，还残留着口香糖的余味，甜滋滋的，像将熟的软桃。这时猝不及防传来了开门声，我们吓得像弹簧似的从床上跳起来，林淼整理头发，我像无头苍蝇转了几圈藏进了大衣柜里。

“家里没人，怎么还关着门？”林老师的声音透过房门传进来。

“对……对面装修觉得有点吵就……”

不知道是林淼还是林老师把门打开了，我躲在黑黢黢的衣柜里，努力压制急促的呼吸，心怦怦直跳。虽然听着她们的对话，但具体说了什么我一个字也没听清，因为当时我的下半身从未有过的血脉贲张起来。我尴尬地蹲下，对自己现在的状态感到羞耻，试图想点别的什么事。

林淼蹑手蹑脚地将柜门闪开一条缝，示意我快点出来，她压低嗓门。

“快点走，我妈去收衣服了，一会儿就要到衣柜来，趁现在！快走！”

我清醒过来，可从柜子里刚迈出一条腿，就听见林老师拖沓的脚步声越靠越近，我花了不到一秒的时间从柜子中跳出来钻进床下面，吃了满嘴灰。我脑袋中冒出一些乱七八糟的事情，一边回想幼年被绊倒时的气味，一边思考为什么要如此躲藏，邀请朋友到家中做客多么稀松平常？如果林老师不再出门，那我要躲到什么时候？

林老师的脚踝又细又白，穿着肉色的长筒丝袜在床前站定，一动不动，只有雪青色的长裙脚微微摇晃，我猜测她正在叠衣服。而这时林淼抬起一只脚尖，那只脚的脚跟靠在另一只的脚尖上，不知道是不是丝袜的关系，她的脚踝和林老师的比起来缺少了许多成熟的韵致。林淼此刻应该是双手背在身后，整个人倚靠墙壁站着，心里慌乱非常，但又必须表现得十分坦然。

“爸爸今天晚上回来吗？”

“说是工作很多，晚上会去应酬。他是不是一周没在家里吃晚饭了？”

“嗯。”

“每天就知道应酬，家也不要了。”林老师的声音不像是跟林淼说，倒像是在跟自己抱怨。

“那我们能早点吃饭吗？饿了。”

“难得啊，那我现在就做吧。”

林淼的脚撒娇地跑到林老师跟前，然后四只脚一起在衣柜前停留了一会，相伴着去厨房了。林淼的小卧室和厨房共用一堵墙，也就是说要向右拐个弯才能到那边去，出去的大房门在小卧左侧，所以我趁这个时机离开完全不会被发现。我探头探脑地爬出床下，走到门边时真想往右看看厨房里的情形，看看林老师今天穿了怎样的长裙，我强忍住好奇，快步离开了林淼家。

回家的路上，心情格外轻松愉快，胸中像藏有一片潮汐未退的大海，海浪反复覆没心脏。这样一来，我就暂时不用考虑摆脱林淼的事情，什么都不用改变，我讨厌改变，如果所有的事都能依照我的意愿按部就班、无差无错地行进下去就好了。三年，等等看咯。然而这三年，比我想象得要长得多。

升入高中，我结识了人生中第二个朋友，何仕，我的同桌。因为讨厌与人交际，讨厌到不想出现在众人的视线当中，我向班主任提出了坐在最后一排的申请，可能是因为成绩优异的关系，老师并没有过多反对，而何仕坐在最后一排完全是因为他的个头。

他是一个白白胖胖的大高个，高是真的高，胖其实也还好，算是比较匀称的婴儿肥。眉目清秀，鼻梁高挺，因为皮肤白的关系，嘴唇尤显得红润，带一个方形黑框眼镜，透着些傻气，我有时候想，如果他摘下眼镜、再稍微瘦一些，一定是一个英俊的男生。他不像其他的高个子男生，走起路来虎虎生风，令人望而生畏，而是慢吞吞的，看起来有点笨，有点怂，无威胁感，这也是我愿意搭理他的原因之一。

何仕喜欢吃零食，整个抽屉塞满了各种膨化食品，上课吃下课吃，他跟我说的第一句话就是："吃点吗？"

我正在做功课，懒得抬头，用一只眼睛稍微瞥到他手里的薯片，没有理他。

"真不吃？"

"现在在上自习。"

"上自习怎么了，又不是用嘴上。"

"我不吃。"

"喔。"

他像老鼠一样咕嚓咕嚓吃了一通，又拆了一包什么递过来。

"这个呢？吃吗？"

"也不吃？"

"你叫穆远？"

"你怎么不理我？穆远，你陪我说会儿话呗。"

"嗳，你不觉得咱俩挺有缘的？咱俩坐一起看上去多'何仕'……"

他挑着眉毛望向我，希望我配合他的"幽默"。

"算了，好无聊。你为什么不说话？不说话你坐最后一排干什么来了？"

"嗳！你平时都喜欢干什么呀？"

“我喜欢吹口琴，喏！可是通宝牌的呢！”说着他就从抽屉里拿出一支铜音簧的不锈钢口琴放到嘴边，呜地吹起来，我狠狠地瞪了他一眼，他才停下。

“没事的，我轻轻吹声音很小的，那我以后再吹给你听啊。”

“你到底是怎么考上这所学校的？”我被他啰唆得心烦，回了一嘴。

“我没怎么考啊，我交了建设费才上的。”

“就是说你们家很有钱咯？”

“也不能这么说，借了钱来的，我妈就想让我上个好高中，考个好大学，可我对上学念书什么的根本不感兴趣。”

一般自费生都把自己藏得严严实实的，生怕别人知道他是花了钱才得以念上好学校，就好像本没资格的黑泥鳅混进鲤鱼群里跃龙门，让人看穿了多少有些没底气。可何仕好像并不在乎，他接受并且享受于自我本身，对别人对自己都坦诚以待，这十分难得，也让我对他有了些好感。

“那你这样，以后考不上大学怎么办？”

“以后的事让以后的我去烦心好了，现在我是这样想的，那我就这样做。”

“不怕妈妈失望？”

“人活着，不是为了不让别人失望，是为了不让自己失望，你说对吧？”

4

跟林淼约好了，我们每周后两天在科巷碰面，吃了饭再一起回家。那边有家大话三元砂锅非常热闹，因为用料实在实惠，基础配菜有豆芽、海带、菊花心、水豆腐，再根据不同口味配上不同主菜，三鲜的、肉丸的、火腿的、鸡柳的……所有口味全都只要三块钱，用头一晚就熬好的大骨汤底咕嘟炖沸，热气腾腾地端上来，先不论味道如何，光看着就已经很满足了。

后来这家店改名“大话五元砂锅”“大话十元砂锅”，到最后我去的那次已经是 30 块一份的“大话砂锅”。但在高中时，那里是学生消费得起的最丰盛的理想场所，周边几个学校的学生都集中在那里吃饭谈天，不知道有多少心事和着滚滚的热气一起被吞到肚子里去。也因此围绕那家店开了许多小吃摊，馄饨、米线、灌饼、烧烤……应有尽有，老板们的招呼都差不多，“来吃三元砂锅啊？在我们家带点就着吃呗！”。

然而最近每天放学，何仕都跟着我。

“你能不能别跟着我？”

“我顺路啊，搭个伴嘛！”

于是我调转方向，他也跟着调转。

“你不是往那边吗？”

“我往哪边都行，哪边都顺路。”

“穆远！”

林淼远远跑过来，一边跑一边挥舞白色的小手，两只手镯碰得叮叮响。

“这是谁啊？”

我没理何仕，上前去跟林淼汇合。

“你好，我是何仕，穆远同桌，你不会是他女朋友吧？你们俩真合适……”

我瞪了他一眼。林淼想摇头，看了我一眼又停下，害羞地低下头去，她是怕我没面子。

“你好，我叫林淼。”

林淼伸出手，何仕两只手一起握住来回摇晃着。

何仕的味道很好闻，是一种极洁净的肉味，像婴儿身上特有的、生涩的奶香。虽然是奶香，却嘎嘣脆，如同他手中的薯片，要先突破吃薯片不健康的心理防线，那之后便可以体会到无法割舍的快乐。

从此，何仕常跟我俩混在一起，他不像我闷不吭声，他的话多，我和林淼渐渐也觉得有人说话解闷挺好。有时我不能一起回家，他俩便结伴一起走，可能因为真的不太在意，当初我并没有意识到我们已经陷入了一段奇怪的三人关系。

大概深秋要入冬的时节，班上转来一个叫时夏的女生，齐脖短发，一半用素黑色的细发卡别在耳朵上方，另一半在弯腰时会滑下来遮住半张脸。跟林淼一样，她也不算是大众审美下特别好看的女孩子，但在她身上有一种能轻易击中我的味道，硬要描述的话，像是一种热带植物的味道，热烈？奇幻？不不，是神秘，神秘更贴切，是一种说不清道不明的草木清香，这味道在方圆几里之内大肆散播开来，吸引我无限趋近于她。

时夏的两条眉毛又浓又密，几乎在眉心处相遇，眼睛是她脸上最为突出的部位，比例姣好的横陈于鼻骨两侧，如交相辉映的两潭清泉，灵气十足，骨碌碌直转。她的鼻尖上有颗微乎其微的小痣，要贴得很近才能看到，当然这也是我后来才看到的。在她嘴唇上方有一圈晶莹的透明绒毛，透过阳光看去十分可爱。我凝视着那里想象炎夏中，圆乎乎的汗珠从她唇边溢出的情形，脸颊和嘴唇的颜色变成极为接近的粉红色，我的心情也渐渐被那微微细汗湿润和融化了。

不知道是不是我的错觉，我总觉得她做完新生介绍从讲台边上走下来时看了我一眼，虽然前面还有层层人障，但我万分确定那一眼是看向我的，绝不是看向别的什么人。她究竟为什么要看我呢？如果当时她没有看我那一眼，或者没有让我误会她看过我一眼，一切是不是都会不一样了？

我们之间没有说过话，但我从何仕那里听来了她的不少事，不知道是真是假。

“你觉得新来的女生怎样？”

“什么怎样？”

“跟我合不合适啊？”他又在嚼薯片了，我顺手捏了一片填进口中，瘪瘪嘴。

“不知道。”

“我觉得你追她，她肯定喜欢你，可惜你有林淼了。”

我没有说话，做出很嫌弃的样子，其实心里着实为这句话高兴了许久。为了掩盖这高兴，我一连吃了好多薯片。

“你看你，文质彬彬、成绩拔尖，最讨女生欢心！尤其是还这么寡言少语，不经意散发出一种……一种……忧郁气质！对！啧啧，真了不得！要是坏起来，不知道会伤多少女孩子的心。”他说话的口气像个经验老到的成年人。

“怎么坏法？”

“不过，听说她也挺厉害。”何仕将我的话撂在一旁，那话逐渐风干，被吹到窗外不见了。

“厉害？”

“在哄男人开心方面，据说是个老手。频繁转校也跟这个有关系，不管是学生还是老师，都不在话下。还听说，她……早就不是那个了呢……”

“这种事还是不要乱说吧！”

我生气地把手里的薯片丢回包装袋，我很清楚何仕说的“那个”是指什么，他说时夏早就不是“处女”了。这跟我有什么关系？干什么非要告诉我不可？可是既然没关系，我又有什么好生气的呢？

后来我过了相当长的一段自导自演的荒唐时光，再见到时夏，我总是避开老远，好像正跟她赌气似的。看她每日若无其事地同男孩们聊天嬉笑，我便更加气愤，仿佛已经遭到了背叛似的，开始细细回想何仕说过的话，又气得眼冒金星、脑袋发昏，如此循环往复。

冬天下雪的时候，何仕拉着我跟林淼去紫金山坐索道。快期末了，我本来不想去，无奈林淼说没有下雪时坐过索道，死活要拉着我陪她们一起才行，我最终只好答应，我们约定在山下汇合。

出门以后哪里都是白茫茫一片，人少有经过的地方，踩下去也看不见地面，只留下白白的鞋印。我匆匆跑到公车站，自己一下一下呼出的白气直往背后飞去，我仿佛变成了一个闷声呜呜叫的小火车。等公车来了，我才发现自己忘记带公交卡，身上也没零钱，一时间愣在车门口，犹豫是上车收零还是回家取卡，这时有人从背后推了我一下。

“上车啊！”

“喔！对不起，对不起！”我低着头连连道歉，眼皮下面闯入一双并不算高跟的黑皮鞋和黑色丝袜，隐约透露出脚背的肉色。我退到一旁让开，没想到黑皮鞋一把将我拖上车并帮我投了币。

“没带钱？”

这时我才抬起头看她，她穿了件黑色高领开司米毛衣，羊毛质感的商务短裙，戴着金色 OMEGA 手表的那只手中还拎了一个黑色漆皮手包。那时我还不懂什么名牌，只觉得这个人浑身上下都是高档货，唯一有些疑惑的是她长长的波浪卷发和精致妆容下的脸，有一丝掩不住的熟悉的稚嫩感，我感觉到我的那只眼睛又滑向一边了。

“我知道你，穆远，仔细看看我，认不出？”

我不好意思地又瞥了她两眼，还是摇摇头。

“让你看我，你眼睛在看哪？”

“不好意思，我是在看你，只不过我一紧张眼睛就会……”

“紧张什么。我是时夏，你同班同学，喏。”说着她两只手往额头中间拱了拱，将披肩卷发剥了下来。

“假的啦！现在认出来了？”

她晃晃手中的假发重新戴上，整车人和我一起目瞪口呆地望着她，半晌，我终于反应过来，才点点头。

“好啦，正式介绍过，我们就是朋友了，你到哪站？”

“紫金山。”

“雪天去爬山吗？哦！我要下车啦，再见。下次不许认不出我喔！”

穿得那样单薄，可是看起来半点儿也不觉得冷，单单在她近旁站着就像是被打乱了四季，时值盛夏似的。她笑着，轻快地头也不回地跑下车去，把夏天也带走了。车子再发动时，我才慢吞吞从嗓子眼里挤出两个字。

“好……的……”

身体和意识一同回到冰冷的冬天，风从口中灌到胸腔中去，发出空旷干涩的响动，从那一刻起我就知道，我的世界和秩序即将面临前所未有的崩塌。但我没想到，之后的几十年人生，竟都是我自以为的。

赶到紫金山下时，林淼、何仕已经在那等了好一会儿了，看到我，两人一起冲这边打招呼。

“冷不冷？”他们俩异口同声。

我们三个互相对视几眼，都哈哈笑起来。我的心绪暂时从时夏那里摆脱出来，轻松了一点，不过仍然觉得口中干渴。

“我们先去买点水吧。”我建议道。

“给你带了。”

何仕很费劲地掀开层层衣物，从怀里掏出两瓶水，纯净水给我，他自己喝可乐。林淼等了一时确定何仕没动作了，才问。

“没我的？过分！”

“哎呀，我知道穆远丢三落四，不知道你也一样。走！再买瓶给你就是了。”“我也要喝暖的。”林淼撒起娇来，也不知是冲我还是冲何仕。“那我们俩喝一瓶好了，反正拿着也重。”我递过去。

“我现在不渴，渴的时候再跟你要。”她笑着扭头朝前走开了，反而何仕脸上闪过一丝不易察觉的不自在。

据我所知，紫金山的索道是除了石景山以外国内第二处露天双人座的索道，无论出于安全还是收益考虑，索道的改建是可以预见的。这样的话，自然是林淼跟我坐一辆，何仕自己坐一辆。那些缆车不停顿，跟着传送带，一个挨着一个往下走。

人要在指定位置立正站好，每组乘车游客有两秒准备时间，一秒用来等缆车到身后时迅速坐下，接下来一秒工作人员会帮你把安全护栏放好，之后便双脚离开地面，出发了。这一系列连贯的动作，让我觉得自己像某条生产线上批量生产、训练有素的人形玩偶，即将打包送出似的。如果有人脑袋在那一秒卡了壳，不晓得会怎样，如果是玩偶，应该会被丢回上一层检修吧。

屁股落在冰凉的化有雪水的铁皮座上、护栏落下挡在胸前、林淼轻轻拉住我的手，这三个动作一瞬之间同时完成，十分自然。缆车载着我们从平台行进空中，视野豁然开朗，脚下路过一些水杉、白檀、流苏和绣线菊，它们被厚墩墩的雪块压着，离脚底只有一掌宽，虚掩中的树木香气混合着锈水辛辣的气味不断冲击鼻腔。

林淼一只手握住护栏，另一只挽住我的胳膊，眉眼笑望着我。

“要抓紧我喔。”

然后身子向下一滑，伸出一只脚去捵树尖儿上的积雪，被她触到的树浑身一颤，寒冬中抖了个机灵醒来一般，露出灰棕色的枝丫，常青的便露出点绿色。远处可以看到平如镜面的琵琶湖、玄武湖、流徽榭和清溪，还有颜色深沉的中山陵、明孝陵，再远就是都市中被茫茫白色消歇了繁华与喧嚣的林立高楼。

雪片眼看又零零落落地飘下来，听到口琴声，我回过头，何仕咧着嘴夸张挥手，身旁林淼眯起眼睛，凝神看落在睫毛上的雪花，那雪花一落下便瞬间消融，变成亮晶晶的小水滴。我感觉周身被一圈无声的透明屏障笼罩起来，我置身于这屏障中，一切都变得端静有序，十分沉默、十分淡然。我轻轻呼了一口白气。

“真美啊。”

5

奇怪的是，当我和时夏又在教室相遇时，她好像完全忘记了公车上的那件事，有时她经过，我特地仰起头，也没能引起她一点儿注意。我开始怀疑那天的事究竟是不是真的存在过，她到底有没有推我上车？有没有在众人面前脱下假发？有没有让我不要忘记她？

那几天我失眠了，生理课说青春期少年容易失眠，我确切地体验到了那种不好受的滋味，一天从早上开始，到早上结束，就这样，新的一天又开始了，又长又乏味的一天。

后来我在口袋里预备了一块硬币，打算找到合适的时机就还给时夏。只不过是从口袋将硬币掏出来再交到她眼前而已，没想到这么难以办到。时夏总是在一群人中嬉笑，几乎没有与她单独接触的机会，就算偶有这样的时刻，也被我的心虚和胆怯给消磨掉了。

午休时同学都会回家吃中饭，那两个钟头鲜少有人在教室出现，我会让最后离开的同学从外面把门锁上，我带上提前打包好的盒饭，整间教室都变成我一个人的，直到值日生打开教室。那天中午阳光很好，十分直接地照射到课桌和我的脸上，身体被温暖着，人就变得懒洋洋的。几天以来，困意第一次令我昏沉，我趴在课桌上做了一个梦。

动荡的大海中有一座无根小岛，我远远看着它在海面上飘来飘去。那座小岛水果琳琅，四季如夏，阳光在枝头、石块表面以及波浪的尖尖角上闪着光。岛上的人们只穿着一些棉麻质地、只够遮体的白色布块，个个都黝黑健壮、活力十足。他们从不睡觉，日日唱歌，夜夜跳舞，从早到晚。除了摇摆，就是相爱，幸福无比。到了那座岛上的人，没有一个想要离开，没人知道这座岛在哪，它哪里都有可能抵达。

时夏的出现总有点突如其来，可能是她刻意要给自己增加一些区别于他人的色彩。她像一片蔚蓝色的海浪，将我从睡梦中拍醒。

"你找我啊？"

睡眼蒙眬中，眼睛没有完全睁开，此刻看她仿佛刚从蛋壳中钻出来一般，披了一层半透明的薄膜，几乎可以闻到蛋液的鲜味。

"我……没有啊。"

"有要紧事吗？"

怎么会有人这么自说自话，一副看透一切的样子，我讨厌这种感觉，讨厌被她看穿。

"给你！"像是怪她晚来，我几乎有些生气地将硬币拍在桌子上。在拍之前，因为紧张，我第三次才将硬币顺利从口袋中掏出来。

"就为这事？"她饶有兴味地望向我。

"就为这事，没别的。"

"听说过我的事了？"

"你指什么？"我心里一紧，有谁提溜起那里的绳子似的。

"听说了多少？"她又把我的问话晾在一边。

"一点点吧。"

"你信吗？"

"什么？"

“那些话……”

“既然是传言，就算有所夸大，恐怕也一定有真实的成分吧。”

混账话！我真是满嘴混账话！可在当时，我就这么说出口了，不过她好像并不太在意。

“那……我们还是朋友吗？”

“怎么这么问？”

“你看起来是个好学生，犯不上跟坏孩子打交道吧。”

“好学生和好孩子是两码事。我吧，一直都想做个十足的坏人来着，可我天资不够，胆子又小，好人做得不像样，坏人也做得吊儿郎当。”

听了我的话，时夏咯咯笑起来，唇齿之间泛着洁白的光泽，胸脯也跟着轻轻打战。

“你知道你闻起来像什么？”

“什么？”如果说我的“什么”是出于疑问，莫如说是惊讶更为贴切。我不知道这世上还有第二个靠气味来标签他人的人，我以为这只是我一个人的小怪癖。

“就像粉笔灰，白色的，细细小小的死板而又沉默的味道，悬浮在空气里，不易察觉。你想藏起来，无论遇见什么都避着走，可到处都是你，因此又极易被损毁和改变形状。你也不只包围哪一个人，闻得久了会令人悲伤地打喷嚏，甚至患上大病。”

我面红耳赤地听着，那热气几乎把我的眼睛都烧红了。虽然我觉得她有点自作聪明，但又不可否认，她于我来说是跟其他女生完全不同的特殊存在。

“为什么……你会闻别人的味道？”

“你知道吗？北京就要办奥运会了。”她将话题引上一条岔路。

“你去过北京？”

“没有，但我一定会去的。那里是可以让人实现梦想的地方，到处都是几十层的大楼，我将来就住在那里。”她脸色绯红，充满期待。

“梦想？”

“我要学西点，去法国。首先我的鼻子得灵光，呼吸是空气的眼睛，懂不懂？”

听她这么说我很开心，原来她也在为确实存在的梦想而努力着，像一个普通人一样。这让我感觉自己和她有了共同之处，我们之间的距离好像也因此稍微拉近了一点点。

“你喜欢小动物吗？”

我摇摇头。

“称不上喜欢，家里也没从头到尾、从生到死地养过什么，觉得挺麻烦的。”

“是麻烦，我养了一只蜥蜴，叫 Molly。她日常吃的生菜要先洗再泡半小时，之后再洗，不然它就不吃，恒温箱也要严格控制到 20 度左右才行。除此之外还要常喂面包虫和蟋蟀补充营养，好的蟋蟀要一块一只，很贵，吃之前要把四仰八叉的小腿儿全部揪掉，变成蟋蟀棍，你知道这对一个女孩来说有多难吧？不过我都习惯了，我还养了蜘蛛。”

“你……是有些与众不同……”

“将来有机会，带你去见见我的宠物们。”

时夏伸出手拍了一下我的肩膀，那只手掌的温度与我的体温相近，让我感觉是自己的一部分，被衣料生生阻隔了。然而这之后没多久，她就转学走了，像夏天的消失一样，没有打声招呼，更没有留下联系方式，她是不是去了北京呢？她一走，我的世界立刻空落了，每日的眼光失去了期盼和归宿，生活意外地让人疲惫。

不过不管各人走怎样的路，人生总要自行向前流去。我没想过我还会再遇见她，时夏的宠物，在后来的几十年我多次听她提起，每次都说要带我见一见，可我一次也没见过，不知道她是真的养了这些毛乎乎、滑溜溜的怪东西，还是只是说出来逗逗我。

高考结束那天，教室外传来爽朗的口琴声，何仕一早就在我的考场门口探头探脑，偶尔目光交汇，他就冲我比大拇指，十分滑稽。其实我也早就完成了试题，只不过林淼的考场刚巧跟我在一个校区，即便交卷也还是要在校门外等她，不如在教室里坐着反而凉快。

监考老师几次出门赶他，他总是晃荡一圈又绕回来，我只好交了卷。我知道我的分数足以让我上个北京的重点大学，而何仕则无所谓哪所学校，因此我们俩的心情殊途同归，都分外轻松。至于为什么要在北京，我觉得至少有一部分是抱着说不定可以再遇见时夏的心情吧。

那天我穿了条洗到发白的牛仔裤，手里攥着十几串洒满辣椒面的羊肉串，略微变形的棉布白 T 恤上沾了几滴辣油。夕阳中何仕的脸被映得通红，我知道我的脸也一样，那根绞紧天空的缎带终于松了绑，世界粗粗拉拉镶着金边的轮廓逐渐清晰，万物的形状也由此变得端正，我们两个肆无忌惮地放声谈笑，辣得口水直流。这些对我来说，已经是非常放纵了。

“我的新生活就要开始了！”

话出口的下一秒，我便轻笑自己竟会如此幼稚，哪有什么新生活，生活自然还是按部就班的老生活，只是换了一套皮囊而已。不过那一刻，是我一生中最像一个少年的时刻，令我时时惦念、时时艳羡。

交卷铃声打响后，考生们鱼贯而出，成百上千张脸上浮动着成百上千副表情，一下面对这么多人让我紧张，我找了个不显眼的花坛拐角，面朝墙壁坐下来等何仕找到林淼，把她带到这里。

耳朵以外的空气很快安静下来，我吃光了烤串，胳膊和脚腕上被咬了十来个蚊子包，他们仍然没有出现。直到四周变成墨色，风也凉爽起来，两对脚才一前一后走到我跟前。明显小很多的那双白色单鞋踉跄了几步，移到我旁边，人也随之无力地倚靠下来，玉山倾颓般的。

我猜想林淼考得不好，站起来两只手环住她的后背，换她坐下。像海洋拥抱小岛那样，希望她能舒服些。我们没有说话，她也没有哭，她不是一个爱哭的人，就这样在无声中拥抱了许久。

那天晚上我们跟家里撒了谎，凑了身上的零用钱在宾馆开了个三人间。本来想彻夜长谈，买了啤酒和煮花生，无奈第一次喝酒，觉得苦不堪言，花生倒吃得精光。因为紧绷的心总算松懈下来，没多久何仕和我就沉入了睡眠，只是隐约听到一个轻缓的声音在耳旁讲话，不知道是做梦还是真的。

“穆远，穆远……”

我翻了个身，不记得有没有做出回答。

“恐怕，我去不成北京了。”

一只手从后面攀上我的肩，似碰非碰地搭着。我又翻了个身，有呼吸颤颤巍巍地吞吐在我的脖子上，因为被触到痒处，意识逐渐清醒过来。林淼的身体在我下巴下方蜷缩着，露在被子外面，我看了眼墙上劣质的夜光时钟，凌晨三点，她是夜半醒来还是一直无法入睡呢？稍远些的地方传来何仕规律的鼾声。

“不知道你会不会忘了我，希望你知道，我是不会忘了你的。”

我用手臂撑起被子把林淼裹紧在怀里，然后从脖子后面环住她。看我突然醒来，她的身子整个颤悠了一下，我假装没听到她的话，拍拍她的后背，像哄婴儿睡觉那样。等她安定下来，我轻悄悄吻到她的唇上去，一点儿力也不使，十分温柔地触碰她的嘴唇，就像轻抚两片花瓣，怕稍一用力会使那花瓣凋跌下去。

“吵醒你了……”

我蹭着她的脸摇摇头，她向我怀里拱了拱，抱得更紧了些。我们 19 岁了，我们终于成了堂堂正正的成年人。我腾出手来抚摸她，从脸颊到脖颈，她截住了我的手，用力拖住。

“我们怎么办？”

“什么？”

“大学之后，我们该怎么办？不在一个城市的话。”

“我们高中也不在一个学校，不也好好的。”我想象着她的指关节因为用力而发白的样子。

“那不一样……”

“怎么不一样？”

“如果我和你在一起，你把我抛弃了该怎么办？”

“你就把我想成这种人吗？”

“不是的……”

“睡吧。”

“对不起，是我想得太多了……”

被压在身下的那只手臂很快发麻，我想林淼的脖子也不好受，只是我们两个人都不好意思先撤回自己的身体，拥抱到最后已经变成一种不尴不尬的僵持。后来我再也没有睡着，直到五点多，林淼在何仕醒来之前悄悄返回了自己的床。很快，我跟林淼之间的关系迎来了突如其来的破裂。

填完志愿没多久我就搬了家，从高云岭60平的老房子搬到了雨花门附近80平的小高层，虽然现在的房子变大了，但因为位置的关系，老房子却多少赚了些钱。反正再有两个月我就要离开这个家，所以怎样都觉得无所谓。

暑假还是跟从前一样过，七月末的时候，母亲那边有一位远房表姐来南京看病，打听到我家在医院有些关系，便透过很多亲戚联络到我家，一来是为了方便，二来又可以借宿。按辈分说是表姐，其实比我大了十三岁，到现在也并未婚嫁，而且母亲说她从未见过这位表姐，只是和她的母亲在红白事时打过两次照面。

表姐名叫颜莞尔，是个心眼见地很平庸的女人，沾沾自喜的情态之中透有几分自命不凡的神气，她身材矮小，衣衫总觉得哪里不整。第一天到家里来时拎了一瓶中档酒还有一些坚果做见面礼，不像其他人把礼物放下就算了，她捧着那些个东西大肆夸耀了一番，是托人从哪里哪里怎样费了心思带来的，上海人如何爱吃，吃了如何好等等……听得我脑袋发胀，就躲到卧室去了。

吃饭时她坐在我对面，父亲不在家，母亲因为工作先结束用餐出了门。我仔细打量了她一番，她很白，皮肤显然不年轻了，但对于三十几岁的年纪来说还是保养得十分不错的，没那么细嫩，倒也算白里透红，头发眉毛都染成棕色，带一对棕色的美瞳，加上鼻梁上的雀斑，乍看下还真像哪里来的混血，嘴唇锋利，想必吵起架来是把好手。她夹了块红烧肉填进嘴里，挑起眉毛望着我。

“表弟，新家住得惯吗？这么大的房子要搁在上海可不得了呢！”

"是吗？"

"不过我倒是不在意这些，我常年在外，各个国家四处跑，居无定所的，不需要固定房产这种东西。曾经有任男友要送我一套我都没要呢！哎呀，不该说这个了。你出过国吗？"

"从来没有。"

"真该出去看看。"她又吃了几口米饭，咀嚼时谈话中断了一会儿。

"看病要花多久？"

"不知道，也许明天就走，也许要花上一个月也说不定。"她好像看出我并不关心她的病况，只是想问问她会在我家待多久，故意给出一个模棱两可的答案。

"你为什么总是出国？因为工作？"

"也有工作，更多的是跟着男朋友。说出来有点不好意思，你也别不信，我可是外国人最中意的国人长相，男朋友多的是，各个国家的都有。只不过我一点儿也不在乎他们，我谁也不想爱，我只是玩玩。所以分手对我来说根本不算什么，也不觉得有所失去，相比之下还不如搬家更让我心烦。"

她的口气之中不无故作轻松的成分，还特地喝了几口汽水掩饰。对她的话我很是怀疑，包括她的长相、男友以及她谁也不想爱，不过这倒勾起了我跟她聊天的欲望。

"那你最喜欢哪个国家的男人？"

"外国人对我来说太大了，我是说个头。"她意会地向我挤挤眼，然后比了比自己的身高。"那种太男人的我可受不了，所以性格温柔一点当然好。法国人最温柔，法语真是世上最容易让人意乱情迷的语言，每句话都酥酥软软，大部分时候我都不知道他在说什么，就是觉得好听，就是想让他贴在我耳边讲话，那种感觉你明白吗？你太小了恐怕还不明白。”

“你生的是什么病？”

“那个法国人狂热追求我的时候献尽了殷勤，是个很绅士的人，他做的每件事都十分浪漫，就算是分手，也称得上我人生中最甜蜜的分手了。”表姐沉醉在回忆里，停下了手中所有的动作，也略过了我的问题。

“外国人除了牛排是不是很喜欢吃鲍鱼什么的？你应该去过很多高级餐厅，一定也吃过吧？”

“当然，不是我吹嘘，多高级的餐厅我都去过，你能说得上来的食物恐怕我都尝过呢。”她的食指绕着一缕头发打圈。

“我之前看美食节目，有一种叫九星鲍的，看起来特别味美，多想能吃一次，你吃过吗？”

“那个啊，吃过！不知道是不是烹饪手法的问题，我吃起来觉得有点腻，不大喜欢。”

“九星鲍是一种宋代的乐器，食物什么的是我胡编的，我吃完了，你慢慢吃。”

说完我起身回房间，故意把动作放得很慢，想要仔细观察她表情的变化。对于热衷展示优越感的人来说，这无疑是一次致命的羞辱，我其实也没有太多恶意，只是单纯觉得好玩，没想到一个成年人居然在自己的晚辈面前呜咽起来，我一下慌了神。

“对不起，我只是开个玩笑，请别放在心上。”

“我不明白，我是不是做错什么了你才故意挖苦我？”她哭花了眼线，双颊也憋得通红，皮肤泛起细细的褶皱，活像一只熟透的丑番茄。

“没有没有，完全没有，全是我不对，别哭了好吗？”我给她递过去纸巾，想拍拍她的肩膀以示安慰，被她迅速躲开了。

“我说，不会是你喜欢上我了吧？因为吃醋才这样的？不少男人因为吃醋对我恶语相向，尤其是你们这种大学生，喜欢用招人讨厌的方式引来关注。我是你表姐，你可不要乱想！”她止住抽泣，夸张地瞪大眼睛。

“我没有，你误会了，我对你半点非分之想也没有。”

她的脑回路差点让我没憋住笑，就她而言，无论如何也不是我理想的情人，更没法想象自己把脸埋进她乱糟糟的头发里。

“真的？不觉得我好看？”

“真的，不觉得。”

“你骗人！”她气冲冲站起来走开，没两步又折返回来，将桌子上的空碗收去厨房洗刷。我莫名其妙地回到房间，仔细回想我们的对话，不知道她是气在我没觉得她好看，还是气在我真的对她没想法。

6

后来的两天表姐都没怎么在家，我偷偷去过她住的客房，屋内除了书桌一角有一些日用品，其他地方几乎没有变动，床褥整齐，丝毫没有压过的痕迹，像没人住过一样。准备好随时离开，可能是她的一种习惯。

很奇怪的是，当她在我面前时，我觉得她不好看，尤其是她脖子上松弛的皮肤让我有点嫌弃。但当她不在家时，我便会看着手机里的照片，在脑海中描绘她的长相，在那里她忽而变得姿态撩人、风韵犹存了。然而当她再次出现在我面前，那种嫌弃的感觉又会绕个弯跟在她身后跑回来。

我跟何仕提起过颜莞尔，不知是不是受她影响，虚荣心作祟，我说了假话。我说家里来了一个姿容姣好、香艳动人的表姐，如果不是大了我十来岁，恐怕会立刻爱上她。何仕要求看看她的照片，我又推说没有加她好友。这期间我跟林淼不咸不淡地见过几次，大多是聊聊各自最近的生活，其实也没什么新鲜事，所以翻来覆去都是那几句话，唯一有点意思的是她提起的一个网友。

"之前一直聊天的那人来南京了，前几天约我见面。"

"你去了？"

“嗯，去了。”

“哈哈，感觉是件挺大胆的事，不像你会做的。”

“我也觉得。所以那天我提前赶到约定地点，先躲了起来，确定对方是女生才放心打招呼的。”

“然后呢？感觉怎样？”

“完全没有陌生的感觉，是个很体贴的大姐姐，和我不一样，她很招男孩子喜欢，我想你见了也一定会喜欢她的。”

“神经。”

“而且，她说起现在交往的对象来还真和你有些相像，让我莫名觉得跟她又多了一层缘分呢。‘也称不上交往，还在恋人未满的暧昧期，这是我最喜欢的时期，比真正恋爱还要喜欢。’她是这么跟我说的。”

“相爱不就是为了最终在一起吗？”

“相爱，也不是非爱不可吧？”

我和表姐再次说话是因为一次停电，那天她一通施朱敷粉打算出门，却被突如其来的暴雨困在家里。天气没有因此变得凉爽，屋子里尤为闷热，空调断了一会儿，浑身上下就黏糊糊的。我窝在床上打游戏，她徐徐走过来，倚靠在门边。

“喂，不热吗？”

“还……还好。”我很惊讶她主动找我搭话，抬头看她，游戏里的人物立刻死了。

“毕竟我比你大了十几岁，那件事我既往不咎，原谅你了，不过你以后可不能再对女孩子那样说话了。”她把头也靠在门框上，扔了一颗花生米到嘴里去。“你这家伙，一定还没谈恋爱吧？”

“要好的女朋友是有一个，但说是谈恋爱的话可能有些牵强。”

“这是什么逻辑？不是谈恋爱又算哪门子女朋友？”

“简单点说，毕业以后我们算是基于交往的前提在相处的，对方怎么想我不清楚，就我而言，无论是从感情还是其他方面，都还称不上是真正的谈恋爱。”

我从未向任何人表露过这种心事，但表姐情事丰富（至少从她的表述来看是这样），更重要的一方面是她很快就要离开，这之后就再也不会联络，所以无论开口说出怎样重要的秘密，马上都变得无关要紧了。我一边说一边重新开了一局游戏。

“其他方面？”她捂着嘴，做出令人讨厌的深情，“穆远你……还是个处男啊？”

我 20 岁了，已经可以被称为青年，早已成熟却掣肘于伦理无法自在长大的青年。不知道为什么，这个年纪的大部分男生对于“处男”这件事极其敏感和执拗。被别人谈起，总觉得被揭了短，何况我早早进入感情长跑，这么多年仍未达成正果，别人会认为我“那方面”很不行。虽然我低着头，但我敢肯定她正目不转睛地注视着我，就像那天我从餐桌上方注视着她一样。窗外雷声大作，表姐完成了微妙的报复，我满脸通红，又气又臊。

“别乱说！我早就不是了！”

“这没什么，和你一样没长大的男孩子还有很多呢。”

“你怎么知道我没长大！”

我有些急了，抬头瞪了她，她则挑起眉毛轻浮地望着我，嘴角窃笑。可恨！又掉进了她的圈套，没想到她竟说出下流话来。她反手关上门，还上了锁，摆动腰肢走到我床边坐下。这一连串动作令我心弦悸动，联想起不可说的事来，不过我还没有被情欲搞得神魂颠倒。虽说关系很远，表姐这件事可以不作数，但单就与比自己大了十来岁的女人扭绞在床上这件事，也足以令我日后成为笑柄了。

空气中弥漫着她身上浓烈的香水味，害我连打了两个喷嚏，既而就有些头脑发胀，神思不定了。说起味道，颜莞尔是塑料包装的大块水果硬糖，拥有相当艳丽的糖纸，初接触时让人欢喜，但你要吃的不是那层纸。剥去糖纸时噼啪作响，令人兴奋，入口的一瞬间，是水果味没错，很甜也没错，可含久了，喉咙被这甜味一直齁着，就不那么好受了，水果味也渐渐失了真。这时你会意识到，她并非一颗真正的水果，而是一场用糖精浇灌的骗局。或许长时间不吃偶尔还会想要再试一次，不过，每次化不完一整颗就会想要吐掉了。

可能是光线昏暗的关系，她的身影第一次不是在想象中而是在我眼前变得绰约有致，脖颈上的皱褶隐匿在阴影之下，全然不见了，皮肤光泽发亮，鼻梁上的雀斑在粉底下半躲着，露头露脚，羞涩可爱，连浸泡在雨声中的房间也多了一种别样的情趣。这样子再来看她，顶多和我年纪相仿罢了。

“你猜如果法国人是你，现在会做什么？”

“我怎么知道。”

“会说上一大堆絮絮情话，然后将我扯进怀里，吻我的脖子。搞不清他们为什么那么爱亲脖子，痒死了……”她顿了顿，“你真不热吗？我怎么觉得怪闷的。”

她没头没尾地说着话，脱掉外搭丢在一旁，里边竟然只有一条纯黑色吊带短裙，不光是我，任凭哪个男人都会浮想起来。

“那边有扇子，”我用手指指远一点的书桌，希望她离开我，可是不自觉地有点语无伦次，“我是说如果你觉得热的话。”

“你在玩什么游戏？好玩吗？”她爬向我时有那么几秒钟，我不经意从垂下的吊带裙里瞥见了不该看到的部分，她是故意让我看到的。她将头探到我手机上方，几缕打着卷的散乱发丝垂落下来，搔弄着我放在屏幕上的拇指，还有些飘到我的脖子上，被汗水黏住，就那么静止不动了，好像成为我们之间的某种勾连，成为我身上生长出的一部分。我僵着身子，一动也不敢动，后脑勺紧紧贴着床头，谁知她又伏下身子，随着混乱的游戏画面，我的心绪也变得杂乱无章。

“长时间陪一个人聊天，这个人会对你产生感情，一直吃某种食物，会对这种食物依赖，就连去餐馆的固定座位，也会变成一种习惯。可像这样打游戏，手机会与你产生什么连接吗？”

她没给我答话的机会，伸出手遮捂住手机屏幕，指尖假装不经意触到我的手腕，我整个人为之一颤，突然间我想到我触碰林淼时，她的悸颤以及我的心情。只不过我吃定的是林淼的心，表姐吃定的是我的人。

“小孩子就是容易害羞，躲什么？难道怕我亲你吗？”

“这……这是不对的，万一被我妈知道了怎么办？”

“年轻人怎么能有这么多顾虑？不是想尝尝恋爱的滋味吗？一直以来都很期待吧？努力克制自己不难过吗？告诉你，我这样主动还是第一次，让我帮你吧？嗯？”

她的话又软又轻，在我耳边飘来荡去，搞得我脸红心跳，身体不受控制地酥麻起来。

“嚯，心跳得可够响的。”

她继续压低身子，直接贴在我胸口上，虽然我的脑袋不停地告诫自己这样绝不行，可是身体却诚实地有了响应。她抬头冲我笑了笑。

我先是感到羞耻，甚至不好意思睁开眼睛。然后是歉疚，一会想到林淼，一会又想到时夏。但没过多久，我便沉醉其中了。然而这整个过程极快极恍惚，好像还没开始就结束了，从头到尾，她连衣服都没脱，我们之间到底有没有确切地发生什么我也是稀里糊涂。随后，她抽了几张纸巾丢给我。

“舒服吗？”

我一下觉得难堪极了，对于自己身体与意志的双重缴械羞愤难当，陷入深深的自我厌弃之中，除此之外还有些失落，我感觉到有什么从我身体里永远失去了，虽然我不清楚那是什么。沉默中我渐渐清醒，说不定她会去跟母亲告状，母亲指定会赏我一个耳刮子，说不定她还要到处去炫耀自己怎样轻松玩弄了一个年幼“处男”。唯一应对的方法就是陪她将这游戏玩下去，让她真真正正地爱上我。

“嗯。”过了半晌，我闷闷地从喉咙里发出点声音来。

“刚刚为什么又愿意碰我了？”她扭过头来对着我的脸，近看真是色衰珠黄，眼角已经有了不少细纹，脸色也不如刚才那样红润，浓厚的残妆已经浮起了粉，就像白墙上翻起的墙屑一样令人恶心。不过此时我应该说“因为我也喜欢你”才对，我酝酿了一会，将那几个字在唇舌间依次排好顺序，可不管怎样都说不出口，还好，她又继续开口说话。

“瞧瞧你的皮肤，又细又滑，年轻可真好。”她眼带笑意，细溜溜的手指在我脸上滑来走去，我感觉自己变成了在她股掌之间寡廉鲜耻的玩具。

后来的几天我尽量不让自己与表姐打上照面，她则完全相反，总是无缘无故跑到我房间里来，眉眼话语之间净是别样的意味，那种“我们俩的关系非同一般”的意味，有时还当着爸妈的面！我越发觉得她是有心那么做的。

“夏天要结束了，我也要走了。”

有天我从客厅路过她身边时她这样说。

"身体全好了？"我在她近旁停下，心中暗暗高兴。

"总之暂时不用再看医生了。"

"是好事啊。"

"你舍得我走吗？"

"不舍得也没有办法。"

"你为什么对我这么冷漠？我可是把一个女人最珍贵的东西都给你了，现在想想自己真傻，怎么会喜欢上你呢？"

"你喜欢我？"虽然心里想着如果她能真正喜欢上我就不用担心了，可当她真的这样说时，我却感到害怕。

"混蛋小子！不喜欢你会跟你那样吗？！"

"可你不是谁都不想爱吗？"

"爱一个人哪有什么道理可讲！"

说着，表姐捏着纸手帕抽泣起来，她连抽了好几张，将那些纸揉成一团在脸颊上揩拭着。

"好了好了，别哭了，我最怕女孩子哭了。"

"别理我！我再也不想跟你讲话了。"

"不要生气了。"一个三十多岁的女人还这样撒娇，真让人讨厌。

"你是不是更喜欢你那个女朋友？"

"也不是这么说，但按照相处时间来算的话……"

我竟然真的像个负罪男人一样解释起来，明明是她主动靠过来的，现在反倒是我占了她的便宜了。

"你不是要去北京上学吗？生活费什么的家里给的一定很拮据，你说我也搬去北京找份工作怎样？我赚钱给你花。"她抬起湿漉漉的眼睛认真地望着我，我分不清她究竟是不是在开玩笑，有点不可置信，说话也结巴起来。

“为……了我？”

“瞧把你吓的，放心吧，我不去，在北京找份好工作多难啊……”泪珠还分明地在脸颊上挂着，她却又笑起来。

离开那天，颜莞尔穿了件深灰色针织短袖，缀一大串珍珠项链和呢料的中长款格子裙，从腰下开出许多褶皱，走起路来像一朵晃悠悠的铃铛花。她的头发精心梳理过，有力地束起来，配合鲜艳欲滴的红嘴唇，整个人显得十分妖娆。

早上她向爸妈道谢和告别，我暗自庆幸没有我俩单独相处的时间，结果在临出门时她要求我送她。

“小姨，你们就别麻烦了，我也不是小孩子，非要送的话，就让穆远帮我把行李拎到楼下好了。”

看得出母亲要送她就像初识的朋友抢着埋单一样，只是出于客气，何况母亲似乎并不怎么喜欢她。

“也不知道现在社会的女人是不是都这样，总打扮得露皮露肉。到走了也还是没适应被一个跟我年纪相仿的女人叫小姨，奇奇怪怪的……”

昨晚母亲这样在我跟前嘀咕。所以一见她这么通情达理，便欣然顺水推“我”，我也不可能推辞了。

电梯里只有我们两个人，我在她和行李箱之间不尴不尬地站着，感觉是一次挟持，忽然她拉住我的手，我触电似的连忙抽了回来。

“怕什么？”

“被看到怎么办？”

“你要是真喜欢我就不会这么说。”她又做出一副伤心样对着我。

电梯门开了，颜莞尔径直走出去，一直到大门口。阳光刺眼，我闭上眼睛适应现在的光线，调整眼球的位置。

"虽然说不说结果都一样，但还是想要说一下，有空给我发简讯。"睁开眼时她已经戴上墨镜，不过那声音听起来很诚恳，难不成她真的喜欢上我了?

"嗯，会的。"

"再亲我一下吧？"

"在这里？不好吧？"我环顾四周，生怕被谁看见。

"那我们到这边。"她不由分说地拉起我的手，把我牵到一个拐角里，直接吻上来，我个子不高，她又踩着高跟鞋，所以吻起来毫不费力。这段感情中，或者说是际遇比较妥当，我们都认为自己是输的那一方，颜莞尔从头到尾都没有得到我的喜欢，我虽不情愿却由始至终被她掌握着，很难说这里面到底有没有"其实我也希望事情就这样发生"的成分在。

所以这枚吻的味道很奇怪，我不知道实际吻了多久，不过感觉上，我们吻了很久，像在嚼一块已经嚼了许久的口香糖，虽然已经到了吐掉的时间，但若有似无的甜味和弹力仍然吸引着我再嚼上几口。最终是她主动与我分开，完全没想到口香糖意外掉落，我有些吃惊地望着她，眼睛已经游走到一旁。

"走之前帮了你一个小忙。"说完，她头也不回地向前走去。

"喂？"

"一会儿你就知道了。"她向后举起手摇摇，尖细的鞋跟一步一步踏在我心口上，嗒嗒作响。

她刚离开，林淼从角落里走出来，眼圈红红的，应该是哭过了。

"我本来不相信的。"

"不是你看到的那样。"

"你们在一块了？"

"我不喜欢她，真的！"

"还做了什么？"林淼的声音还是很轻很柔，但这次听起来却不容置疑。

"我……我也不清楚……对不起……"

"为什么不骗我？"

"别哭了……"我想帮她抹抹眼泪，被她抬起的一只手挡住。

"只要你骗我，我们还可以交往下去，我一直以为我们会结婚的……"

"对不起，别哭了……"

"我不会再为你哭了，我们之间只能到此为止了……这都要怪你……"

我很想说点什么，但又不知道可以说什么。

"我拥有的爱就这么多，虽然很不起眼，但能给你的我都给了，我一直默默希望你不要嫌少，果然对你来说，这些还远远不够……"

林淼慢慢垂下眼帘，声音也稳定下来，不再抽泣。

"秋天来了，要早点加衣服。"

"我……"

"你走吧……我看你走。"

我立着没动。

"你走吧。"

她定定地望着我，语气中带有一种孩子气的倔强。我知道这对她来说很难，仅仅是轻描淡写的三个字，里面却揉进了人类最复杂的情感。她花费了多大力气才将自己所有的爱恨和遗憾，绝望和情深攥成这么一小团字符？一定很难，换作是我，恐怕做不到。我最后说了句对不起，转身离开，再见到林淼已经是七年之后的事情了。

7

当我得知颜莞尔就是林淼的网友时，我给她发了简讯。

“为什么要这样？”

“我是为你好，更是为林淼好。”

“哈？”

“从始至终你都不清楚自己是不是真心喜欢她吧？这样下去不会有好结果的。林淼是个死脑筋的人，你呢，又是个坏透了的自私鬼，只能这样处理了。我做得不对吗？仔细想想，你心里是期待着结束，期待着孑然一身开始新生活的吧？不是这样吗？”

其实除了愧赧，我确实意外地觉得有些轻松和解脱，一个从小学起陪伴我至今，一起体会过许多个第一次的“女朋友”因为我的背叛而离开，我却为此如释重负，这种感觉令我害怕，对自己害怕。我真想将手插进喉管深处，把心掏出来看看，看自己究竟是一个怎样坏掉的人？究竟自以为是到了什么地步？我心中的内核是不是还没开始生长就已经腐坏了？

几天后，我离开南京前往北京，何仕跟我一起，这期间我已经有一个月没有见过他。他在车站出现时我非常吃惊，即使不算完全变了一个人，半个总也有的。不像之前总爱穿大一号的衣服，松垮又懒散，而是在非常合身的白打底外，套了件白衬衫，只扣了最下面两颗扣子塞进黑色短裤里，纯黑色中袜、球鞋以及棒球帽，换了银丝边眼镜，看上去已经和从前完全不同，在修饰脸型的同时令他多了股书生气。

“怎么样？是不是很像你的穿衣风格？”我低头看看自己，果然上身白下身黑，除了没戴帽子，所有单品都只是细节不同而已。

“也不是什么时髦的风格。”

“我觉得好看。”

“你是不是瘦了？”

“看出来了？！你还挺关心我的嘛！”

“嘁……”

“最近拼命减肥来着。”他抢过我的箱子，加上他自己的，一手一个，在前面领着我往车上走。

“你要干吗？”

“我要重新做人，由表及里，从外到内，不放弃任何一个减肥的机会！我热爱减肥！减肥使我快乐！”

“人还没到北京，已然学会贫嘴了，还没问你怎么这么巧，正好是我旁边的学校，我记得你当时第一志愿不是跟林淼留在南京的学校吗？”

“没能考上呗，我就说咱俩合适……”他把行李都丢到行李架，让我靠窗坐，自己坐在我身边，像个刚熄灭的大火炉，热气腾腾的。我往窗子边挪挪，把手机拿出来解锁，翻了几下又觉得没什么可看的，就那样盯着屏幕直到它自己暗下去。

“去年和林淼一起帮你过生日，她掏出这个手机来送你，害得我都不好意思把我的礼物拿出来了。”

“其实……手机也没什么用……”

这是实话，我的手机通讯录里即使算上颜莞尔一共才只有四个人，林淼、何仕还有母亲，连父亲的电话都没有，因为母亲说家里存一个人的号码就够用了。这四个人里，有两个我不确定还会不会再联络，有一个就在眼前，所以说，手机有什么用呢？

“现在林淼应该很难过吧？”

不知道林淼有没有告诉他我们之间发生的事，我闷不吭声地思考何仕所说的难过是指哪一种分别带来的难过。

“对于眼下这条路，可以就此停住，可以掉头回去，可以一同前行，也可以你向左，我向右。可不管怎样选择，你我的人生都还是会继续前进，有所交汇，终将分别。”

“你以为自己是什么哲学家吗？”

“可我暂时还不想分别，所以在自己还能选择的时候，陪你多走一段路。”

何仕不理会我的嘲讽，十分认真地讲话。我很感激他愿意一直和我做朋友，如果没有他，我的大学生活不知该有多么难熬。

“怎么都没听你说起过什么喜欢的人？”

“我已经不想让自己喜欢什么人了。”他笑吟吟的，手指一直摩挲着他的那支口琴，像要把那上面的划痕抚平似的。“因为我大概知道我喜欢的那个人，是不大可能也喜欢我的。”

当初林淼送我手机，是因为我随口说的一句话，这完全在我意料之外。那时候时夏刚转校，我没情没绪地过了一段时间，有天回座位路过前排时，听到他们谈论时夏，我便放慢脚步留神听了一会儿。他们说到 QQ 号，说现在上网都用这个聊天，还弄来了时夏的号码，当其中一个拿出写有号码的纸条时，我的心几乎要从嗓子眼里跳出来。我已经走过他们的座位，可眼神还一直停留在那个位置，我想象得到我因为渴望而扭曲的脸，但我管不了那么多了，我一定要知道那纸条的去向。

等到午休，所有人都离开教室，我弓腰驼背跑到藏有纸条的抽屉里翻找起来，然而哪里都查看了，还是没有那张纸条的踪影。在就要放弃的时候，有一块叠好的指甲大小的纸条掉在脚边的地面上，纸已经被捏软了，有汗水浸在里面。

我捡起来，小心翼翼打开，抄完以后将它照原样叠好，仔细塞回抽屉里，转念一想，还是把它拿出来丢进了垃圾桶，走了几步又折返回去，再次取出来，撕碎了揣入自己的裤子口袋。那天回家我借故离开，去了白马公园，将碎纸屑丢进那里的花池，然后独自去了网吧。

那是路边一家破破烂烂的网吧，一推门，呛人的烟草气混合着发油、潮气以及泡面的味道一股脑儿塞进鼻腔，那瞬间我几乎呛到要落下眼泪来。虽然挂着未成年禁止入内的牌子，但前台也只是极尽敷衍地问了一句而已。

“身份证带了吗？成年了吗？”

“啊……出来的着急，忘记……忘记带了……”我结结巴巴地撒谎，谁知他连头也没抬，随手拿了不知道谁的身份证就刷了上去。

“开几个小时？”

“嗯？”

“我问你要上几个小时的网？”他有点不耐烦。

“哦哦……一……一个小时可以吗？”我询问地看着他。

“不可以。”

“哈？”

“骗你的，押金十块，11 号机，走的时候来前台退钱。”

“喔，谢谢。”好嚣张的网管，网吧真是一个令人讨厌的地方。我用手指甲捏着他递给我的卡片，尽量不让指肚与它接触。

座位也是，看起来黏糊糊的，鼠标和键盘上有些黑黢黢鼓起来的脏东西，我试着用卡片刮了几下没刮下来，不知道它们都在这里经历了什么。我站也不是坐也不是地在那里磨蹭了很久，直到旁边的人冲我喊了一句。

“喂！上不上网啊？看我电脑干什么！”

这时我才硬着头皮坐下了，在有 QQ 字样的图标上点击两下，然后盯着跳动的企鹅等待，接着注册，成功了！我是第 11301411 位用户，就是说，我和这一千多万人都有可能相识、聊天。这么多人在用，时夏是第几个？又认识了多少人呢？我在添加好友那里输入她的号码，原来还要填写申请好友的理由啊，这样一来添加好友好像就变成了一次恳求，好像双方在开始前就有了阶级差距。

“请加我好友吧，不想就这么和你失去联系”。不行，绝不能这样！如果这只是我的一厢情愿，就什么意义也没有了，可是，不就是我的一厢情愿吗？她想找我的话，随时随地都可以找到，然而她没有，估计她早就将我抛之脑后，一次也没想起过了。

我郑重其事地琢磨了很久，第一次写了很多，直到超出字数限制，可我觉得其中每个标点符号都有存在的必要，哪个也不愿意删，不删又不行，我就这样反反复复、斟字酌句，到最后只剩下“你好，我是穆远，你的同学”。她的昵称我现在已经忘了，只记得剩下的时间里我一直呆望空空的屏幕等着，忘记了烟臭味，忽略了脏东西，充满期待地等着。

不过什么也没有发生，她没有通过我的好友申请，也许这根本不是她的号码，我这么安慰自己，但我心里知道这一定就是她的号码，最后我能让自己接受的原因就是她还没看见这条消息。走出网吧很久才想起我忘记退回押金，但也没有回去的意思。八点钟天还没黑透，云层将天铺得很满，那些云很薄，仍可看见月亮高高挂着，因为它们的关系月亮周身裹了三层光晕，一圈半透明的，一圈黄澄澄的，一圈是脏了的淡红色，很像我照镜子时浑浊的散布血丝的眼。

后来我一直惦念着，想再去网吧看看是否被通过了申请，可惜没找到机会。

“要是能有只手机就好了。”

“原来你也这么想啊……”林淼好奇我竟然对数码产品感兴趣。

“手机是不是可以上网？”

“是啊，这样我们联系起来就会比较方便了。”我们坐在蛮高的石阶上，林淼说话时不断用脚后跟轻敲石阶。

“嗯，但太贵了，还是毕业之后再跟家里提吧。”

到那年生日，我跟林淼拥有了一样的手机，我用它干的第一件事就是登录QQ，然而仍是毫无动静，直到现在，我们也不是好友。

“想什么呢？”何仕用食指拨了拨我的下巴。

“你妈妈那边怎么办？”我找了一个不相干的话题。

“什么怎么办？”

“她不是很希望你能考一个理想大学？”

“不用管她，我的烦心事我自己解决，她的烦心事也该由她自己解决，况且她总有办法，不用管她……”

在嘈杂的车厢中，我们沉默了一会儿，然后他拿出零食和水来给我。

“你怎么也喝水，不喝可乐了？”

“不喝了。”

“真的要减肥？”

“真的。”

“怎么想通的？”

“人是会变的，不喜欢的东西喜欢了，很喜欢的东西后来不需要了，这很正常吧？你要习惯。”

他说的对，我也知道这很正常，但会不会习惯，我不太敢说。那年高铁还没开，我们的空调快车要坐将近 15 个小时，但我在车上已经觉得窗外的景物极速飞驰，眼前摇晃模糊。听说坐高铁的话只要五个小时，等高铁开了，奥运会也要开了。冷气太足，这会儿我又觉得凉，从窗边向何仕身边挪过去了一点。

大学生活我适应得很快，比起初高中来，那真是一个非常自我和独立的地方，一定程度下可以做自己想做的任何事，一个人，完全不被打扰。非要说有什么难以接受的，应该就是寝室生活。对我来说非常隐私的睡眠时间要与别人共享，一想到有人在我床边走来走去，甚至可能在我的床上又躺又坐，我就觉得浑身发痒。熄灯之后一听到其他人的呼吸我就不胜其烦，最开始的一个月每天都是翻来覆去，到后来好一些，但睡眠质量还是很糟糕。

“搬出去住吧？”一次吃饭时，何仕对我说。

“嗯？”

“在学校附近租个房子，我班上有一个兼职中介的同学，我帮你找找看，这样一来不是所有问题都解决了？”

“我哪里有钱啊！”

“都是同学，我让他给你算便宜些，而且学校不住了，不是省出一些住宿费吗？另外我们合租，我可以帮你分担一半。我偶尔过去住，有时在外面兼职挺晚的，回学校有点不方便。怎么样？”

“你先问问看吧，不要自己定，价格问了再说。”

“当然。”

没几天何仕就带我去看了房子，步行到学校十分钟的路程，其间还经过一片大排档。因为学校在开发区，所以房子是新房，很干净，大概三十平不到的一个开间，17 楼，淡黄色木地板，落地窗，白色墙漆，里面空空荡荡，除了一张一米五的木床之外别无他物。

“怎么样？日式极简，哈哈！”他挥着手在屋里绕着我转圈。

“房子是还不错，只是应该不便宜吧？”

“五百。二百五不好听，谁让我比你高比你富还没你帅，只能我让你，我三百，你两百。”他挑着眉毛看我。

“不可能吧？这么便宜？这是北京欸……”我有些不可置信。

“大哥，这里是良乡大学城，都要到河北了，用北京号搞不好还要收漫游费，而且这房子里面什么都没有，再说我不是有熟人嘛！定了吧，你看这风景也不错。” 他打开窗户探着身子朝外面说话，“山！景！房！哈！哈！哈！”

接下来的几天我们置办了书桌、台灯、坐垫和简易衣架，虽然房子本身不大，但好在我们的东西也不多，所以还算宽敞，至少比学生宿舍舒服了不知多少倍。算起来何仕一共也没在这个房间里住过几天，每个月顶多会过来两三次，这总让我觉得自己占了他的便宜。

搬家过来的第一天我们两个在房间里收拾东西，手忙脚乱时有人敲门，何仕跑去应门，我在洗手间就远远听出对方的不快。

“我说，新搬来的？你们能不能小点声！还有就是不要一次往洗手间的地漏里排太多水，水下不去，时间久了房顶会渗水！”

“是吗？”

“是啊！不是我会跑过来？！”

“对不起对不起，是我们不好，真不好意思，我这就把水停掉……”我闻声从洗手间跑到门前连连道歉。

“你们俩住这里？”她倚着门框，上下打量了我几眼，又转去打量何仕，眼神暧昧，我意识到她是误会了，赶紧摆手。

“不是那样……”

“对啊，怎么了？”何仕打断我，接过话头。

“没怎么，挺好的。”女生挑着眉毛探头向屋里瞟了两眼然后摆摆手，“走了，来日方长，有缘再见。”

“以后会多注意的，抱歉了。”

不知道为什么，在这女生的盛气凌人之下我一点火也发不上来，只是打心眼里觉得自己确实做错了，实在应该道歉，这也是后来我与她相处时自动开启的模式。她好像什么都懂，也总是对的，一旦她鼓起腮帮子或是瞪瞪眼睛，我就知道指定是我又干了什么错事蠢事胡闹事。

我体寒，所以十分畏冷，就算气温没怎么降低，只要一入秋，便开始手脚冰凉，赶上伤寒时节，我是必定会生病的。搬来新家没几天我就流起清鼻涕，课也懒得去上，成日缩在被窝里看书，有天下午不知不觉睡了过去，醒来时吓了一大跳，有个女人正坐在床边的椅子上望着我。

“睡醒了？”

我喘了一会儿气，定睛细看，才意识到是那位强势的邻居。

“你怎么进来的？”

“你说我怎么进来的？”

“我……”被她这么反问，我自己也觉得好像我该知道一样，在脑中使劲搜刮我们之间的交集。

“你的钥匙在门上插着忘记拔下来，脑袋在想什么？！”

“啊，我忘记了，对不起。”中午吃饭回来时，心上确实总挂着一件事，犯嘀咕了很久，硬是没想起来落了什么。

“你这个人，很喜欢道歉吗？跟我说什么对不起，跟钥匙说吧，把它自己晾在门外。”

“对不起啊，害你受冻了。”我接过钥匙，真的捧在手里跟它说话，接着我们两人都笑了，钥匙也丁零当啷地晃着。

“这些小说是你自己写的？”她手里捏着几页纸，是我睡觉前还没写完的短篇。

“都是随便写写的……”我窘迫地把纸张从她手中抢过来塞在床头一角，眼睛又不由自主滑向一边了。

“你怎么了？看起来病怏怏的。”

“伤风感冒而已。”我起身把床边的鼻涕纸都收起来丢进垃圾桶。

“吃药了吗？”她仍然一动不动地坐着。

“嗯。”

“那就去换身衣服吧。”

“干吗？”

“带你吃饭去。”

她叫余欢，比我高一级，被称为教育系的能力者，又是学生会主席，代表学校参加的市级、省级比赛不计其数，除此之外，她的家境也殷实。我觉得教育系很适合她，因为她一直致力于用自己闪闪发光的人生之路“教育”着途经的人们。如果我的人生有什么毫无风险就可以一劳永逸的办法，那一定是跟她永远在一起，可我没有，虽然我不为此感到后悔，但我绝对承认这样选择是没有评估过未来的极其不理智的行为。

余欢个子很高，穿上高跟鞋会比我高出一截。她生了一张极标准的瓜子脸，眉毛修剪得细细长长，像画出来的，内双，但眼睛大而有力，就连很淡很淡的棕色眼波里都回荡着坚定。脸颊肉乎乎的有点婴儿肥，口型小巧，头发蓄过肩膀以下，看得出已经烫了一段时间，直发从头顶长出来，只剩下半截还是波浪卷，不过她时不时会用涂成粉紫色的手指甲抚弄两下，那微微透露出的倦怠之意与宽波厚卷相得益彰。

她很喜欢吃香菇，几乎每次吃饭都要点一份，素炒、清蒸、糖醋或者佐以其他食材的奇奇怪怪的做法，她都愿意试。可我讨厌吃香菇，我觉得那东西有一股说不上来的怪味，总之不那么容易下咽。

“吃一个试试嘛，你知道香菇是山珍之王吧？”

“之前试过的，还是没办法……对不……”

“好了好了，不吃就不吃，别又道歉了。”

“你说香菇听到了会不会伤心？”

“嗯？”

“因为被嫌弃而伤心。”

“哈哈哈哈，因为不喜欢自己的人死里逃生和因为喜欢自己的人死得其所，这两种，不知道哪一种才算是侥幸呢。”

我很怕在陌生人中成为焦点，因此推搡、吵闹和抢着埋单都令我讨厌，男生同女生一起吃饭，在那时候我被教育的观念里自然是男生付钱。我在第一时间掏出钱包，不过余欢轻敲桌面，挑弄眉眼示意我收起钱包，她压低声音探出身子。

"想不想吃霸王餐？"

"不好吧。"

"胆子怎么这么小！收拾好你的东西，我说走你就跟我一起跑。"

"别了，也没多少钱。"

"走！"她突然站起来拽住我的手，我只好顺势起身，桌椅摩擦地面发出呼呼啦啦的声响。

"喂！"她不理我，拉着我就跑。

我们冲出餐馆跑了很久，她一直叫我不要回头看，快到小区才停下来，我们弯下腰，手掌按着膝盖大口喘气，咯咯直笑。

"好玩吗？"

我体力很差，累得说不上话，只顾在黑暗中点头。

"哈哈，我也觉得逗你挺好玩。"

"嗯？"

"我是熟客，这家店月结就好了，傻子！是不是跑一跑身体通畅多了？"

"好像是轻松一点。"

"好啦，不早了，回去休息吧，我还会再去找你的，不过，我更希望你能来找我，明白？"

"哦。"

我似懂非懂地点点头。自从颜莞尔那件事之后我就有点抗拒与女孩子肢体接触，不过也许是情况紧急的关系，余欢碰到我的手时，我并不抵触，由她拉着我反而感到安全，就像自己成了千层海浪中的薄薄一片，不怕受到伤害，不用考虑终点，只要什么也不想的任凭更加巨大的力量拥着我前行就好了。

8

我是一个很怠惰的人，怠惰到什么程度呢？如果没人拉我出门，只要不会饿死，我就可以一直在床上躺着，怠惰到任何人际关系我都懒得维系，所以我没什么朋友，不过我也不在乎。我深知我是一个很不合格的室友，说到底可能连个像样的朋友都称不上。已经有近一个月没见到何仕，我只是偶尔在心里想想“不知他在做什么”，不多时便将这念头丢到一边，连发条短信都觉得多余，或许是最近和余欢相处的时间过多，减轻了何仕不在时他应有的分量吧。我这么想着，余欢摸起桌子上我的手机。

“我看看？”我还没回答，她已经解了锁。

“没什么可看的。”

“何仕是那个大个子？怎么上次之后就没见过他？”

“他好像最近去做兼职了，说是和银行有关，很挣钱，也就是胡乱弄弄吧。”

“他倒挺有上进心，不过骗大学生的法子很多，你还是提醒他一下。”

“哦。”

“喏，现在你有五个联系人了。”

我接过手机，通讯录中多了一个号码，备注是女朋友，我抬头望着她，想说什么，到了嘴边，话语便不翼而飞。

“你有才华，又有热情，我觉得你和其他男生不一样。”

“谢谢。”

“不过你这手机该换了。”

她站起来套上羊绒大衣，脸上的笑容同那大衣一样，永远这么熨帖平整，仿佛事先经过了精确的计算。

那天余欢走后不久，何仕就给我发来短信。

“今天发薪水了，明天给你带好吃的回去，想吃什么？”

“没什么特别想吃的。”

“我知道你爱吃肉松，除了那个呢？天冷了你就不用出门了，囤点零食在家里过冬，哈哈。”

“你看着办吧，明天见。”

“知道了，早点睡，明天见。”

不知是不是因为取暖器离得太近。手机变得很卡，我将那团红彤彤的东西拿开一些，歪在床上凝视天花板，脑子里胡乱地想着什么，不知不觉睡着了。被烫醒时，发现棉衣手肘的位置已经烤出一个洞，洞的边缘黑黑硬硬，里面露出灰色毛衣的花纹。

我打了个喷嚏，喉咙干得发疼，赶忙关掉取暖器去找水喝，瞥了一眼墙上的时钟已经是中午十一点，这对我来说很正常。我的课表里，每周上午有课的只有三天，其中还有一天是选修，而那两天的科目我总是在看小说。后来实在觉得无聊，索性就在家里睡懒觉，如果哪天起得早了，便自己写写画画，就这样零碎地写下来，已经攒了几十篇短篇。

“怎么何仕还没来？”我一边想一边打开手机，上面有两条未读短信。

9：00

“我忘带钥匙和门禁了，你下来给我开门。”

10：30

“醒了吗？”

我明知窗户外是片荒野，那里光秃秃的什么也不长，但还是把头探出去张望。

“不好意思，刚刚才醒，你在哪呢？还在楼下？”

“在呢。”

他回信息的速度很快，刚显示送达就接收到他的回复，应该是一直握着手机等着。

我随便裹了件绒衣就跑下楼去，拖鞋拍着脚后跟嗒嗒作响。见到他时，我已经冷得有些哆嗦，脚趾发白。他远远冲我挥手，怕我看不见，特地把黑色线手套摘下来，露出通红的手掌。有一瞬间好像天又下起雪了，让我想起几年前，他和林淼在紫金山下等我的情形。

“哎呀，睡着了，完全没听到短信，冷吧？快上去。”

我跺跺脚，看着地上几大包吃的，伸出手拎了一袋，马上就被他抢过去。

“没事，你没戴手套，我来吧。”

“怎么钥匙也不带？”

“忘了。”

“忘哪了？”

“也忘了，哈哈哈。”

“抽空再配一把吧，没回应就打电话啊，干吗一直等着？”

“我怕吵你睡觉。”

现在想想，那天真是冷得蹊跷，脚上的僵麻感一直蔓延到脑袋，我原地站立了好一会儿才缓和过来。

“换手机了？”

“啊？……嗯，之前的那部太旧了。”我把手机揣进口袋里，没告诉他来历。

“听说你跟楼下的那个女生好了？”他在前面走着，声音从后脑勺那里传过来。

“你从哪里听说的？”

“她告诉我的。”

“你们……怎么会有联系？”

“突然有一个陌生号码给我发信息，就是余欢，我早说过你招女孩子喜欢吧？”

“少打趣我了。她找你有什么事？”

“让我小心被骗，她就是瞎操心，以为自己什么都懂呢。”何仕在门边放下东西，搓着手等我开门。

“嗳！你跟她……认真的吗？”

“还是房间里好啊！”

我没搭话，开门进屋，烤了一夜暖气的房间和屋外截然不同，干燥舒适，他随着我进门，自己走到冰箱边摆放食物，头也不回地说了句。

“我也谈恋爱了。”

他的声音又低又快，好像是努力了很久才将不及格的成绩单摊在家长面前，带着点怯懦和难以启齿。

“那很好啊，你们学校的？”

“嗯。”

“什么时候的事？”

“你怎么不关心关心我赚了多少钱？”他的口气突然变得生硬，像用筷子丢开他最讨厌吃的西兰花那样丢开自己挑起的话题。

“多少？”

“保密！不过房租是不用担心了，你就安安心心住下去吧！”

我看着手机上余欢发来的段子不由自主笑起来，随口搭着何仕的话。

“那怎么行，你赚的是你的，跟我有什么关系。”

“你现在怎么这么爱玩手机？”包装袋被他弄得稀里哗啦，附和着他的抱怨。

“过一会儿余欢送饭上来。”

“谁说要跟她一起吃饭了？”

“天这么冷，就别出去了，她正好下课回来。”

“我这就走了，还有事，没时间和你们一块吃了，你让她别带我的。”

“急什么？话说回来，你到底做的是什么兼职？怎么这么忙？”

“别说的好像你关心一样。”何仕口气中的不快越发明显，之前还从没见过他这样。

“你怎么了？心情不好？”

“没有，我先走了……”

“喂！钥匙这两天我会去配的！”

我稀里糊涂冲着他的背影喊，开门时冷风呼呼灌进来，我没有追上去。这件事我始终没想明白，究竟当时出了什么差错，不过之后何仕再没提起过这次莫名其妙的生气，我也渐渐忘掉了。

余欢来的时候除了午餐还带来一本一线文学杂志丢在桌子上。她料想到我一定会去翻，所以才闷不吭声地潜心等待着我在折角页发现自己的名字。这确实比直接告诉我更加激动人心，我不可置信地前前后后查看了许多遍才确定那就是我写的散文，那些从我手中跑出来的字实实在在印刷到了市面发行的杂志上，正被数不清的人翻阅着。我想象着把这些人集中到一间屋子里时密密麻麻的景象，不由得捧着书在不大的房间里又跑又叫，最后紧紧抱住余欢，很紧，紧到不能再紧。

“怎么会这样？我的文章怎么会在上面？！”

“之前我帮系里做一个文学专题，有机会和这本杂志的主编建立了联系，她说让我推荐一些校园写手给她，那天看到你的文章就顺手发给她看看，没想到还真上了。可不是靠关系哦，要说运气的成分当然有，但最主要的还是凭才华。”

她的下巴搭在我肩膀上一动一动，好听的声音就传到耳朵里来。那个时刻我觉得自己好幸福，并由此断定我和余欢之间是有爱情的。爱情的发生总在一瞬之间，不管它是不是在下个瞬间消失，发生了就是发生了，这件事永远不会改变。

“我真开心，这简直是我人生中最开心的一天，谢谢你谢谢你。平时我只顾着写，发表什么的从不敢想，要不是你，恐怕这辈子都不会有这样的好事发生！你说现在谁在看这篇文章呢？和我们一样的大学生？文字爱好者？写手？前辈？还是什么也看不懂的小孩子？”

“肯定你说的所有人都在看，不仅如此，还有稿费呢，虽然不多，不过也够你请我吃顿好的了。”

我从余欢手里接过牛皮纸信封，薄薄的沉甸甸的，隔着很远便闻到牛皮纸的香味。我捏着它，欢喜之情随着血液流遍周身，最终传递到颤巍巍的指尖，有种被理解的感动不断激荡着我。人生中第一次觉得一直躲在角落里的自己变成了对别人有用的人，我盯着信封，没出息地流下眼泪来。

随后的一年，我接二连三在这本杂志上发表文章，写作的欲望空前强烈，自信心也盲目膨胀起来，就是从那个时候开始我认为或许我可以通过写作养活自己了。上课这件事对我来说变得可有可无，有时一个星期我都不会出现在课堂上一次。可能因为短时间内倒箧倾囊地写作，后来有一大段日子我想不出还有什么可写的东西，只能百无聊赖地看书，也学会了上网。

我注册了当时很火的社交平台，结识到一个“No one”的人。不光没有名字，他也没有性别，没有年龄，没有头像，没有简介，总之除了他喜欢画画之外，我对这个人一无所知。

我觉得这样很好，既然寻求的是聊天解闷，那么就聊天解闷，心情好便马上回复，没心思时看到了不回复也没什么，干净利落，两个人说一些有的没的或者很无聊的话都可以，如果加入其他外力因素，就变得不纯粹了。

实际情况是，我们的聊天内容并不是那么无聊（至少我单方面这样认为），我们从文学聊到印刷，从绘画艺术聊到美学形态，从作者聊到市场……我们的投契在于我们都很自私，只关注自己在意的事情，又碰巧我们在意的事情大多相关。后来我告诉他我有斜视，他告诉我他有爱吐的毛病，吹到冷风或者十分生气，吃得很饱或是过分紧张，许多事情都会让他立刻想要呕吐。他利用这件事耍过很多次小聪明，不过也经常失败。

“小时候有一个互相讨厌的英文老师，她常常找我背默课文，可我根本没去背，那就要被罚抄。她在我旁边站着，居高临下地睥睨着我，一脸得意扬扬的表情，于是我就立刻吐起来，当着全班同学的面吐在她的红皮鞋上。看得出她嫌恶极了，但又不便发作，一边跑去洗手间一边让其他同学帮我把地面收拾干净。等她回来时，屋里还飘荡着淡淡的咸酸味。对于呕吐这件事其实我早就习以为常，但我还是装作很不舒服的样子趴在桌子上，窃喜自己逃过一劫。谁想到她居然又叫我的名字说‘吐完了吧？吐完了接着把课文背出来’，我简直哭笑不得。”

我望着这条消息笑了良久，那笑大概有一两分钟，笑完我愣住了，像被谁敲了一记闷棍，觉得自己真是荒诞，现实中这么多人我害怕与他们交际，却被一个看不见摸不着、就算擦肩而过也无法相认的人每天牵拴在屏幕前，左右着情绪。我伸出手，摩挲略微发热的电脑，这温度和他的体温有多少相近呢？

对话框下显示对方正在输入，继而传来一行字。

“你想和我见面吗？”

这时传来开门的声音，我飞快合上电脑，闭起眼睛。

“怎么了？眼睛不舒服？”余欢关切地走过来，捧着我的脸用大拇指来回蹭了几下。

“没事，眼睛用久了，休息一下。”其实我是害怕斜视的那颗眼睛露出破绽。

“今天又没去上课？”

“嗯。”

“就快期末了，你这样不行的。”

“期末就期末吧。”

“补考对你有什么好处？”

“我不想念书了。”我倒在床上，像一棵被风刮倒的树。

“什么？”

“你不觉得我现在这样挺好的吗？可以做自己喜欢的事，还能赚些钱。”

“可这和完成学业没有冲突啊，这种事情急不来的，以后我会尽力帮你……”

“帮我什么？帮我写作吗？你没办法帮我写作，你只能帮我打关系，你是想说我没你不行是吧？”

“我没有那个意思，只是再好的作品也要有人脉和资源才能够被大家看到啊。”

“我跟你不是一种人，什么奖状、绩优生、党员还有校干部我通通都不需要，那些东西对我来说毫无意义，我也根本不想要你这样的人生，所以别拿你的三观来规定我！”二十年来被过度保护的自尊心突然暴涨，我不受控地高喊起来。

“好了好了，你想怎么样都可以，我今天先回去，你自己冷静一下吧。”

余欢平静地跟我说话，像应对哭闹婴孩极有经验的父母，知道没多久我就会自己镇定下来，再去跟她要糖吃。

那天是我第二次去酒吧，第一次是同何仕一起。他神神秘秘说要带我去个好地方，一到那儿我立刻要走，被他死乞白赖地拉住了胳膊。

“干吗走啊？才刚来！”

“你明知道我讨厌人多吵闹的地方。”我有点生气。

“哎呀，就权当陪我好不好？不许走啊！帮我占位置，我去点单。”

"我喝果汁。"

"知道啦！"

他摆摆手，不一会儿就端了两杯五彩缤纷的调制酒回来。我喝了一口，确实有水果的味道，可躲在果味背后的还有一丝柔和的辣味。

"这是果汁？"我瞪了何仕一眼。

"干杯！"他咧开嘴巴笑着碰我的杯子，自己灌了一大口。"这里多有趣啊！喂！开心点！你不要只听歌，听律动，仔细听。"

他很唐突地站起来，在桌子边又扭又跳，十分滑稽，我禁不住笑开了。他见我笑，就得寸进尺地靠过来，绕着我打圈，手在我的肩膀上打节拍。噼，啪，噼啪啪……慢慢地，我竟也听出了吵闹中的节奏，被传染着晃起脑袋。然后从脚掌开始，膝盖、手指、后背……继而整个身体都不由自主地跟随音乐律动起来。说来奇怪，一旦融入其中就不再觉得吵闹，还觉得十分快活。如果我当时知道这是我们最后一次这样开心，说什么我都会陪他多喝几杯的。

这一家酒吧不同于之前那家，其实就是学校旁边很不成样子的歌舞厅，生意冷清，自以为时髦的音乐又吵又闹，不知丑地出尽洋相。洋酒也都是勾兑过的假酒，不过那时的我根本喝不出来。因为没怎么喝过酒，很快便醉了，到第二天才觉得头痛欲裂。那晚酒保也是闲来无事，看我自己一个人就过来跟我聊天。

"心情不好？"

我没理他，把脸转到一边。

"等人？"

我从口袋里翻找了一会儿，特意挑了一页我自己感觉写得很好的稿纸拍在桌子上。

“你觉得这个，这个写得怎样？”

他摸起稿纸，从我这个角度往上看，光透过纸背照下来，使它像一片半透明的茧，密密麻麻反写的字如同一些小虫卵，不知道自己能否破茧而出。

“你写的？”

他没回答我的问题，笑呵呵地问。我突然有点害臊，不好意思承认是自己写的。

“当然不是了，一个朋友写的，你觉得他是不是块写作的材料？”

“欸？想当作家吗？”

我点点头。

“你是说那种写了字，印成厚厚一本，正儿八经出版到全国，甚至世界各地去的作家？”他露出极不可思议的神情，然后抑制不住地笑起来，脸上的褶皱挤到一处，很是丑陋。

“这么好笑？”

“这哥们儿真逗，做什么不好，非要做这么个苦差事，我说你还是劝劝他，有哪个像样的作家不是穷酸饿醋？”他笑得停不下来，连说话都时断时续，我真想立刻揪住他的衣领狠狠揍他一拳，可也只是想想，即便我有那个胆量，也没那个气力。

回家的路上我摔了一跤，由于酒精的关系，当时没觉得多疼，黑乎乎的也没注意自己流了血，站起来晃悠悠继续往前走。我没想去余欢家的，谁知在家门口用钥匙和锁孔周旋了半天也没打开，最终余欢从里面开了门。

“你怎么在我家？”

“这是我家。”

“你家？这不是我家？”原来我走错了楼层。

“谁带你去喝的酒？”

“我自己就去不了？难道我一个人想喝酒都喝不成？”

“怎么流血了？”

有一块碎玻璃片扎进了眉骨稍下，眼球以上的眼角，如果扎得偏那么一点，就会酿成我难以面对的事故，不过现在只是留了个疤而已，并不足以令我警醒，因此几年后我仍常去喝酒，甚至酗起酒来。我和余欢在一起这么久，那晚是我们第一次睡在一张床上，迷蒙之中，我感受到余欢帮我擦拭伤口的轻柔手指以及她若有似无的絮语，直到我睡着，她都在不断说着话。具体说了什么我一个字也没听清，更没有听懂，可我还是说对不起，我明白了。

9

接下来的几个星期我不断从各处听到邻校一位富家子弟的风闻。据说出手阔绰，女友周周更新，没有谁能看牢他一个月。不服输的女孩子们前仆后继，为了胜利而去，败退后又硬要说自己不在乎结果。

“那位‘少爷’的事，听说了吧？”余欢往嘴里丢了一粒甜杏仁，眼睛盯着窗外。

“嗯，你也关心这个？”

“我不关心，但我觉得你该关心关心。”

“怎么说？”

“那人就是何仕。”

“什么？”

“明明听得一清二楚，干吗还要再问？”

我把何仕从头到脚回想了一遍，不知道该相信记忆，还是该接受传闻。这房间有一刻回到了还空荡荡的时候，何仕就在窗户底下挥舞双手，那画面从中裂开一条细缝，摇摇晃晃地传出他曾说的那句话，“人是会变的”。我给他找了所有可能的理由，却从未考虑过，他做这些只是为了引起自己最好的朋友的注意。

“喂，别想了，选择怎么生活都是他的事情，他觉得开心就好了。”

余欢走过来打断我的思绪，正面坐到我腿上，双手捧住我的脸，嘴唇贴着嘴唇说话。

“明天就是你生日了，想怎么过？”

“随便就好，我不太在意这种日子。”

有些事没做过时无论如何都想要尝试一次，而一旦做过便开始后悔自己竟为了这种无聊事煞费周折。颜莞尔几乎根治了我“那方面”的欲望，像找到我身体中的阀门，死死拧住，只要试图将其拧开，便一定要想起她与林淼。可对于余欢，我应该履行男友的责任，不辜负已然瓜熟蒂落，等待着被品尝的果实。

余欢朝我耳边吹气，扭动腰肢在身上磨来蹭去，我闭上眼睛努力感受，希望可以配合她。不多时果然有了反应，我整个胸腔都因为心脏的剧烈跳动而震颤，身体像被酷暑的阳光照射着，变得极燥热。余欢将手指插入我头发深处，要在黑海中溺死那十个小人似的攥住发根。眼看她就要解开腰带，我忽然粗鲁地将她推开，很想藏在什么地方，可是这房间无处可躲，于是我低着头退到一旁的阴影里。

“对不起……我……还是以后再说吧……”

“到现在了还是这么害羞，那明天见，要打扮一下喔！”

余欢跑过来，在我脸上飞快地亲了一下，然后离开了。如果她知道发生了什么，还会对我说出这种话吗？肯定不会。我冲进厕所，气急败坏地脱下黏嗒嗒的内裤，摔进水盆里用力搓洗，也许我这辈子都不配拥有爱情了，我心里想。

冷静下来，我打开电脑找到“No one”，在他上次的信息下面又多了很多条留言。

“你想见我吗？”

……

“我说错什么话了？”

“不见也没关系，我就是随口一说。”

“是我越界了，不会再这么要求了，可以回复我吗？”

“我很想我们还能像之前一样。就算再不联系也好，不管怎么样，收到最后回复我一条吧。”

“你有过什么难以启齿的事吗？”我犹豫了一会儿敲下一行字。

“无论是谁，都存在这种事吧。”他回复得很快。

“我的不一样，我是一个男人，可在那件事上却不行，还没开始就结束了，这算一种病吗？”

对面显示正在输入，可是等了很久才有信息出现。

“更多的是心理障碍吧，我前夫也这样，或许我可以帮你，如果你愿意的话。”

原来“她”是女人，她回复的方式非常淡然，相比之下反倒是我在接收她有前夫的讯息时更加震惊一些。我料想她是比我大很多岁的中年女人，已经生子育女也说不定。有年岁相差的原因，也有她“经历”过的原因，当然最主要的原因是她并不真正认识我，在她面前我不存在屈辱感，也不用自暴自弃，反倒像是抓住救命稻草般燃起一线希望。

“可我……暂时还不想见面。”

“不见面也可以的，我们可以语音。”

“语音？”

“那我就直接说了？”

“嗯。”

“自慰过吧？就是在那种时候我们通话，想象我在你身边陪伴着你，长此以往或许可以缓解你面对女人时的压力，赶走一直在你心中盘桓不去的某件事某个人。”

仅仅看着屏幕我就已经面红耳赤，不过听起来不失为一个可以尝试的办法，我抬起发汗的手心在裤子上擦擦，快速敲了两个字。

“好的。”

“不用担心，会好起来的。”

很奇怪，她说的话好像有种魔力，她说会好起来的，我就真的打心眼儿里这么相信了，不由自主地在屏幕这边点点头。她仿佛看见了似的，接着发来一则信息。

“很高兴又能跟你讲话，晚安。”

“我也是，晚安。”

半梦半醒之间有人悄悄开门，他将声音拿捏得很轻，是何仕。我看了眼时钟，凌晨两点半，到底他每天在忙些什么呢？我翻了个身，假装仍在熟睡。他没有洗漱也没脱衣服，直接掀开一角被子带着一阵冷飕飕的凉气钻了进来。

“喂，睡着了？”

我一动不动，也没有答话。

“我知道你醒了。最近很忙，明天生日恐怕不能陪你过了，不过好在余欢会在这。说出来不太好意思，我没准备什么像样的礼物，倒是有件事要拜托你。虽然挣了不少钱，但我攒不住，于是就单开了一张卡，打算放你这，密码是22中高1（3）班第2列第9排中的阿拉伯数字，虽然是帮我存放，但里面的钱你随便花，就当报酬了。”

他轻轻转身，背对我接着说话，浑厚的声音沿着枕头传递到我耳朵里，有点痒。

“多快啊，已经一年多了。现在说这些可能还早，但你知道我是不会永远陪着你的吧？以后我会有我的生活和家庭，你也会有你的，反正我知道你是不会永远留在这间小屋子里的。如果，我是说如果我消失了，你一定不要找我，就像我们从没认识过。提前说声生日快乐，本来想给你吹口琴的，下次吧，晚安。”

那晚我一直没有睡着，拼命想要搞懂何仕说这些话的意思，也想把他拎起来好好问个清楚。可我没搞懂也没把他拎起来，我就那么僵挺挺地躺着，直到手臂发麻，直到天光发亮，直到他悄声无息地离开。

何仕走后，我的身体变成了冬夜里一片光秃秃的水杉林，只剩寒风在其间呼啸，环顾四周，皆是凄清景象。我又开始跟屋子里所有的东西讲话，讲假话。其实也不全然假，只是将我的记忆稍作篡改或删减再描述出来，变成我能接受的版本，这样久了，我竟真的信了自己的谎言，忘记事情原本的样子，我走过的人生看上去也容易许多。

“你到我这儿就是从良了，这里不允许抽烟不允许打架，更不允许乱搞男女关系，不过你也可以不管这些，毕竟你生下来不是为了被我允许的。他喝多了，说了一些没头没尾的胡话，搞得很像告别，其实还不就是让我不要把他忘了……”

我两只手端着枕头下的卡片喃喃咽语，若不是那卡片实实在在地硌着我，我真要分不清这是不是一场梦了。

第二天，余欢和我约在一家五星级酒店，她开了房间并且预定了晚餐。我穿了往常穿的黑大衣，只不过在打底的羊绒衫里面又套了件白衬衣，这已经是我最正式的衣服了。还没有去过如此正式的用餐环境，心里不免有点紧张，见到余欢时我几乎要跪下迎接她了。

她穿了件正红色的小礼裙，灰色哔叽大衣也藏不住曲线曼妙的腰臀。显然刚除过汗毛的小腿，大义凛然地裸露在风中。为了照顾我的身高，她特地踩了一双短跟红皮鞋，我的眼神像冻在冰块上的舌头，黏在她身上拔不下来。

“你今天真好看。”

“不走吗？”余欢捂着红嘴唇笑笑。

“走，可你这样不冷？”

“不冷啊，我爸的车停在楼下，马上就可以上车了。”

“我不会开车……”

“我会啊。”

我不懂车，没太想过自己拥有一辆车的样子，让我描述的话只能说那是一辆黑色奔驰，内饰极其简约，什么动力性能、排量，还有漆面，我一概不通。想到这里我发起笑来，好车落在我手上也是浪费啊。

“这车喜欢吗？”余欢发动车子，残存的烟味升腾起来，惊得我马上环视了后座一圈，差点以为她父亲也坐上来了。

“我不懂车的，方便倒确实是方便。”

余欢的车开得很稳，是她一贯作风。严格保持前后车距、遵守交通规则，不过她操作时总要比正常的时间提前那么一点，就是说红绿灯前三秒停下就可以的话，她要提前五秒以确保万无一失，但从坐下来时，车子上就有什么一直响个不停。

“安全带没系。”

她示意之后我急忙扯过安全带，也不知是因为紧张还是那根安全带有问题，扣了几次都没扣上。余欢将车停在路边，探过身子来帮我，我尽可能紧贴椅背，侧过脸去，不让两个人的身体碰到一起，最终只有她的白金项链晃晃悠悠地在我鼻尖上扫来扫去。

“好了。”她坐回去，我也松了一口气。

“对不起，连系安全带都要你帮忙。”

“以后都只有我帮你系安全带才好呢。”

我想笑笑，但没能笑成，好的感情用在我身上何尝不是一种浪费呢。

酒店里，门童和公关的衣着都极讲究，我整个人也因此不由得端了起来，好像不那样的话就没办法在这里通行。无论头顶还是脚下，任哪儿都光可鉴人，与余欢光洁的小腿放在一起大有交相辉映的意思。装修色彩以金、黑、红三色为主，不用想也知道，来这里消遣的人多是为了酌金馔玉而来。我轻咳两声，停下脚步，扯了一下余欢的裙子边，像躲在母亲身后怯生生的孩子。

“那个……非在这里吃饭不可吗？”

“怎么了？不喜欢？”

“不是，只是觉得应该挺贵的。”

“哈哈，没事，晚餐啊、房间啊都不用担心，我爸早订好了的，钱也付了，不用咱们管。”

“哦。欸？！你爸爸……我是说伯父……也知道我们今晚在这吃饭？”

“是啊。”

“过夜也知道？”我压低声音。

“没错。”

“知道我的存在？”

“当然。”余欢洋洋得意地将双手背在身后，像是等待表扬。

“你怎么不跟我打声招呼啊？”

“我都不怕，你怕什么。”

在我的观念里，自己的事同家里的事一定要分得清，一旦决定把自己的事告诉家里，那就是做好了将这件事全部交付出去的打算，认可这件事不再是自己一个人说了算，对于余欢，我完全没有做好这个准备。破天荒的，我的手机竟在这时响了起来，是母亲发来的短信。

“余欢是个不错的女孩，好好对她，生日快乐。”

不用多想也猜得到是余欢跟她联系的，只是不知道她们是从什么时候开始联系，又聊了些什么。我虽然有些生气，但碍于时机和地点，不便发作，可脸上还是不善掩饰地露出马脚。余欢一定发现了的，我真希望她能就此好好抱怨一番，让我有机可乘，顺势离场，但她什么也不说，挽着我的胳膊高高兴兴地朝餐厅走去。

吃的是法国菜，一道一道慢条斯理，过场很多，分量奇少，令我不禁想起颜莞尔口中热衷浪漫的法国人。余欢摇晃着举起红酒杯，透过酒杯看她似乎已经有些微熏，红色的指甲、嘴唇和脸蛋，整个人都那么明丽鲜艳。

她的味道就像口中的红酒，优雅、高级、甘甜爽滑，喝下去毫不费力。不是人挑红酒，而是红酒挑人，她要让所有她中意的人都喜欢她，让所有她不中意的人都敬仰她。从你喝下去的第一口开始，她就试图掌握你的神思，预设你的行为，连你对她的喜欢，也是必须喜欢。

后来她醉到连生日祝词都说得含混不清，我只好半抱着把她拖回房间，心里暗想这样睡去也好，省下不必要的麻烦。房间很大，我还是第一次住到这样豪华的房间，洗手间里都是香味，走在松软的地毯上一点声音也没有。我刚将她安置在床上准备起身，她便突然两只手环住我的脖子，我一下跌伏在她身上，与她贴得死死的。

“感觉到了吗？”她跷起脚搭上我的腰，整个人似春藤一样盘桓着我。

“什么？”我试图撑起胳膊，可被她箍得死死的。

“空调的暖风正从我裙子底下钻进来，一直钻到胸口这儿，这儿……”

她勾着我靠近她的胸部。我僵持着，努力维持与她之间最后一点距离。

“你这个人可真危险，你到底对我做了什么？” 她更加用力搂紧我。

“我……我没做什么吧？”明明一头雾水，可被她一问，我就心虚起来。

“没做什么我就爱上你了，真不像我。”

她轻轻咬我的耳朵，越过脸颊直接吻到嘴唇上来，像把树懒从紧抱的树干上扯下来一样，我费了很大力气才将她推开。余欢的脸由于过度震惊甚至有些变形，我还从未见过她这样。

“你干什么？！”

“我……我……对不起……我们还不能这样……”

“为什么？反正我们迟早会结婚的。”

“现在说结婚还太早，我什么也没有。”

“这些都不用你担心，只要你跟我结婚，房子、车子我爸都会置办，好不好？”

我四下乱看，可哪里也找不出像样的借口，我不敢抬起头面对余欢，最终竟跑进洗手间反锁在里面。连我自己都不敢相信我已经窝囊到了这种地步，可我能怎么做？告诉她我没办法让她体验到快乐吗？

“你知不知道一个女人向男人做到我这种地步需要多少勇气？！你怎么能这样羞辱我？你躲什么！你给我出来！”余欢歇斯底里地大喊起来，我坐在马桶上不住喘息，眼睛滑向一侧时才注意到这是间全透明的洗手间，外面的景象一览无遗。

余欢面对我坐着，眼睛狠狠盯住这边。我吓得一个趔趄，从马桶上跌落下来，顺势就挤在那个角落里躲着，可余欢仍然一动不动，我恍然明白，这玻璃墙从外侧是无法窥视到里面的。

她站起来又坐下，再站起来走到沙发边，又坐下……来来回回，脸上的妆容已经被手指揉花了，看起来既狼狈又不知所措。突然想起来什么似的，她将我挂在衣架上的西装外套取下来，翻出手机向洗手间急急走来，我连滚带爬站起来确认门已经反锁。

“你是不是心里还有别人？”我苦笑一下，她当然不会问“你是不是爱上别人了”，因为那样问就代表我已经不爱她，而“还有别人”只是分出去一个位置而已，在她的世界里，没人会不爱她。我确实也没有爱上别人，但我对她的爱，也绝不是只要她在身边就无论如何都想要拥抱她的那种爱。

“没有。”

“你撒谎！”

一瞬间，她的声音竟像刮玻璃一样尖。她将手机举起来，与我隔着门四目相对。

“你以为我什么都不知道？我什么都一清二楚。你博客里的人那么少，查起来太容易了，你的来访记录，你看过谁的博客，每天我都在刷新，你每条状态下的留言我都点进主页一一排除。

‘No one’，很喜欢跟她聊天吧？”

“我连她是男是女都不知道。”有股恶寒从头顶直直浇下来，令我整个胸腔都由内而外渗出凉意。

“是吗？既然这么无关紧要我删了她也没什么吧？”她低头在手机上用力划着，与其说是在跟我说话，倒更像是在自言自语。

“联络人……来访记录……留言……还有私信，统统删除……然后再将你的账号彻底注销！噗，你们之间所有发生过的事情都消失了，很快吧？从此以后，你们再也联系不上了。”

10

她晃着手机，脸上露出阴暗的笑容，而我却着实松了一口气，因为她太着急太不假思索，直接删除了一切，并没有查看私信内容，这样一来，我的秘密也就永远成为秘密了。两个人在沉默中对峙了一会儿，余欢镇定下来，口气也变得和往常一样，脸上重新挂起微笑。

“穆远，你出来吧，这算什么呢？我还能把你怎么样？难不成你要在马桶边过一个晚上？”

见我没动静，她接着说话。

“好了，我也知道结婚急不来，并没有逼你的意思，如果你觉得事业有成了再考虑我也可以接受，有上进心是好事。你先出来好不好？我们好好把话说清楚，你这样，门也很尴尬的。”

“对不起……我们……分手吧。”

我打开门，还是不敢抬头看她，含混不清地说话，声音小到连我自己也听不清。

“什么？”

“就是……我觉得我们还是不要在一起比较好。”

“可我爱你啊。”

“你别爱我了。”

我从她手里取外套，她向后扯了两下，最终松开了手，把手机递过来。

“手机给你。”

“还给你吧……”

“我是不会放手的，你早晚会明白你现在有多糊涂，你有多爱我！”

我走出门去，砰的一声，手机摔在门上，正中我摇摇欲坠的心脏。

我不清楚那天我是怎么回的家，只感觉整个人都湿淋淋的，像一只垂头丧气的、拖着翅膀走路的鹤。第二天我重新注册了一个账号，试图寻找“No one”，可是这个ID对应的是“没有搜索结果”，就此，我们真的失去了联系。

何仕从生日前一天离开后就再也没有了消息，什么方式都联系不上。我已经整整一个月足不出户，没有任何人来跟我说过一句话，我想就算我自此从世界上消失，也没人会发现。

终于将堆在门口的数十个垃圾袋和外卖盒全部清理了之后，我驼着背坐在床上开始了漫长的发呆。那本杂志也再没向我约过稿件了，我曾试图联系当时的编辑询问情况，却被告知他已经离职，那人对我好言相劝。

“你的短篇是写得不错，但短篇嘛，总没人指着它立声立名，或许你该沉下心来，写本长篇，找些出版社试试看，你说呢？”

对啊，为什么我不试着写部长篇呢？像现在这样在选题规定下写出来的东西，就算再好，终归也只是作文，我真该写写自己想说的话，可我到底想表达什么？我的中指和拇指捏住何仕留下的银行卡的两端，尽可能向内侧挤压，直到它不能够更弯曲时才放松力量，然后再次用力，试探它的极限。

“你知不知道人的关系和你很像，在一定程度的变故和折损下，都可以恢复原状，不过我和他们的关系，一定是越过了某种极限，才变得无可挽回。如果说我有什么擅长的事，那可能就是让人离开我吧。”

“书柜，还有白掌，你们怎么都不说话？房间这么安静，你们不觉得发慌？杯子是不是又偷哭了？你的眼泪我怎么也喝不完。”这时屋外竟意外地响起敲门声，我几乎以为是我的幻听，可那声音一直砸个不停，就算是梦也太吵了。

我从床上缓缓挪下来，刚站起身子时因为供血不足头晕眼花，差点昏倒在地，我扶着墙壁走到门边，将门打开。

“您好，请问是穆远吗？” 两位身着制服的警察在门口毫无情绪地问话。

“我是，怎么了吗？”

“认识何仕吧？”

我有点恍惚，不太清楚自己是不是认识过这个人。

“您好？认识吧？”

“嗯，认识……”

“他现在因为涉嫌诈骗和高利贷已经被拘留，我们想跟你了解一些情况。”

我的脑袋嗡嗡作响，像刚才好不容易爬到那里的血液又跌回脚底板，哗哗啦啦流逝掉了。我看到警察嘴唇上的胡须变成两条毛毛虫，上上下下蠕动着，耳朵却不知被谁用棉花塞得死死的，一个字也听不清。我皱起眉毛仔细听，用力听，啪！我从手中银行卡的折断声惊醒过来，指腹和掌心被卡片断面切割得很疼，疼得我不禁流下眼泪。

“你好，你好，有在听吗？”

“啊……不好意思，我在听，你请说。”

“算了，你脸色不太好，先休息吧，我等等再来。”

“谢谢。”

他们走后，我和门背靠背坐在地上，窗外正在放烟花，真奇怪，那样荒凉的野外怎么会有人放烟花呢？那些转瞬即逝的烟花在黑色的天空中颓然绽放，飞翔着、沉闷着。忽然间我感觉自己很累，不像一个二十多岁的年轻人，老朽得快要死掉了。

奥运会开幕了，我连续一个星期跑到鸟巢，在地铁口的人群里笔直地站着，期盼时夏命中注定般出现，然而什么都没有发生，她究竟在不在北京？

家中各式各样的空酒瓶越来越多，除了喝酒我开始动笔写第一部长篇小说。因为长期旷课又没参加期末考试，我被叫去系主任办公室，他当着所有老师面红耳赤地训诫着我，可我毫不在乎，所以并没做出反应。他就更加气急败坏，脸像坏掉的茄子，又黑又紫，感觉轻轻一捅就会流出脏水来。等他做完长篇大论，我轻声说。

“很抱歉，给您添麻烦了，我打算退学。”

“你！你！退学就退学！滚！”

校方将这件事添油加醋地告诉母亲，很快我便接到了她的电话。

“你的事我知道了。”

“对不起，不过我早就在计划退学了。”

“为什么跟余欢分手？”我没料到她竟然是为了余欢打的电话。

“我……”

“如果不是没办法了，哪个女孩子会主动给家长打电话？她哭得很伤心，我听着心疼，你怎么这么狠心？况且男人做了事，怎么可以不负责呢？这些道理我不说你也明白吧？”

“我们没做什么啊。”

“人家都去堕胎了，还没做什么？”

“妈你误会了，不可能的……不可能怀孕的……”

“你怎么会长成这样的男人呢？什么叫不可能怀孕？你别再说了。总之，余欢现在已经原谅你了，只要你回去道歉，人家还愿意跟你和好，你考虑考虑吧。”

“我们不合适的。”

“既然你被学校退学，这样也就算是入社会了，我和你爸商量过，从今天起我们不会再给你寄生活费。你是大人了，别的话我不多说，你自己的事情自己做决定吧。”

没过多久房子到期，何仕的那张卡是没办法再用了，断掉的卡片也被警察收了去。我盘算着手里的那点儿余额，心里想还够再续租小半年，直到房东来收房子，我才知道房租远比五百高出一大截，每个月两千四百块，何仕在外面“兼职”的原因想必有不少一部分是因为这个吧？他的诈骗数额不大，被判处三年有期徒刑，我曾经想去看他，每次申请通过又都被他拒绝了探视。

我试图找个工作，可是都被文凭的门槛生生挡住，我愤愤不平，又无计可施。最终只好搬离现在的公寓，东西都折价卖掉换了些钱，在西单附近租了间 10 平方的地下室，每个月三百五十块。白天我就在西单商场帮人看店，早晨九点营业，一直到晚上八点，中午有半个小时的午餐时间，每周休假一天，加上提成月薪两千左右。楼下的肉包一块五一个，买三个可以省五毛钱，我每天早上都会买三个，早上吃一个，中午吃两个。为了省手纸，我都是在商场里上厕所，因为提供纸巾。

可是这份工作只做了不到两个月我就被开除了。因为我讨厌人来人往，只顾躲在衣服堆里看书写字，连衣服的价格都记不清楚，顾客上门我也爱答不理，更别提主动卖衣服了。而且盘货时老板常常会发现丢了货，这样我的薪水又被扣除一部分。赶我走的时候老板多塞了五百块给我。

“穆远啊，这城市这么大，那么多人想在这里生活，其实都只是活下去而已。活下去，已经很难了，先别提生活吧……”

那天下雨，我撑着坏雨伞被风刮得走不动路，虽然没多远就是住的地方，可我走了好久。我讨厌这座城市，又干又冷，下起雨来又总是倾盆瓢泼，每个人都好悲惨。只有一点好，就是成百上千的路人，没有一个会在意你，只要低着头走路，你也不用管别人，有种不被注意的安全感。

沿着雨伞歪扭的边缘，人们胸部以下的世界里，有个黑影在路边窄小的屋檐下避雨。那黑影发现我在看他，动了动，向我招手，我竟鬼使神差地靠过去，坐在他身边。那是一个七十多岁的男人，虽然浑身上下脏兮兮的，不过袖扣、衬衫、领带到西装，一样也不少。

“小伙子，你几岁？二十？”

他看看我，又转向雨雾中的城市，他只是问问题，并不需要我的回答。

“我忽然意识到，人根本就不是日积月累才变老的，而是恍惚间一下子变老的。五年前妻子走了，两年前女儿也因病去世，那些时候我都没觉得我老了，我觉得我还能撑住。可是不知道为什么，上周祭拜女儿之后我突然坚持不下去了，不敢回到空荡荡的家，只好成天在外面晃荡。”

老人摸了摸耳朵，来回搓着空无一物的双手，粗硬的手掌发出干燥的摩擦声。

“究竟在留恋什么？究竟为什么要在这种……世上只剩下自己一个人的处境里，孤零零地活到现在呢？干脆死掉好了，这么想着，我也试着去死，可是一到真的实施起来，就开始害怕，想到自己即将孤身只影地赴死，又下不去手了。”

他颤巍巍掏出一个药瓶，在我还没来得及阻止他的时候，迅速倒出一把花花绿绿的药片填进嘴里。

“你干什么？！”

我吓得站起来，在拨打急救电话和逃离这里之间挣扎着，老人匍匐过来，为了扯住我的裤脚整个人摔倒在花坛边的水洼里，我赶忙蹲下去撑住他。

“别走，再陪我一会儿，用不了多久的，就再陪我一会儿好吗？什么也不用做，只是别让我一个人，行吗？”

我将他扶起来，帮他重新坐回原来的位置，他靠着我，嘴唇逐渐变成青白色，极缓慢地有气无力地整理自己的西装和头发，不消几分钟便闭上了眼睛。我僵直着后背，尽可能不让他倒下去，发着抖又在那里坐了好一会儿，什么也想不成。从那刻开始，我一点一点地被这世界拖下水去。

地下室本来就阴暗潮湿，一旦下雨，屋里便霉气翻涌，令人反胃。这长方形的一方斗室里放了张一米宽的钢丝床，和一个半米的沤黑的床头柜，我把纸笔放在上面，寥寥几件衣服堆在床脚，洗漱用品则用脸盆装着直接放在地上。雨水太大，我料想到房子不会好过，但没想到那么难过，屋顶，也就是地面一点点渗下来的黑黄雨水除了打湿枕头，床头柜上的稿纸也被完全浸透，等我整理出来时，笔墨已经洇成一片，大多看不清了。

我将床向后挪了点位置，这样雨水就不会落在枕头上，不过门就只能打开一半了。移床时五六只拇指大小的蟑螂四下逃窜，我还从未见过这样大个，跑得如此迅速的蟑螂，一下被骇得摔坐在地面上，这下好了，裤子也湿透了。

我力不能支地爬起来，拆掉枕套，带上水卡和脸盘去淋浴间洗澡。淋浴间在地下室的甬道中央，和厕所连在一起，臭气熏天。如果是以前，我根本不敢想象我会在这种地方洗澡，现在我已然对腐臭麻木，对残污视而不见。

当水卡正面静置在读卡器上，细细的水才慢悠悠地流出来。在这里洗澡的费用按时间计算，水流逝时，水卡里的钱也在不断流逝。我先伸出脚，将黏在趾头上的不知哪里来的黑色毛发冲掉，然后蹲下来洗衣服。

我面无表情地掐住衬衫的脖子将它溺进水里，使劲揉搓留在上面的脏污，保持白衬衫的整洁可能是我最后的坚持了。开始时，它还张牙舞爪地呼救，到后来就变得任由摆布，学会静静等待痛苦过去，因为它知道它很快就会被洗好、晾干，再次洁白地飘荡起来，就像什么事都没有发生过。这不堪、难熬、肮脏、痛苦的一年，我23岁，不过我始终相信，它是会过去的。

躺在床上，就像躺在一棵发霉的巨大蘑菇上，阴湿砭骨。第二天，我的后背发满了红疹，奇痒难忍，想去冲个热水澡，却发现昨天忘记将水卡带回来，那种不记名的卡片，前脚遗落，后脚便一定会有人取走的，尤其在这种地方。卡倒没什么，只是里面新充值的一百块钱让我心疼了好些时候。

不多久，我又开始咳嗽，连续咳了许多天，后来每每咳到夜半醒来，翻起身捧着垃圾桶干呕，声带牵动胸腔，整个肺腑都在震颤，身体从上到下发出铛哩当啷的呼救，我痛苦地闭紧眼睛，像跟自己玩一场捉迷藏。

死掉好了，不如像那个老人一样就这么死掉好了。嘴上这么说，心里却真真切切地害怕起来，眼泪簌簌地往外冒，我好想何仕、想林淼，他们在做什么呢？我好想回家啊……这样想着，我终于止不住地哭出声来。

我艰难地坐起来，像折起一张老旧折叠椅，从骨头深处发出吱呀声响。最终我挣扎着去了医院，排了很长的队，一个星期的药几乎花费掉我剩下的所有积蓄。旁边队伍里有一个坡着脚的脏兮兮的女人，衣着破烂，看上去已经很久没洗澡了，干瘦的脸上遍布着干枯的纹路，身上散发出一股过期的味道。她有点怯懦地冲柜台里的护士递出自己的医药单。

“我想请问一下，这里边儿有没有可以不拿的药？”

“什么不拿的药？”

“就是暂时不吃也不要紧的那些。”

“这我怎么好给你乱讲，医生怎么开就要怎么拿。”

“哦……”

“付钱吗？”护士敲敲柜台，提醒女人早点做出决定。她只好向后退了几步，停在一旁，给后面的人让出位置，不过她并没有离开，等这个人问完了，她又凑上前去。

“那个……不好意思，是这样的，一次三千多块的费用，我负担不了。”

“你有医保卡吗？”

“啊？”

“医保卡，”护士从抽屉里抽出一张在手里晃着，“就是这种，可以减免一些。”

“我以前有过……可是……”

“以前有有什么用啊，那你有失业证之类的吗？”

“没有，可我是重大疾病。”

“重大疾病也要申请补贴啊，你去社保局申请吧。”

“我还有残疾！”她连忙指指自己的坡脚，仿佛那是一件天大的好事似的。

“残疾也得有证！你指给我看有什么用？我一个人知道你是残疾也不行啊是不是？你赶紧去社保局吧。”

“可是我得吃药，我快受不了了，我好难受。”我看着她皱巴巴的表情，竟觉得自己的脸也跟着泛红发炎起来，既惶恐又尴尬。

“您问完了吗？我这还有急事呢，要不让我先结吧？”后面的男人看似询问，实际上话没说完就已经挤到女人前面，药单都探到窗口处了。我向后扫了一眼，余欢居然正在队伍里站着，我落荒般逃出队列，打算找个角落避一避。我已经不知有多久没有照过镜子，早已失去了做人的体面，形容枯槁到自己都不敢看，又怎么敢让别人看。

“穆远？我看见你了，不用躲了。”随着声音我停下来，但没有回过身去。

“你最近怎……么样？”她转到我面前，用手扳起我的下巴，惊讶得有点结巴。我感到自己在余欢面前已经穷形尽相，颜面无存，扭头便全力跑开。

“别走！穆远！”

医院里人很多，脚步声碎而细密，我听不出她有没有追上来，就闷着头往前跑，一直跑，跑到再也跑不动，才气喘吁吁地停下来，跪坐在路边。可越是张大嘴巴越是觉得无法呼吸、头皮发麻，不过十几秒，我便轰然倒在地上，什么也看不见了。

再醒来时，手被人紧紧握着，眼睛像裹了一层保鲜膜，看什么都稀里糊涂。我还闻到熟悉的香味，光是闻着，就令我觉得柔软。

“红豆面包？林淼？”我龃龉着，把声音半含在嘴里，不敢想象她真的就在我身边。

“你醒了，我买了水果、面包还有粥什么的，想不想吃点？”是余欢的声音，我想起我被握住的手，神经质地抽出来，整个人也随之坐起来靠在墙角，活脱脱一只受到惊吓的猫。

余欢的身影不管不顾地扑上来，紧紧搂住我的脖子。

“傻不傻，把自己折腾成这样，我们只做朋友，我不要你了，什么都不要了，让我帮你吧？好吗？”

我的后背被泪水打湿，余欢趴在那里抽泣起来，跟着我也开始哭，不过我哭得小心翼翼，抬起手臂环在她的肩膀上，接住自己的眼泪。眼睛上的薄膜被泪水冲破，那扇窗户重新窗明几净了。

“接下来几天你要在这好好休息休息，这样，我先去办一下住院手续，等回来带你出去吃点好的……”

她松开我，抽出一张信用卡，将钱包随手扔在床上，快步走出门去。我左顾右盼，慢慢靠近那只海棠色钱包，颤巍巍将其打开，里面有一沓厚厚的锋利崭新的百元钞。我一边骂自己无耻，一边抽了好几张装进口袋，辗转了几秒钟，我又将钱从口袋里拿出来，压平放回钱包。当我走到门口，要出门时，又反悔迅速折回床边，将刚刚拿出来的钱塞进口袋，逃也似的奔出门去。

直到地铁发动，我才放松下来，掏出手机给余欢发了条短信。

“对不起，拿了你的钱，我也看不起这样的自己，可我没办法了，以后会还你的。”

“不够的时候一定来找我。”

看来她早就料到了，料到我有可能为了我那娇生惯养的自尊心而逃走，所以才故意将钱包丢在床上。或许她根本就没去办什么住院手续，钱是在我昏迷时新取的，她只是在门口静静等着，我能厚着脸皮留下当然最好，如果逃走的话至少还可以接济我一点。这样一门心思对我好的人，我配都配不上，哪来的什么资格记恨她呢？地铁上的暖气很足，我却直冒冷汗，我很不想哭，这几天我哭了太多，可我还是当着众人的面，脑袋空空地凝视地面，藏不住地抹起眼泪来。

从这天开始，我每天都耗在酒吧，心情的复杂大概可以用恶醉强酒来形容。每晚喝到酩酊不清时，快乐就变得唾手可得，我深知这种对痛苦暂时性的医治和忘却对我没有好处，却不可自拔地沉迷于此，因为我想不出还有什么办法可以度过漫漫长夜。往往开心大笑时，我们不会察觉自己正多么可贵地活着，只有挣扎着，苦恼着，才会意识到自己仍艰难而孤独地在世上走着。

很快从余欢那里拿的钱也花个精光，我揣着口袋里剩的最后20块伫立在酒吧门口，虽然在门口，却已经十分拥挤。那里街牌闪烁，声色犬马，有人中途出来透气，有人在街边小摊贩那里吃点可以快速饱腹的夜宵准备进入下半场，还有人在寒风中拥抱、接吻，甚至做一些更下流的事情。而我在黑暗的角落吸着二手烟，手插口袋，瑟瑟发抖。仅仅是一条街的左右两边，景象却截然不同，对面萧条又清冷，一只坏了的街灯独自挣扎着，一闪一闪的，最终还是熄灭了，路人掏出手机，才将黑黢黢的天空重新照亮。

有人敲我的肩膀，我打了个激灵。

“我还嘀咕你今儿怎么没来呢！”调酒师叼着烟趴在我耳边讲话。

我笑笑，不知道说什么好。

“怎么不进去啊？”

我两手一翻，将裤兜翻个底朝天，厚着脸皮坦诚说。

“钱不够。”

“你有多少？”

“20块。”因为确认过太多次，我想也不用想就脱口而出。

“拿来吧，走。”

他接过我的钱，像很熟的老友用胳膊揽着我，把我带进酒吧，调了一杯Brandy（白兰地），兴致勃勃地问。

“尝得出什么味道吗？”

“樱桃。”

“喜欢吗？”

“嗯，还有平时喝的，都喜欢。”

“真会聊天，加酒叫我！”

“谢谢。”

烟酒气和费洛蒙，含混不清地冲击鼻腔，热汗令人晕眩，人们甜腻地紧贴陌生人奋力扭动腰肢，有人忘乎所以，有人细心挑逗。

“一个人吗？”

有个浓妆艳抹的女人走过来，在我眼前摇摇手，那只手因为缀满戒指和手镯而显得沉甸甸的。乍看起来她风姿绰约，不过仔细观察就能发现口红下的嘴唇已经生出许多皱纹，眼角也是，割坏了的双眼皮耷拉下来，涂了白厚粉底的脸在她笑起来时很像因为干涸而龟裂的地面。为了挡住脖颈上的褶皱，她带了一大串珍珠项链，举手投足间，身上的饰品相互碰撞，发出珠光宝气的声响。那些白滑圆润的成串珍珠晃得我眼睛阵阵发酸。我猜测，她应该是一个四十五岁以上的妇人。

“一个人。”多个人聊天似乎也没什么不好，酒喝得多了，我便放得开一些。

“我年轻的时候也常常一个人，我知道那滋味。”她将手覆盖在我的大腿上，像一片悄无声息飘来的枯叶。我转过来仔细望着她，顺便把腿上的手撇了下去。

“我现在想通了，不知道你想通了没有？”

“想通什么？”

“拿自己拥有的，换一些自己没有的。”

我犹疑了一下，面无表情地把腿放回她够得到的位置，然后将杯子推到她手边。她笑笑，叫了一整瓶酒。

“这瓶存在这里，你慢慢喝。”

“谢谢。”我意外地不觉得这是一种施舍，好像早已弄丢了羞耻心。我只是侧耳听着她身上响来响去的珠串，听了好一阵子。

“几岁？”

“二十三。”我拱着肩膀磨蹭身上的红疹，然而不能解痒，便把胳膊绕到身后去挠。她见状伸出手来帮我抓了抓，像给宠物顺毛那样。之后那只手四处游移，抚弄我的脸颊。

“怎么不刮胡子呢？”

“忘记了。”

“那明天记得修整一下，我喜欢干净的男孩子。”

“好。”

“猜我多大？”

“顶多比我大一点吧。”我言不由衷地撒着谎。

“真懂礼貌。你觉得在我这个年纪，这幅身材还算好吗？”说着她比划着自己，原地转了一圈，其实她保养得确实不错，背影看上去和少女并无二致。

“很好啊。”

“那你要不要请我跳舞？”她拉过我的手搭在她的腰上，那里正柔软地摆动着。

“我不会。”

“我教你，来啊。”

我半推半就地跟着她下了舞池，在那里我谁也看不清，连我自己也看不清。人们挤来挤去，我跟着他们头晕脑热地甩起手脚来，感觉像一只极不协调的青蛙。她紧挨着我，在我身上蹭来蹭去，我也非常配合，怎样都好，怎样都无所谓，我只是想喝杯酒。

有那么一瞬间，我很想试试我究竟能放任自流到什么地步，主动将她揽在怀里。不过，最终没有更进一步的事情发生，只是这样简单的肢体接触而已。之后我真的修理了脸面，白天睡觉，晚上则像一个仪表堂堂的正常人一样，每天在酒吧里跟她见面、调情、互相摸索一阵子，然后她和我都得到自己想要的。

再后来，我被一个女人拯救了，不光是从酒池中，还从破败的生活中。这个女人叫苏瑶。

11

通常在去酒吧前，我会先垫垫肚子，一天之中唯一的一餐。今天起得稍晚，距离约定的时间已经没剩多少，她不喜欢别人迟到，于是我打算去便利店买点饭团了事。在冷柜前驻足时，目光顺势瞥到身边的一双黑色高跟鞋，单看那双脚我不敢确定我认识这个人，不过我认得她散发出的气味，神秘热带植物特有的香气。似有狂风卷走我的心脏，心跳早已不知所踪。我按捺着神情，缓缓抬起头，视线从黑色丝袜往上走，黑色呢子大衣的口袋里装着一本小巧的外文书。虽然看不见，但我想她一定穿了条性感的黑色超短裙，她不怕冷的。

再往上，是廓形大衣连接着瀑布一样倾泻下来的长发，不知道这次是真的还是假的？目光刚要落到脸上时，她转身去结账了。我愣了一下，顾不上拿饭团便跟上去，谁知突然间冲出许多人，插入结账的队伍中。我假装继续挑选商品，在一旁等着她结账，过程中她反复用脚掌点地，好像接下来有什么急事。一买完单，她便马上离开，我也立刻跟着她走了出去。

她走得越来越快，我也不断加快脚步，这一年来，我第一次从头到脚每个细胞都振奋起来。是她吧？一定是时夏！是她没错！我在心中不断重复这几句话，身体只剩下一具盲目跟从的躯壳，只要能面对面看上她一眼，不，我还想跟她说上一句话，能这样我就心满意足了。

我完全忘记了晚上酒吧的约定，跟着她拐进一家大商场里的咖啡馆。里面有个长满络腮胡的男人在等她，下巴和鬓角很明显的花白了。怎么办？他们会一起离开吗？那样的话我就没有机会和她打招呼，先正面看她一眼吧，绕过去，安安静静坐在他们对面，或许她能认出我来。

不行！我从玻璃的反光中打量着自己，在夜店那样黑乎乎的环境里还勉强能浑水摸鱼，可一旦暴露在明亮的灯光下，我身上没有一件单品（包括我自己）拿得出手，没有一件不可怜兮兮，这样堂而皇之地被她观察我是绝没有信心的，面对面的话，要做好十足的准备才行。

于是我找了一侧的位置坐下，利用斜视的技巧，旁敲侧击地观察她，不过还是被发现了。因为那个男人忽然端着咖啡站起来，他很高，穿着高级西装，虽然已经不在壮年，但仍然一副宽肩阔背的样子，看见他，我觉得自己愈发矮小了。应该是去加糖，我这么想着，他的距离跟我越靠越近，走到我身边时，我收起眼光盯着空落落的桌面，他在桌边站定停了好一会儿之后，才继续往前走。

等他走开去，我才又重新直起腰来，在假装伸懒腰时偷瞥了一眼时夏坐的桌子，那里空无一人，她已经离开了。我正要起身，旋即被一只有力的手臂按下。一句欲言又止的话，卡在喉管中央，咽下去不是，说出来也不是。这时那浑厚的声音俯下身来，慢条斯理地传入耳朵。

“我看，就不必追了吧。”

我僵在座位上一动不动，维持着表面的镇定，实际上眼睛已经无法聚焦，手指也在桌下颤抖不止。站起来，站起来啊！情绪像坏掉的指针被金属表盘禁锢着，左右晃动，可是到男人离开我都没站起来，就那么缩头缩脑地干坐着。指针最终停下来，脑袋仍在发懵，我弓着腰在街上走了大概一个小时，颓然萎靡，冷得瑟瑟发抖，是不知不觉走到酒吧门口的。

那时已经很晚了，妇人还没走，坐在吧台那里作色，她的口气十分尖酸。

“哟！还记得来这里？我以为你把我忘了呢！”说完她在我胸口捏了一把。

“给我支烟。”我摊开空空的手掌，像摊开空空的心。她将火机和烟一起放上来，我把烟塞进嘴里，可火机打了半天也没打着。妇人在身旁哈哈大笑，我才意识到我嘴里叼着打火机，手中握着那根烟。

我苦笑一下，调换过来，深长地吸了一口烟，然后使劲呼气，直到胸腔深处什么也不剩。我刚想着烟也没有那么难抽时，就剧烈咳嗽起来，咳得我眼泪鼻涕一起往外冒。这时有人拍我的后背，把香烟从我嘴里摘下来，霸道地在烟缸里碾灭了。

“你谁啊？”妇人嗓音发尖，跟与我说话时判若两人，一把将我揽回她身边。

“我是她女朋友，你谁啊？大妈。”那个人又不甘示弱地把我揽回去，好像我是一个女孩子间争来抢去的洋娃娃，我靠在她的蓝裙子上忽然觉得好笑，不管她们俩，兀自一边咳一边哈哈大笑起来。

“你还有脸笑，玩够了没有？要玩也找点好货色。”

“你说谁呢！”被戳到痛处，妇人上来就扯住蓝裙子的头发。我夹在两人之间挨了不少闷拳，不过毕竟都是女人，不怎么疼。没过多久她们就被拉开，蓝裙子似乎赢得了胜利，仍然搀着我。

“走，跟我回家。”

“喊，也不看看这男人是什么货色，活脱脱一个窝囊废，还当宝贝呢……”妇人在身后喋喋不休，百忙中还抽空朝我们吐了口痰。

蓝裙子拖着我打上一辆车，我像一个笨重的玩具熊，扑通一声被丢在后座上，她自己则坐在我身边，和司机说了地址，开口同我讲话。

“喂，喝多了？”

其实并没有喝多，但我不想说话，只是脑袋贴着玻璃窗，眼睛木然盯着窗外飞速掠过的人和景物。她拽了一下我的手臂，让我靠在她肩膀上。过隧道了，细长条的灯光一条一条掠过身体，我们一起沉入黑暗又跃进光明，脸上像被人按下一明一暗的快门，闪现的是过去的即将消失的事情。她侧过来，在我额头上轻轻说了一句。

“还有很远，靠着我睡一会吧，肩膀好歹比玻璃舒服些……”

接着我真的睡了过去，至于去哪里我并不关心。我不意外自己可以对陌生人如此安心，因为我已经没有什么可失去的了。下车时，我好像已经走完短暂的一生，将一切都抛诸脑后。

我跟着蓝裙子一路回到家里，她的家不大，是郊区一个合租房的主卧，带有独立卫生间，因此除了和邻居挨得近以外，可以勉强算做一居室。房间里东西很多，食物、衣服、化妆品摆得到处都是。刚进门，就有人敲门。

“又带人回来了？”女人向屋里探头探脑。“哎呀，挡什么呀，你还有什么不好意思的？也不是第一次了，带人回来可以，可不能常住。”

“知道了曹姐，你放心吧，还有别的事吗？”

曹姐是房东，一开始我认为她是个斤斤计较、势利尖酸的讨厌鬼，很久之后才改变了这个看法。她的丈夫几年前因工伤事故死了，虽说是工伤，但也只赔了几万块，女儿在外地上学，为了多挣点钱，曹姐才把房子租出去的，明明是自己家，却只窝在一间小次卧里。

“又去医院了吧？”

“怎么谁都知道我的事？”

“我们这些女人闲着除了嚼舌根也没事干，你这身子还要多注意。”曹姐意味深长地冲我抬了抬下巴。

“多谢关心。”

“我是怕你死在我屋子里。房租房租！我不说你自己也好歹想着点，下半年的早点给我……”

“好。”蓝裙子把她硬推出去关上门。

“晚上小点儿动静！我神经衰弱！”曹姐隔着门又喊了一句，才趿拉着拖鞋走开了。

“你随便找地方坐，我先去卸妆。”说着，她已经抬手拉扯眼皮上的假睫毛。

“就这样随便带陌生男人回家？”我还没有找到地方坐，又不好意思坐到床上，站着跟她说话。

“第一，我已经在酒吧里见过你很多次了，所以不算陌生男人。”怕我听不清似的，她从洗手间里探出头来望着我的眼睛说话。“第二呢，也不算随便，因为我看上你了。”

“我能有什么可被你看上的……”

“感觉咯。”

“感觉？”

“就是一类人的感觉。嗯。”她点点头，对自己表示肯定。

“坦白说，那女人说得一点没错，我是个彻头彻尾的穷光蛋、窝囊废，没什么可以给你的。”

“那正好，我也不是有钱人。除了爱我，也没什么可向你要的。”

经过清洁的脸，很轻易就能看出岁月的痕迹，她的年纪应该30有余。不过虽不是粉光若腻，至少清透干净，眉毛很浓密，不像有的女生为了方便塑形，特意削成一小条，卸妆之后就只剩细溜溜一根，飘飘忽忽地挂在眼皮上，很滑稽。她不是大而圆的眼睛，是长而细的双眼皮，很有一种媚意，这种媚意不是从外部添加上去的，而是自然而然由内向外散发出来的。

“你会爱我吗？”她靠近我，脸几乎碰到我的脸，我凝视着她的眼睛，那里面有什么东西吸引着我，令我没办法一口回绝。

“不会也没关系，我教你。”

她微微向前倾，我闭上眼睛，打算如果她要吻我，我就不拒绝。谁知她竟幽幽地从我身边擦肩而过，我有些尴尬地吸了一口气，黑暗中我感觉她关了灯。当我再睁开眼睛时，苏瑶已然解开了衣襟，月光很亮，透过窗户直直照射在她雪白的肌肤上，几乎可以看到青色静脉下汩汩流动的血液。月光下的她显得纯洁、鲜活而又真实。

“过来。”

我听话地一步步朝她挪过去，越是想要屏住呼吸，呼吸越是急促起来。我在苏瑶面前站定，她拉着我的手让我坐在她身边，轻轻偎着我，然后将那只已经不属于我的手引向她的身体，我将注意力全部集中在那只手不断传来的触感上，脑袋里又空又麻。

她极缓慢地和我一起倒在床上，抚摸、亲吻……一切都慢慢地，悄无声息地向前推进，像一次只有月色见证的浪漫的秘密行动。在两个人的纠缠中，我的心荡秋千似的忽高忽低，最终被一下子抛向高处，许久没有回到身体里来。我紧紧拥着苏瑶，开心地流着眼泪大笑，见我笑，她也跟着笑，继而整间屋子都被这笑声挠到痒处，一起笑着摇晃起来。

眼睛在眼皮下蠢蠢欲动，一片金色中遍布曲折的红色血管，太阳刺眼，我醒来时已经是上午十点。她的手指像一群蚂蚁在腹部爬来爬去，我笑着把她从被窝里拖出来亲了一口。

“还不知道你的名字。”

“苏瑶。”

“我叫穆远，你不用工作？”

“那有什么要紧的？工作又不能让我开心，你能让我开心，就暂且请一天假好了。”

苏瑶趴在我的胸膛上，随着呼吸起起伏伏，我斜倚着床头仔细打量房间，发现这里除了生活用品，还有许多油画，有人有物。我不敢说自己对画有多少研究，但从那些画里我能看出苏瑶对色彩和留白的运用有相当深厚的功力，风格上和毕沙罗有些神似。最重要的是，她的画都充满激情。

“都是你画的？”

“你说那些画啊？随手画画罢了。”

“画得很好啊，你该专注地干这个。”

“专注？那些画家、作家和艺术家疯痴般地专注于一件事，中了邪似的画画、写作，一辈子就像没活过一样。我不要，我要先活，再把我的‘活过’画下来。”她停下来，坏笑着望向我。“诶！你来做我的模特！”

“什么模特？”

“人体模特。”

“我不要……”

“你说了可不算。”

她抬手揉了揉我的头发，像跟自己的孩子对话。说完她忽然捂着嘴冲向厕所哇哇吐起来，听到我下床的脚步声，苏瑶的声音隔着门喊道：

“别过来，我没事！”

接着传来漱口的声音，她走出来，什么都没发生过似的，在我开口之前就笑着先解释。

“老毛病了，我很容易吐的。”

“真没事？”

“要是有事，恐怕就是怀上你的孩子了，哈哈哈……”

虽然明知她在开玩笑，可我心中还是咯噔了一下。

苏瑶七翻八找地扔了些零食到床上，自己也跳上来。

“随便吃点咯，一会儿再出去吃饭。”

“嗯。”

“你呢？平时做什么？”

“我……没工作……”

“我知道你没工作，我是说你平时爱干什么？”

“就胡乱写点东西。”我有些羞于说出口。

“哈哈，一个随便画画，一个胡乱写写，都写什么样的？能给我看吗？”

“还是不要看了，都是些自说自话的东西。”

“不要妄自菲薄嘛，拿来我看看，说不定能帮你发表，还能赚点钱。”

“真的？”我兴奋不已。

“只要你不嫌弃。我现在在报社当编辑，报社嘛，发表自然不像杂志那样好看，稿费也微薄，不过有一点总比没有好，是吧？”

这话没错，就我来说，没什么可挑三拣四的资格，能为人所用已经要千般感激了。因此，除了接一些苏瑶发过来的小稿件，我还做起了代笔的活计，给企业家、领域精英、明星名媛们写一些锦上添花的自传。那种文章写久了，觉得自己仿佛变成酱缸里的烂白菜，浑身上下散发着一股惹人掩鼻的酸腐气，世俗透了。我很讨厌这样的自己，每次写完一章总要在桌前发上半小时的愣，才能缓缓将脑袋里的模式切换回来。

三岛由纪夫说："有一种爱恋让屋子朝雾弥漫，感情生出蘑菇来，两个人就靠吃它为生，将四处都拉满柔情丝网，抱着睡在当中。"我和苏瑶的关系就是这样，前一个星期我们几乎没有离开过那张软塌塌的裹满紫色珊瑚绒的床。无论夜晚还是白天，我们整日整日抱在一起，以至于后来我再看到紫色的东西就会立刻联想起我跟苏瑶交缠的情形。

一天，我们气喘吁吁地靠在一起时，她举起光溜溜的大腿，盯着自己在空中摇来晃去的雪白脚趾说话。

"穆远，搬过来好吗？"

"你是说一起住？"

"怎么样？"

"我很想来，可是……" 她忽然翻身捂住我的嘴巴，把下面的话堵了回去。

"好啊！那就来吧！没什么可是……"

搬离地下室的时候，除了证件和书稿我什么也没拿，阳光刺眼，我仰着头直视太阳，直到眼睛完全睁不开，直到出现整片粉蓝交叠的色块。我心里有些开心地想，告别了这些斑斑过往，日子总算要好起来了。

12

半年之后，我和苏瑶开始因为生活上的琐事争吵、生闷气，比方说她爱乱丢东西，比方说她总是光脚在地板上踩得脏兮兮又直接爬上床，比方说她出门时常把我吵醒，诸如此类。她总是很快就跑来撒娇求和，只是这些毛病她一样也不改，不久又闹脾气，再和好。到后来，我已经为这些细碎无聊的小事生气而感到厌烦，也担心她终有一天不再主动示好，我慢慢学会将心中的不满按下不表，默默跟在她身后收拾。

除此之外，我发现她会定时吃一堆白色药片，她没提，我便也没问。我偷偷看过那些药罐，一样标签也没有，看不出什么所以然，能清楚记得每种瓶子吃几粒，想来是吃了很久了，大概是维生素之类的东西吧，我暗自思忖。

快过年的时候，我在洗衣房撞见过曹姐的女儿一次，她穿着略有些显小的艳红色夹袄，还是高中生的打扮。因为碰面了，便同她打招呼。

“你好，是曹姐的女儿吧？”

女孩低着头，看也不看我，继续摆弄洗衣机。

“怎么了？”我凑过去帮她调试，她马上撇开好远，扭过头在一旁等着，那洗衣机出现故障，怎么也不正常运作。

“好像坏了，不然你到我们那边洗吧。”

“不用了，谢谢。”女孩转身就走。

“来吧，反正现在也没人用。”我才刚碰到她的胳膊，她就立刻弹到一边，像受惊的猫。

“对不起，弄疼你了？”

“没有，谢谢。”

回身时曹姐堵在门口，生气地瞪着眼睛。

“回家知道跪在哪吧？”

“嗯。”

女孩怯怯地从曹姐身边经过，生怕走路带动的气流惊扰到谁似的。我一头雾水地愣在原地，不清楚女孩做错了什么。

“离我女儿远一点。”

“我只是想帮个忙。”

“坏了我会找人修，用不着你帮忙，男人不能进公用洗手间的规矩苏瑶没告诉过你？”曹姐双手抱着肩膀说话，面无表情、语速很快，如果仅仅是因为和男人说了话就被惩罚，我觉得多少有点过激。

“下次会注意的。”

“你在这住了挺久了吧？今年北京房价攀升听说了？房租涨了百分之十，况且之前的房租是一个人的，既然那么想搬过来就再交一半的房费。”

“什么？”

“在现在的基础上还要再交一半的房费，周末之前给我，我可不是什么善人，即便过年，也照样会把你赶出去。”

“知道了。”

这件事我没有争辩，也没有告诉苏瑶，因为实在不好意思让她再出一份我的房租，这段时间我自己也攒下来一点钱，刚好够应付一下房租的事情。刚走到窗下的柜子边取钱，就又听到曹姐尖利的嗓音在楼下炸开来。我们住的小区是栋老房子，没有电梯，二层有个很长的水泥平台，很多人把自己家门前的一小块地圈起来当作自行车棚、晒衣场之类的。曹姐也圈了一小块自己的地方，在里面养些花草。我打开窗子，她竟在跟一个六岁左右的小孩发脾气。

“走开！快走开！谁让你到这来的！你妈呢？！”

那孩子扁着嘴不说话。

“怎么不说话！你妈呢！难道你是没人要的野孩子吗？哎呀，你快给我出来！”

说着她便抱起小孩往外走，那孩子哇的一声号啕大哭，上上下下的邻居们有不少探出头来看热闹。

“别哭了，我最讨厌小孩哭，再哭我会打小孩的！给我看看你的手。”

她掰开孩子的手掌，抢过一朵捏碎了的黄色小花，扔到地上用脚碾来碾去。

“这不是你该来的地方知不知道？说了别哭了！再哭真的要打你！”

这时孩子的妈妈出现了，抢过孩子，搂在怀里。

“你干吗？！你看把孩子吓得！怎么还要打人呢？你这么大年纪了像话吗？！”

“对啊，小孩不懂要好好说啊，不就摘了你一朵小花吗？”

“就是，也不是什么大事……”

楼上不知道谁家你一言我一语地附和，我看着被围攻的曹姐，心中十分痛快。

“我……”

“你什么你！我看你就是恶毒！难怪没有男人要，孩子也逃得远远的！宝贝我们走了，不哭不哭了。”

等她们走远了，曹姐才有些落寞地回到自己冬天的小花园，皱着眉头审视光秃秃的仙人掌。一边整理树叶一边嘟囔。

“你们以为我想管！我还不是怕那孩子扎到手……”

除夕夜我躲在厕所用苏瑶的手机给家里打了个电话，是母亲接的。

“喂。”

“……”

“喂？”

“……”

“谁呀？”电话那头远远传来父亲询问的声音。

“不清楚，可能打错了。”母亲的声音变得很小，应该是用手遮住了麦克风。

“那快挂了，过来吃饭。”

“来了！”

“新年快乐，希望你一切都好。”听筒里传来母亲的声音，继而挂断了。

“新年快乐，我也想你们。”

我对着已经挂断的电话自言自语，扯了扯高领毛衣毛刺刺的领子。小时候我最讨厌穿这种毛衣，总觉得浑身上下不舒服，每每用手拉扯领子，一旦被母亲发现，就要被揪耳朵。如今我再怎么扯领子，母亲也不会来揪我耳朵，一想到又冰又痛的耳朵，我就更加怀念母亲了。

“穆远？你在洗手间吗？”苏瑶的影子贴在门上。

“啊，在，在呢。”我努力调整情绪，让音调听起来正常。

“我手机找不到了，可能是落在那儿了，你帮我找找？”

“好……我看到了！在洗手池上面呢，一会给你拿出去。你能把窗外的衣服收进来晾在屋子里吗？”

“怎么了？”

“天太冷了，我怕它们在外面受冻。”

“你啊……”

苏瑶刚离开，手机收到一条来自名为“祝医生”的新信息。

“苏瑶，又一年了，能像现在这样就很好，我们还要一起加油，新年快乐。”

我们叫了海底捞外卖，汤底烧开后，热气不断蒸腾，满屋飘荡着辣油的香味，在之后几天一直纠缠着房间里的衣物、被褥还有我们的身体不放。那是我第一次吃海底捞，吃得脸红眼也红，吃得脑袋发麻，看什么都模模糊糊。那晚最清楚的是我和苏瑶碰杯的声音，干脆响亮，一次又一次。

“新年快乐！”

“新年快乐！”

“你也新年快乐！”

“你更新年快乐！”

……

在一年中最需要温暖的节日里，我们不断重复这句话，仿佛多说几遍，就可以获得新年一定快乐的保证。

每天和日子一起晃荡着，不觉得自己走得快，回头看时才惊觉已经在这里住了一年半，习惯到晚上起夜闭着眼睛就可以摸到洗手间。第二个冬天眼看就要结束，太阳也一天比一天亮堂起来。这个周末，苏瑶竟然比我早起，拉开窗帘猛掀被子。

“快醒醒啦！太阳真好！”

“干吗？”

“换个姿势，躺好。”

“怎么才算躺好啊？”

“就舒展一点，把身体打开。”

“感觉……把身体打开……蛮恐怖的。”

她让我躺在一大片阳光中，自己在地面支起画架为我画像，起初我有点害羞，总是想笑，一直说算了算了。到第二天，画布上已经出现好看的轮廓，我也表现得更加自然，这样子接连画了两个星期才总算完成。我定定地望着画中这个人，像自己的一部分生命被凝结在这幅画中，从我身体里切实地剥离出去了。

“没想到画完一幅画，就是春天了。”

我拍拍床边凉丝丝的暖气片，要到下一个冬天这里才会再传出水流声。

“再等等，我们一起去看海吧？”

“我还没有看过海。”

“看这里。”她指指画中我的眼睛。“这里也有一片海。”

她这里的人像还有其他几幅，分别画着不同的男人，我好奇很久，终于没忍住，还是问了。

“他们和我一样？”

“什么一样？”

“也像我们这样？做我们做的事？”

“是。”

苏瑶的直率让我一时想不到该如何回应，突如其来的沉默像一团干棉花塞进嘴巴里，把声音吸收的一干二净，我很想说些什么但又搞不清楚自己想说什么。

“你和谁都不一样。”

她转身揉揉我的头发，她很喜欢对我这样，像母亲从高处安抚孩子那样，这感觉令我不快。

“不过说到相像，倒是有个人确实和你相像，他不在画里。和前夫离婚后的一段时间我沉迷社交平台，在那里结识了一个人，那个人是突然间消失的，哪里也找不到，从未出现过似的。像记忆出了差错，在最寂寞的时候杜撰出一个无凭无据的人来逗自己开心，谁知我却着实为这个不知是否真实存在的人伤心了一场，像真正失了恋那样。”

“你叫什么？”

“怎么了？”

“好奇……只是好奇你会起什么名字。”

“No one”

“什么？”

“名字是‘No one’。”

我刚刚一直闷着头飞快走路的心脏终于撞上玻璃门，哐当一声，愣住了神。

“你也用过那个平台？”

“没有，我从来不用那种东西。”

“哦？”

“对啊，觉得挺无聊的。”

“也对……”

苏瑶用手指撩撩我下巴上稀松的胡楂，歪着嘴饶有趣味地望了我一会儿，继而亲吻上来。我修改了自己的人生，我从未出现过隐疾，不断告诉自己和那有关的一切都不曾发生。可我越是这么想，过去便越是刺痛我的神经，像藏在手指深处的一根看不见的刺，不能碰。

那天我发疯地揉抚苏瑶的头发和肌肤，用尽全力将她抱紧，像大海抱紧一支飘零的一丝不挂的小船，她在摧枯拉朽的波涛深处颠沛着，沉沦着。与此同时，过去的画面也剧烈摇晃，在潮水淹没小船的那瞬间倾覆不见。总之那一刻我忘记了，那一刻已然过去，也就是说在那一刻里，我永远忘记了。筋疲力尽时，苏瑶伏在我身上小声说：“穆远，我好像看见大海了。”

除非同苏瑶一起，平时我不怎么出门，最近她出门却常常把我一个人丢下，这天下午我见她打扮自己，便也开始穿衣服。

“要出门吗？”

“你在家乖乖等我回来，我有点事。”

“喔……好……”衬衫纽扣穿过一半扣眼，就那么僵在那里，不知是进是退。

那天到很晚她都没有回来，我想出去走走，可又始终无法独自迈进这冰冷的城市。凌晨一点的房间早就陷入沉睡，四下静得可怕，这时有什么发出咕噜声，小心翼翼确定是饮水机时，才暗暗觉得自己的胆小很好笑，原来睡不着的不止我一个。

“你一定很寂寞吧？守在房间的角落，就这样默默站着、静静等着，等有人需要你，向你靠近。”

我拍拍它的头，它冒出一串气泡作为回应。手机这时响起来，余欢打来的，我犹豫一下，挂断了电话。那之后，我一直注视着屏幕，以为她会再打来，可是没有。电话没有再响起，我竟有些失落，不知是失落自己猜错，还是失落没有同余欢说上话。

我从抽屉里取出一些现金，心里想着或许该把欠余欢的钱还了。

“喂，余欢？是我……”

听筒那边十分嘈杂，什么也听不清，这声音我再熟悉不过，她在酒吧。

“余欢？”

“跟谁打电话呢？再陪我们喝几杯，这才哪跟哪！一会儿还有好玩的呢！”一个男人轻佻地喊话。

“你好，喂！您好！请问一下，余欢在哪间酒吧？”我大声喊。

“我好想你。”余欢突如其来地说了句话。

“你在哪儿？我去找你。”

“Peach。”

余欢刚说完，听筒就被男人的声音填满，

“吸一口，就一口，这是好东西，过来尝尝，我叫你过来……”

除了人声还有皮面摩擦的声音，恐怕手机是掉进沙发的缝隙了。

酒吧人头攒动，我四处寻找余欢的踪影，在闷顿中被人推来搡去，浑身热汗，就要放弃时，看见两个男人分别架住余欢一侧肩膀往外走。我拨开人群奋力朝他们走去，如同在激浪中拨开摇晃的海草。

13

我试探了两次，终于伸出手去拍了较瘦弱的男人的肩膀。

“您好，不好意思，我是她的朋友。”我抬手指指他们肩膀上的余欢。

“什么？”

“我说！我是她朋友！来接她回家！”

“你是她朋友？我凭什么相信你？”

“刚刚就是我！是我在跟她讲电话，这还有通话记录的！”我举起手机，在摇滚乐里喊起来。

男人甩手将手机打翻在地，挑衅地望着我。

“记录在哪儿呢？”

“你！”我被人挤得弯不下腰去，眼看手机被踢得越来越远却无能为力，估计不消几分钟就会踩被得稀巴烂了。他们不管我，继续向门外移动。

“喂！你们不能走！喂！”

我揪住男人的衣角，生拉硬拽地向后拖，拖得急了，男人回身便是一拳。不过因为拥挤的关系，拳头的力量被众人分散了许多，没有完全落在我脸上，我只是踉跄了一下。

"你怎么打人？我是她朋友！你不能带她走！"

又是一拳，又一拳，再一拳，直到我疼得蹲在地上。人群才像避开脏东西似的以我为中心撤出一块空地，手机躺在一边，果然已经七零八落了。

"怎么了？！"认识我的那个酒保拦住想再上前的男人，保安也围上来。

"没什么，都是朋友，喝高了闹着玩。"男人不想惹事，打了圆场。我便顺着他说："是闹着玩，非要我送这个烂醉的女人回家，我不愿意就推了一把，没事，那就我来送好了。"我伸出双手，他们也只好在众人的注视下把余欢递送过来，愤愤地离开了。

"这么久不来，一来就闹事啊？"酒保打趣我，我只好干笑两声。

"还行吗？能走出去吗？"

"可以的，麻烦你了。"我一边扶着余欢向门外走，一边在心里感激酒保。他的善良，是"不问"的善良，他从不追问最近怎样、将来怎么打算、发生了什么之类的问题，他的善良在于他知道，这些问题我自己都不想面对。

"里边儿怎么了？"

"闹事什么的，在酒吧不是常有吗？"女人笑声清脆，毫不收敛。

这是我在门口打车时听到的，我没回头，因为不用回头也知道，那是苏瑶的声音，听着那声音我脑海中立刻出现她大笑着、不知忧愁的样子。

余欢考了本校的研究生，她还住在那栋楼里。我又一次乘坐出租车经过那条隧道，只不过身边换了人。黄色条纹状的光带次第经过我们的身体，我有一种感觉，感觉这是通往未来的一次检验和扫描，因为这次扫描，本来设定好的一切都改变了，余欢别扭地紧紧抱住我的胳膊，不愿松开手。

“换个舒服的姿势吧？”

“不要，我不要！就这样，什么也别动，什么也别变，行吗？”

“好，那你睡一会儿，到了我叫你。”

“见你第一面，我没想过会爱上你，你从洗手间里探出脑袋说话，一开口就跟我道歉，我在心里骂你傻，没别的想法。再见你时，阳光充满房间，你和所有事物一起被镶上一层好看的金边，静静睡着，几乎半透明的脸庞晒得红彤彤。风先是经过你的发梢，然后才将稿纸吹落到地上，我好奇看了上面的字，写的什么我已经不太记得，只记得那一刻，有什么辛辣的东西从脚底直钻头顶，我心想糟了，我可能爱上你了，果然那之后，一切都变得糟糕了。”

“对不起。”我在后视镜里与司机不小心对视了一眼，窘迫地将目光收了回来。

“嗯，你真该跟我道歉，因为你，我已经不是我了。”

听着她细颤的声音，我又回想起她在学校里叱咤风云的样子。她从不把自己名字介绍两遍，从不和迟到的人做朋友，一分钟都不行，也从不求人。用她的话说，这世上要为她付出的人很多，不缺某一个。可她却不止一次跟我提起结婚，不止一次被我拒绝了……

“在你面前，我没有骄傲可言。我没那么了不起，才不管什么成全和放手，我要爱就是爱得全力以赴、任性而且自私，你是我的，说什么都是我的……”

余欢声音奇怪，不知是笑还是哭，最后哇哇吐起来。

“搞什么啊！我下午刚洗的车！”

“不好意思师傅，我们也不是故意的。”

司机在路边停下车子，打开车门。

“下车下车！”

“时间这么晚，就快到了，您把我们送到家吧，我会再赔您洗车的钱，行吗？”

“别废话了，这车还怎么开啊，赶紧下车，反正也不远了，你们走回去吧！”

我还想再谈谈条件，可是马上就被司机拖下车来，他将车开走之后，只剩我和余欢带着满身秽物，酒气熏天地站在空荡荡的马路边。

这条我再熟悉不过的马路，因为从没想过自己会再走一次，所以此刻的一切都显得不太真实。我撑着完全倚靠在我一侧的余欢，沉入梦境般地闭上眼睛深吸了一口气。两旁的大梧桐即便在初春也依旧青枝绿叶，连着自己灯下的树影显得更加高大，不宽的马路被它们密匝匝地围裹起来，再走进我们两个蹒跚的人，感觉略有些拥挤和局促。

远远的对面，有一个抱着书的纤弱人影在走路。不知怎么的，我们之间的距离越短我的心跳得越快，在散发着微弱黄光的路灯间隔下，整条路变得半明半暗。只有在她走进光下时，我才能依稀窥见她被刘海黑影遮住的脸庞。距离还在缩短，像谁不断朝我胸口投掷石子似的，有种似曾相识的强烈感觉敲打着我的内心，甚至令我的身体微微发烫起来。

又近了，更近了……当她走进眼前的路灯下时，哐！一个大到难以承受的石块砸过来，我膝盖发软，有那么一秒钟失了力，差点随着余欢一起倒在路边。是时夏吗？是时夏吧！她怎么会出现在这里？她怎么会这个时间出现在这里？她怎么会一个人这个时间出现在这里？这几年她究竟在做什么？我们终于要正面相逢了，这次我绝不能再跟她错过，一定要和她说上话，就是现在。

可在我打开唇齿的当口，余欢的胃酸先于我的话脱口而出，对准我胸前倾囊相授，我只好先把她扶到一边顺背。没想到那带着香气的影子竟缓缓走过来，覆盖在我的影子之上，最终完全交叠在一起。

“需要帮忙吗？”

她的声音是轻描淡写的、暖洋洋的、可以将人融化的声音。一直以来渴望着能同她见上一面，说上一句话的我，倏忽间哑然失声，甚至紧张得直不起腰来。她会误会吧？现在这个样子，和醉酒的女人一起回家，会给她不好的印象吧？

“喔，不用了，谢谢。”

我痛恨退缩的自己，说到底，是我没准备好。如果现在面对她，我绝不可能拿出真实自然的自己，我必然要竭尽全力将一个风趣、博学、成功的绅士展现在她面前，那是超越了我本身的存在，是会令我筋疲力尽、洋相百出的人。我不会喜欢那样的自己，更可悲的是，我认为即便是那样，和她站在一起也还是远远不够的。我要她认识我，从此觉得生活可爱。

时夏没有多说什么，将自己的影子从我的影子中剥离开去，在就要彻底分开时我突然开口说话。

“那个……方便的话，能借张面纸吗？”

“喏。”

我低着头接过那包纸巾，然后颠倒方向，捏住她递来时摸过的地方，心里已经觉得十分满足。她走后，我僵硬的后背才逐渐苏醒，整个人也慢慢回归正常轨道。我转头望着她离开的方向，还是那条半明半暗的不太真实的马路，只有握紧手中的纸巾，我才可以确定地告诉自己，这不是梦。

将余欢送到家里安顿下来时，远处的天空已经泛起青白色，窗户后面的荒地被开垦了，长出一片绿油油的稻秧来。走回街上，空气变得凛冽彻骨，等我回到自己和苏瑶的小屋里已经是清晨五点半，家中仍只有饮水机靠在墙角自言自语。我已经很累，躺在床上混乱地想着时夏、苏瑶、余欢，稀里糊涂地睡了过去。

我醒来时自以为睡了很久，实际上只过去半个小时而已。苏瑶妆也没卸，蜷在我身旁，抱着我的胳膊紧紧偎着我。

“再睡一会儿吧，没想吵醒你的。”

“我也没睡多久，昨晚出去了。”我挣扎着，想要告诉她我见过余欢的事，也想问问她昨晚跟谁在一起。本来怕她生气，没想到她只是眼睛在眼皮下倦怠地滚动了两下，轻描淡写地说了句。

“我知道，睡吧。”

“不好奇我去做什么吗？”

“你是成年人了，去做什么不用经过我同意。”

“所以你也不打算告诉我你昨晚在做什么吧？”

“没那个必要。”

“这就是你对我的态度，从不告诉我你为什么离婚，不告诉我你在吃什么药，不告诉我你每天在干吗！我不过是你无聊时用来解闷的花生米，是吧？你不止我一个男人吧？嗯？”

我突然想发火，这怒火来自于嫉妒、自尊、不对等的关系，以及真心。对苏瑶我是掏出了一点所剩无几的真心的，而这一点我倍加看重的真心被她视若无睹。

“你懂什么是在意吗？因为太珍惜，所以不舍得拆封的CD；

因为太珍惜，所以藏进抽屉深处的钢笔；因为太珍惜，所以我不要跟别人分享你！可你不光无所谓地把自己交给别人，也无所谓把我交给别人。你就是一个随便的女人！告诉你吧，我也和别人上床了，这怎么样？也没感觉吗？”

苏瑶的巴掌毫不犹豫地落在我脸上，十分响亮，像猛然一头巨浪将我掀翻在岸边，懵懵然愣住了。

“穆远，你什么时候才能长大？我跟你不一样，我有我的原则，在活着的时候由着自己开心就是我的原则。让自己感到幸福的人和机会，去爱的时间，不是每天都有，遇见了就拼尽全力把握，过去了也不停顿留恋。我已经快四十岁了，没有时间浪费，不浪费，才是珍惜。如果你能从别人那里获得快乐，我愿意让你尽情快乐。成全，才是在意。”

我体内发生了严重的交通事故，想说的话，想流的泪，通通堵在胸口互相为难，互相过不去。我憋闷得发慌，在床边胶着地来回走动，将扔在地板上的衣物捡起来，又丢下去，再捡起来，我不知道自己在干什么，只觉得该干点什么。苏瑶慢慢靠过来，把我的头揽在胸前抚着。

“好了好了，下次不会了，再也不会了。”

像那些永远改不掉的小毛病一样，我知道她只是说说而已。但我挣扎了两下，终于还是将她抱紧，脑袋里有一群蚂蚁密密实实地四处乱爬，把那里的思绪搅得混乱不堪，这真是一个陌生的世界，这里发生了什么，我一点儿也不了解。

卧在苏瑶身边，我第一次嗅到了她散发出的气味。那是一种叫Chocolate martini（巧克力马提尼）的浓烈到发腻的酒味，泛着咖色的粘浊气泡，怎样摇晃也不会破裂，和酒液凝为一体，深藏着不可测的秘密和快乐。她的口感炙热顺滑，辛辣中充盈着自由的甜意，令人着迷。

那之后我们度过了一段风平浪静的日子，我们达成了缄口不提过去的默契，直到在楼下的咖啡馆巧遇余欢。与其说是恰好遇到，其实是被余欢找上门来。我同苏瑶坐在老位置，面对面默默品用咖啡。忽而有双手按到我肩膀上，使我整个身子往下一沉，头顶传出声音来，随着声音我的身子越沉越低，闷入了无声的深水中。

“姐姐，借支烟。”

“这里可不许抽烟哝。”

“这我自然知道，姐姐也应该知道，抢别人男朋友不对吧？”余欢像推拿师般揉捏着我的肩膀，俯身下来贴着我耳边说话。苏瑶看了我一眼，又看回余欢，似笑非笑地动了动嘴角。

余欢站直了，手臂抱在一起，眼睛朝下睥睨着我们。

“怎么？见到前辈也不请我坐下？”

“余欢，你有什么事我们单独聊吧。”我垂着头瓮声瓮气的。

“我不想跟你聊，我就想跟她聊。”余欢用下巴指指苏瑶。

“那请坐吧。”苏瑶仍保持微笑。

“算了，不坐了，我们下次再见。我们，还会经常见的。”余欢挤挤眼睛，像老友告别那样，走之前轻拍了两下我的肩膀，我手中的搅拌勺因此不慎跌落下去，与杯底碰撞出清脆的叮叮声。

“我跟她，其实已经很久没联络了，我……”

“没事，不必在意。”苏瑶打断我的解释，抿了一小口咖啡。“春天了，一到春天这里常有蝴蝶经过的。”

她转向窗外，眼睛盯着空气中虚无的某个点接着说。

“那时候你还不在，我常一个人坐在这看蝴蝶，它们也不飞走，就落在那儿，就是那个小台阶的边角上，看到了吗？我们互相对视好久，互相陪伴好久。”

我随着她手指的方向也看过去，仿佛真的看到了蝴蝶，感叹道。

“光是想着就觉得美好。”

“哈哈，以我的年纪还对这么少女的事情念念不忘，总觉得脸红。明天去逛宜家吧？很久没去了，把家里重新布置一番怎么样？”

“好啊。”

当晚，我和苏瑶匆忙赶到余欢乱糟糟的公寓时，楼下停着警车，进进出出有许多拿着纸笔、对讲机和控制现场的警员，我顾不上苏瑶，把她一个人丢在后面，率先跑进屋子。

“你就是穆远？”一个警察拦住我。

“怎么样了？她人呢？人怎么样？”许多人堵在洗手间门口，我也挤过去，瞥到余欢躺在地板上，手边一摊血迹，边缘有些干了。

“余欢！她在呼吸吗？活着吗？还活着吗？”我想拨开人群到她身边，被一群人拦住了。

“先生，请让我们来处理现场！先生！”

“她没死吧？嗯？没死吧？”我抓住一个警察的胳膊不断问。

“目前还没有，我们会尽力抢救的，也希望你能配合回答一些问题。”

说话间，那些带有荧光绿纹的制服给余欢带上氧气罩，像搬家具似的将她生硬地抬上担架。我担心得要命，变得歇斯底里，不管怎么样，我都不希望她死，我还没有冷血到那样的地步。

“轻一点啊！你们以为你们在抬什么？！她快死了！你们要带她去哪！”

"朝阳医院。你和余欢是什么关系？发现她的时候手里捏了一张纸条，上面写有你的名字和联系方式。"

"朋友。"

"只是朋友？"

我不想重复这句话，只点点头。

"她有药物史吗？或者什么病症？抑郁症之类的？"

"没有"我想了一下，又补了句："应该没有。"

"你仔细想想，最近她有没有使用什么药物，或者说毒品？"

毒品……这两个字在我脑海中炸开，轰然之后，我似乎耳鸣了。

"我不知道，前段时间她在酒吧好像被人强行喂了什么，但我不清楚那是不是毒品，或者类似的东西……"

"大麻？摇头丸？LSD（致幻剂）？"

"我不知道，我真的不清楚……"

我躲到角落里，面朝墙壁站着，眼泪不受控地漱漱往下流，胸口害怕地打着战，余欢不会因我而死吧？不会的吧？

14

“还好吗？”苏瑶从背后环住我，一起凝望着平台上迎风摇摆的衣物。

“我没事。”那天我们在医院守到确认余欢脱离危险才离开，在她的血液中确实检测到少量LSD，现在已经过去三天了。

“她会好起来的，放心吧。”

表面上看是这样没错，可有些东西永远也不会好起来了。即使她完全恢复健康，也没染上半点毒瘾，但这件事的发生已经彻底改变了余欢，她再也回不去了。

沉默了一会儿，苏瑶又开口说话。

“开心点，不是说去宜家吗？明天？”

苏瑶想买一个书桌放在窗子底下，第二天我们在桌椅区比对挑选，她看中一个实心松木的，下边带两个复古式样的抽屉，有点民国风情的。

“就这个吧，这个纹理好看，木质也不错，你觉得呢？”

“嗯，可是刚刚那个颜色比较好，这款如果有实木的颜色就完美了。”

“黑色也不错啊，而且这款比较大，除了台灯以外可以多摆一个书架，专门给你用，多好。”

“这么说起来是挺好。”

“刚刚没注意，这抽屉里还有文件架……要是……”

后面苏瑶还接着说了一些话，但我接到余欢哭啼啼的电话，没有听下去了。她转身发现时，脸上闪过一丝不悦。

“谁的电话？”

我朝手腕比画了两下，苏瑶立刻明白，没再继续追问。这是不得不听的电话，但我又想宽慰苏瑶的情绪，便说：

“你来做决定就好，都听你的。”

实际上，这话才会真正让女人生气，但我总觉得不能什么也不说。电话持续了很久，一直到排队结账时余欢才收止住抽泣，勉强挂断。

“好些了？”苏瑶一边往收银台的传送带上放东西一边说。

“嗯，好多了。”我上去帮忙。

“没事儿，这就结完了，你去外面等着吧。”

“哦，好。”虽然我回头时苏瑶仍在摆弄传送带上的东西，但我总感觉她偷偷看过我。

从宜家出来她突然来了兴致，要去吃高级餐厅。

“东西怎么办？”

“先送回去不就好了。”

“还是不要了，那种餐厅也没什么可吃的。”

“你又没吃过，怎么知道没什么可吃的？”

“你怎么知道我没吃过？”

“那你更喜欢脏摊吗？”

“你想去就去吧。”

我们去的金宝街一家叫华尔道夫的五星酒店，空气是香的，处处碓金砌银，这里的人们大部分西装革履，油头粉面。不过苏瑶说：“这些身穿西装的大部分都是服务员，穿着休闲的才是真正的有钱人呢。”

西餐厅里早已经满座，飘出食物的香气，是用我所不了解的神秘香料制作的昂贵食物。前台微微欠了欠身，带着职业性的礼貌询问。

“请问您有预约吗？”

“没有。”

“不好意思，我们这边暂时没位置了，您几位？”

“两位。”

“两位的话，估计要等 30 分钟左右，您不介意可以去那边沙发稍坐，会有服务员给您送茶水和小食。”

“好的。”

“要等就算了吧，下次再吃就是了。”

沙发上只剩我们两人，我小声劝苏瑶作罢，那时我并不知道她已经做好了死的打算，这算是一顿正式的“散伙饭”。

“也不用等多久。”

“看来有钱人还是很多。”

“没钱的人也可以偶尔有钱啊。”

我总觉得与我对话的苏瑶和往常不同，但又说不出具体哪里不同。终于落座后，我翻开厚重的菜单，心情也随着价格变得沉甸甸的。

“我不知道要点什么，你帮我点吧。”我合上菜单，双手交握支在餐桌上，眼睛看着窗外，却无心欣赏什么风景。

“好啊。”

从头盘开始，吃完一道马上又来一道，每一道都只有一点点，每一道都占用了很大的盘子，我开始怀疑这是一顿没有尽头的晚餐。周围的人都不怎么交谈，只有咀嚼和酒杯相碰的声音，搞得我也不敢开口说话。我们两个一起挥舞银质刀叉，默不作声地处理各自的牛排，每刀下去都渗出血来。我还不太熟练，看着乱糟糟的盘子，令我想到自己不堪入目、呼呼冒血的生活，我忽然觉得腥味呛脑，发出一声干呕，还好没有吐出来，我拍拍胸脯。

“吃不惯？”苏瑶递来柠檬水，她一直看着我吃，自己盘里的东西都没怎么动。仔细想想，最近吃饭她总是吃得很少，整个人变得又干又瘦，颧骨下的两块肉像被人挖了去似的。

“没有，只是吃急了……你这儿怎么了？”她不慎从驼色毛衣下露出的手腕上有一块显眼的黑紫色瘢痕。

“不要紧，不小心烫到的。”她的手像受到惊吓的小动物，迅速缩回隐秘的袖口洞穴里去。

“又要吐？”

她干呕的次数相较之前也频繁了许多，以至于我只要看到她面部肌肉纹路的细微变化就能判断她可能是要吐了。

苏瑶来不及回答就匆匆跑去洗手间，回来时，又像什么都没发生一样了。

“我们俩这顿饭吃得，吐来吐去，厨师知道还不得气死，哈哈。”

“你没事吧？虽说是老毛病，还是去看看医生比较好。”

“嗯，这两天就去，你快吃啊，多吃点。”

我们已经很久没有肌肤之亲了，那晚也是，拉着手就睡了过去，我隐隐感觉到，我和苏瑶之间的关系就要走到尽头了。半夜，不知是谁的手机不断震动，不多时，接了电话的苏瑶把手机递给我。

“找你的，余欢。”

“喂，怎么了？”

苏瑶翻过身，背对着我继续睡去。

“我觉得我不应该是我，我想抛下现在的我，变成另外一个人重新开始生活。我好难过，为什么救我？为什么不干脆让我死掉呢？”

“别乱讲，我现在过去找你……护士在吗？先让护士陪着你好吗？我马上就到。”

我一边说话一边爬起来穿衣服，没有再吵苏瑶，直接出了门。没想到曹姐竟然还没睡，在二楼的小花圃边捏着嗓子讲电话。

“你不是在上学吗？怎么结的婚？”

“什么！又离婚了？过年的时候为什么不说？”

“我是你妈，你结婚不告诉我，离婚也不告诉我，现在跑来诉苦？我从小教你的都去哪了？不争气的东西，我怎么有你这样的女儿？你什么时候回来？”

“你敢！孩子绝不能打！没人养我养，我说不行就是不行！”

“你不回来？你不回来你去哪？”

“再也不回来了？你以为你花的是谁的钱！那你给我打电话干吗？”

“不用告诉我！有没有你我都无所谓，我根本不关心，你知道现在几点吗？不知道我神经衰弱吗？”

曹姐的声音戛然而止，只剩下风箱般呼啦啦大口喘息的声音，我猜是她挂断的电话，虽然这对她来说，很难。我绕过她，小跑着离开了。

就这么不定时被余欢传唤着，大概过了两个月她才基本康复。我因此消除了和余欢相处的芥蒂，也开始习惯三不五时同她见上一面，甚至不在她身边还总有些记挂她。

北京的夏天一向很早，是热汗淋漓跑着来的，太阳一丝不苟地审视着地面，所有事物都面临深究与崩溃，人们无法长时间待在街上，全都窝在从早到晚开着空调的房间里。每天下午两点是我发困的时间，今天我却因为突然想起林淼而无法沉入睡眠，我又重忆起年幼时和她相遇的那个小心翼翼的夏天，令我无比激动的夏天。可能有时候,人就是会预感到什么,那天之后不久,我再次见到了林淼。

此外，有一件令我开心的事，何仕减刑了，8 月 29 号刑满释放，算着时间，刚好是在我跟苏瑶从台湾回来以后。我让狱警转告我会去接他，不管他愿不愿意。去台湾，是苏瑶突然决定要去的，她说也不突然，因为之前说过要一起去看海。

这是我第一次坐飞机，抛开登机前的期待，整个飞行过程十分糟糕，或者说是可怖的，有一个瞬间，我以为我要就此死掉了。出发那天的天气很不好，天色滞浊，垂坠着层层疲倦的鼠色的灰云，不过我并未抱怨航班因此延误，还很开心领到安慰餐，因为没吃过，很想知道里面究竟有什么东西。这一点我没有告诉苏瑶，我就是这样，一直费力支撑着与我的能力和年龄不相匹配的自尊心。

终于登上飞机，在窄小的座位上落座，从椭圆形的舷窗窥探机翼以及外面的世界，一切都令我感到新鲜和雀跃，我想起曾经在火车上仰望别人的飞行。气流在机翼的后缘处交汇，产生一个速度无穷大的点，飞机因此而拥有了升力，我们的手掌也慢慢交握，笑着一起握紧，好像因为我们的努力，飞机才得以升上天空，逆风飞翔。那个差一点点就死掉的瞬间是在起飞后不久发生的，在飞机即将突破厚墩墩的黑云，冲向地面可见的云层之外时，机舱发生了剧烈的震动。

最开始我还故作镇定，以为这是正常状况，一脸淡然地安慰苏瑶。接着没几分钟，所有的震动与摇晃都在瞬间收止，人们的表情也同时凝固，大家面面相觑，立刻意识到是引擎熄火，整个机舱一发不可收拾的混乱起来，甚至已经有人失声痛哭。我第一次了解到除了荧幕之外，现实中的情绪也可以如此戏剧化。我们就像被抛向空中的石子，在最高处迟疑了一下，便开始极速下坠。

虽然广播里不停地喊着不要惊慌这样的话，但没人能够不惊慌，大家拼命往身上穿戴安全设施，准备随时跳下飞机。我早已害怕得不知所措，忽然间觉得写些不三不四的文章，一天天得过且过，毫无梦想与尊严可言也不是那么难以接受。转念又不齿于这般贪生怕死，便催眠自己，不是说我有多贪恋现在的生命，只是以这样意外的方式结束是我从未想过的，没有心理准备，自然会被吓一大跳。

苏瑶没动，也不说话，就紧紧抓着我的手，手心渗出滑腻的细汗。虽然事后知道飞机失控仅有短短的 9 秒，但当时的每一秒仿佛都裂变出了无数分钟，每一分钟又裂变出无数小时，整架飞机的生命都浓缩在这个小小的时间块里，推搡着、挣扎着。

“这样一来，我们也算是生死之交了。”飞机平稳下来，空乘依次道歉跟派发饮品，苏瑶开起无可奈何的玩笑。

“真正要死的时候，才意识到我们平日活得太理所当然了。”

“你知道黑匣子吧？如果飞机坠毁，黑匣子可以承担自身重力 1000 倍的冲击，经受 1100 摄氏度高温的炙烤，被漫漫海水浸泡 30 天也不会损坏。但是黑匣子里只能记录最近 25 个小时发生的所有事情，一旦超过 25 个小时，之前的数据就会被清除。”

我不知道她想说什么，没有作声。

“够用了。如果我们死了，我们的这一刻就存在黑匣子里，这一刻存在就是永远存在。”她把头侧过来，“说真的，我考虑了，就像刚才那样一起在天空中死掉我是愿意的，没有什么不甘或者遗憾，甚至还觉得真要那样了才好呢……”

我把手从她的手里抽出来擦擦汗，不打算放回去，又怕她觉得异样，只好拿出椅背上的杂志看起来。

“我开玩笑的……”苏瑶又揉揉我的头发。

台湾的好看，是那种尤为质朴尤为鲜翠的好看，建筑、食物、植被以及人都十分礼貌和整齐。我们有十天的时间脚踏实地地待在这里，想到这些心情就好起来，很快便忘记了惊心的飞机事件。

前面五天我们计划走山线，多坐火车和爬山，从台北往台东再到垦丁，之后掉转方向，从垦丁、花莲回到台北则走海线，多包车跟看海，这样环岛一圈，什么也不会落下。然而没想到的是，我们两个最终也没能看上一片完整的海面，硬要算的话，只在车子上经过、瞥过和短暂地略过大海，还有在医院的病房里长久局限地凝视过窗外平淡的海。

鹅銮鼻公园在台湾最南端，坐车的话一般是从台南坐火车直达垦丁，因为想要骑一次电动车，所以选择了距离最近，位于垦丁大街上的民宿，准备一早出发。清晨的远处，太阳已经升到半空，云层高而细密，其中包含着发光的，不透明的其他云层，整座小岛，似是浸泡在一罐桃色果汁中。气象预报并未料到接下来会下雨，当然我也没有，世事便是这样，往往我们料想不到的事情，才是最终会发生的事情。

“欸？下雨了！出着太阳呢。”出门前我放下白球鞋，换了一双人字拖。

“太阳雨，估计一会儿就会停了……不戴安全帽？”苏瑶学我也把鞋子换成人字拖，粉色安全帽举在手上打着圈，电动车和机车的驾驶规定是一定要戴安全帽的。

“不戴啦，不要破坏了我费心抓的头发。”

“臭美！那我也不戴了。”

上路之后其实我有点后悔，看似不紧的小雨在车速的作用下变得十分密集，时常敲得人睁不开眼睛，不过碍于面子我没有跟苏瑶提起。

这是一条环山绕海的公路，沿途风景很美，海檬树、象牙树以及林投长得到处都是，我们还途径了一大片毛乎乎的芦苇荡。

“我小时候最怕这种树了。”苏瑶趴在我背上，说出的话还没抵达耳朵就立刻被风刮到身后去，很难听清楚。

“什么？”

“棕榈树！我说我小时候很怕这种树！”她稍微欠身靠近我的耳朵喊。

“你坐下！坐下说话！别乱动！为什么害怕？”我怕她听不见，侧过头说话。

“因为我妈总跟我说那上面缠着的是坏女人的头发。”

“你还是第一次提起你妈呢。”

“大海！快看快看！右边！”

公路爬到高处，右侧的枝叶已经不能完全遮蔽我们的视线，海平面断断续续地显现在眼前，闪着光，轻轻摇晃。我们不再说话，凝神注目右侧的景致，将收集到的海的碎片拼在一起，慢慢组成一片完整的被小雨淋湿的大海。

“真好看。让我也来开一会吧，你休息一下看看风景。”苏瑶敲敲我的肩膀。

“不用，就快到了吧。”嘴上这么说，实际上眼睛早已发酸了。

“让我开一会吧，我想开。”她一边说一边挠我痒痒。

“喂，别闹！很危险，你会开吗？”我有些不放心。

“这有什么难的，电动车而已，而且路这么平坦。”

我把车子交给苏瑶后，风势渐弱，雨也慢慢收止，云变得很少。透过开阔的天空，阳光无遮拦地照射下来，地面上浅的水洼率先蒸发，远远看去，整条公路一块黑一块白，很像生了病的皮肤。她骑车很快就上手了，和刚才一样不断跟我聊着没什么意义的闲话。

“你小时候调皮吗？”

我想了想：“算乖的吧。”

“看着也像，我觉得人生就像爬山，我不喜欢爬山，太累了。”

“好在现在有车。”

“怎么这么平坦的路还颠簸？你可要抱紧我……”苏瑶单手扶车，另一只手抓过我的手放在她腰间，像扣安全带似的安置在那里，用力握了一下之后才松开。

“你之前的女朋友都很漂亮吧？”

“不算吧，没有那种漂亮到需要特别提出来的女生。”

“放着年轻、家境优渥的女友不好好相处，反而同我这种离异女人乱七八糟地搞在一起，该不会脑袋有什么问题？”苏瑶看起来谈笑轻松，但我深深明白，当女人半开玩笑的时候，往往才是她们最认真的时候。

“你有你的好。”

“你知道自己的长相很讨女孩欢心吧？虽然有这样的优势，但有时也要专一才行。我说的专一是指体谅身边人的心情，面对谁就对谁全心投入，分别以后再怎么和其他人相处都无所谓，重要的是在她面前只爱她，我的意思你明白吗？”

她是在抱怨这几个月我为了余欢突然从她身边消失的状况，我知道这样过分，但如果倒回去，恐怕还是要这样伤害她一次。人生中有很多身不由己的单选题，看似是我们自己做的决定，其实根本没有选择的余地。

“你喜欢孩子吗？”

“还好吧。”我大概料到她接下来要说什么，但又不太敢相信自己的猜测。

“我有过一个孩子。”这话一传过来，不光是神经，连我的身体也一并愣住，硬邦邦地挺在那里。

“别误会，不是你的，后来做掉了。”

我不知道该说什么，干脆什么也不说，不用面对面地谈话减少了一些尴尬。

“还有一件事我早该告诉你的，但我没有勇气说，希望你能原谅我。孕检的时候，测出我是 HIV（艾滋病）携带者”说到这里，她偏偏头确保我听到了，“不过你不用担心，我们每次都有措施，而且我一直有药物在控制。”

我又回想起她手腕上小心隐藏的瘢痕以及那些白色药片，喉咙像吞下一整个拳头，卡在当中，这种感觉与其说是震惊，莫不如说是焦灼更为贴切。这焦灼感在我心脏外层焗了一层薄薄的油，密不透气地煎着，深处暂且无碍，外在全然酥麻了。

她停顿一下，看我没有反应便接着说。

“之前还好，这两个月身体状态每况愈下。你也看到了，那些紫色的东西在后背上也长了很多，很快我就不能像现在这样自如地活动。我这辈子，好像一直都在被男人需要，我能感受到那种需要。

我刚认识前夫的时候，他母亲去世了，我太记得他那时多么需要我，他只有我，所以他拼尽全力抓住我，以一种不顾一切的方式。有时候男人和女人发生关系不是为了愉悦，而是为了产生某种连接，从而让自己觉得安全，觉得不再孤单。当时我很高兴有人这么需要我，我也很愿意满足他的需要，觉得那就是我应该做的。后来他希望要个孩子，你知道我是不喜欢孩子的，但为了他我怀孕了，也感染了病毒，当然他也不知道自己生了病。最近我竟然有一丝觉得轻松和自由，我忽然发现我可以不用再为了你们男人的需要而做决定了，不用为了你们想就和你们发生些什么，我可以为自己的快乐而活了。我就要死了，想再为你多做些什么，已经来不及了，不过也没有什么我能为你做的了。”

“能原谅我吗？”苏瑶回过头来。

“该减速了，80码了！下坡该减速了！刹车！刹车！” 我大喊起来，车速越来越快，笔直的道路前面突然出现一个急弯。

“拐弯！苏瑶！拐弯啊！”

苏瑶究竟是出于什么原因忘记控制车子的呢？因为神思恍惚，还是过度紧张？我已然无从知晓，或者，她压根就想这么撞上去吧。在与山壁相撞之前我有时间跳下车子，但那几秒内我想了很多，如果我不跳下去，伤势应该也不会致命，如果我跳下去，丢下苏瑶一个人出事，那她会不会伤心？我该如何面对她？就算我跳下去，也不会毫发无伤，算了，闭上眼睛就结束了，什么也不用想，就这样撞上去好了。

车头、防护圈最先与山相碰，在力的作用下，车头右倾，前半截车身飞起，在整台车子后仰翻倒之前，我跨坐的左半侧身体从凹凸不平的山壁上生生磨蹭过去。眼看车灯碎片、手机、背包以及零散的塑料胡乱飞上天空后，电动车压着我倒在地上，车轮在我头顶仍继续转动着，而苏瑶则摔出去，到了马路另一侧。

刚倒下的五秒之内是没有痛感的，我甚至觉得这事故不算严重，紧接着有辆装满海芋的小型货车迎面驶来，司机在急转之后才发现倒地的我们，就算奋力刹车，也已经来不及停下了。

“苏瑶！躲开！”

所幸货车快要驶到我们面前时已经接近滑动，最终在恰好挡住我和苏瑶视线的位置静止下来。也就是说车子刚刚越过我们就停了下来，即便撞上应该也没有大碍，况且在那之前我已经看到苏瑶挪动身子后撤，她还抽出时间对着我做了口型。我身心都松了口气，开始担心接下来的行程无法如约完成，考虑车子的赔偿问题，剧烈的痛感也随之袭来。眼泪不是因为想哭才溢出眼眶，而是单纯因为疼痛的条件反射才止不住地汩汩落下。

我费力挺起肩头查看自己的状况，牛仔裤被撕成条状，紧紧勒住露出白骨的膝盖，伴随着透明的组织液，血已经流了满地，小腿血肉模糊。在看到折断并从皮肤中穿出的脚趾骨头时，我断定我即将成为一个瘸子，并开始幻想现在的时间并不是真的在流动，这一切都可以重来。

“天啊！怎么办！该怎么办才好！阿弥陀佛，佛祖保佑佛祖保佑！喂！我这边出车祸了啦！有个男的伤得很重躺在地上，女的坠下山崖去！哦哦，在……在恒春到垦丁的盘山公路上……”

货车司机在我身边团团转，用半掺着闽南语的普通话对着电话大喊，然后鼓噪地伏在我耳边。

“先生！啊有没有怎样？还好吗？听得到吗？先生？”

“坠下山崖？”这是我印象中，昏死前说的最后一句话。

第三部分 Part 3

从鼻尖跃入海面

于她而言，那样精心保养为丈夫单独准备的身体，却不曾被好好欣赏，是多大的浪费呢？可能是因为想象到未来将要发生的事，我很想加倍关心她、补偿她，从这一刻就开始。

1

（现今）

“怎么了？”林淼托着大衣的手停在半空，关切地询问。“又不舒服？给店里打通电话，今天别去了吧？”

“不用，没关系。”我假装扶着疼痛的膝盖，弯腰等待夺眶而出的几颗眼泪完全坠落，之后才直起腰来。

“一到阴雨天就这样，真的不用再去检查一下吗？”林淼继续手里的动作为我套上大衣，除毛，整理衣领。

“医生不是说了这是后遗症吗？没有办法的事，还受得了。”

“别太勉强，早点回家。修，跟爸爸再见。”

“爸爸再见。”

“再见，要保护好妈妈跟妹妹喔！”

遍布整条左腿的又黑又皱的伤痕，是我独有的丑陋闹钟。阴天下雨时，喝酒脸红时，它便隐隐作痛，适可而止地提醒我时时保持警醒，不准忘怀过去，也难以拥有未来。

今年我 35 岁，已婚，育有一儿一女，靠婚姻得以车房俱全，甚至还开了间小酒屋，过着四平八稳的人生。门外空气清冷，横冲直撞地钻进鼻腔，令我脑袋发痛。雨幕将我与裂生出的回忆生生切断，这撑住雨伞的手与迈向泥泞的脚，有多大程度是遗留在那场事故里的我自己？有多大程度是结婚生子的我自己？而究竟哪一个我才是真正在现实中活着的我呢？

作为妻子，林淼无可挑剔，既温柔又言听计从，处处为家庭着想；我的儿子 10 岁，非常懂事，女儿 7 岁，乖巧可爱；酒馆的生意虽谈不上火爆，但收入于我们一家来说已经绰绰有余；没有在车祸中变成跛脚，可以与常人无异地过生活……看着这些，我有时会觉得自己已经很幸福，这样的生活十分足够，但等清醒过来，又觉得自己十分不幸，那些幸福都是误以为的。难道我的幸福就只是这样吗？应该不是的，一定还差了什么，可到底差了什么，如何得到我所失掉的，我根本毫无头绪。

源源不断的雨水在街道边角淤积起来，形成成片的水洼，我漠然凝视着那些微微发颤的水洼，想起自己在破陋病房里，凝视那一小块固定的灰色海面时的心情，又有些想哭了。

（九年前）

事故发生的时间是九年前的 8 月 13 号中午 12 点 20 分左右，我醒来时已经是下午 3 点，在恒春一个便民旅游医院的大厅里，膝盖张开血红色的大口，皮肉四下敞开，无人问津，连个像样的病床也没有。大概花了五分钟，我才从来往匆忙的护士中引起一个人的注意。

“什么事？”

“我……咳咳……我，我……”我对自己又哑又粗的嗓音感到惊讶，不过还是坚持说下去。“我的同伴呢？”

“不好意思，我不太清楚喔，你醒了警察会来和你录口供，再问他们看看吧？”台湾人说话总会带上可爱的语气词，加上本就柔软的发音，很容易让人陷入假想的温柔，继而在他们实际行事的落差中遭受打击。她没有查看我的伤势，甚至没有等待我下个问题出口，就很赶时间地走掉了。

没有手机，没有问候，我紧抱着疼痛和担心，摊开自己的伤口与身世，展品似的在人来人往的大厅里躺着，不断流着泪。大概三点半，有三个二十出头的警察来到我跟前，把我连人带床一起推到一个僻静角落。

"你好，我姓陈，这是我的证件，方便的话，我想了解一些事故情况，需要你配合。"

我点点头。这是个临时搭出来的隔间，在我右侧正上方是一面大窗，沉积的白灰将窗子糊得满满的，透过它，外面的什么也看不见，只有白花花的光线泻下来，落了我一身。腿上的血渍干了，跟牛仔裤被撕开的丝状线条和皮肉凝结在一起，我感到自己的眼睛数月未眠般酸胀，便闭起来。除了消毒水还有盒饭的气味在周身飘荡，这时我才意识到自己已经很久没有吃东西了。

"你们是两个人来台湾对吗？来做什么？旅游？"

"是。她在哪？"

"应该是为了抢救，分流去别家医院了。是谁开的车？"

"她。她怎么样？"

"有喝酒吗？"

"没有。"

"有什么可以联系的直系亲属？"

"不联系可以吗？"

"不可以的，我们必须通知家人喔。"

"我不想他们担心。"

“朋友呢？”

手机掉在现场，我屈指可数的几个朋友中能记住号码的，只有林淼一个，因为她的号码中间四位是我的生日，而且那已经是多年前的号码了。

“不能不说？”

“不能不说喔。”

“我想知道我朋友怎么样，我需不需要手术？”

“一会儿就有护士来告诉你了，先配合我们完成工作啦，这样你也可以早点休息。”

“我不确定这个号码还能不能用。”

“没关系，我拨拨看，你只管说好了。”

既担心无法接通又害怕接通，心情像火的舌头，在等待中次次跳起，每一下“嘟”声结束时，那种“几乎接通”的感觉总是害得我有些呼吸急促。

“喂，穆远？”

倏忽之间，那小小的、怯怯的，同以前一样细柔的声音织出一张强有力的大网，稳妥地将我接住，篦子般筛去了我体内的紧张、疼痛与不适。我知道自己得救了，总算软弱下来，整个人极放松地瘫在网上，安心睡了过去。

（现今）

我发动引擎，明知什么都看不到，还是回望了一眼家的方向。对于林淼，我是充满了感激的，感激到我愿意用“爱她”来报答。以至于这渐渐变成了一种催眠，像有谁对着我的耳朵，不停嘀咕着“你爱她你爱她你爱她”，就像面对身患绝症的病人数百上千遍重复着“你一定会好起来的”。后来我才知道，这连我也骗了的话，没能骗过林淼。虽然我做了一切“爱她”的事，可在一起的这些年，她从未觉得有哪一刻，真正被我爱着。

酒馆本来只有小食，不做整套餐食，但我在的时候，如果有熟客提出要求，我会就着现有的食材随便给他做点什么，并不是有喜爱做菜之类的缘由，只是因为我不想回家，不想那么早就回去努力“爱”一个人。于我来说，生活早已变成一片绵延的沙滩，靠近海边，风景适宜，温度适宜，没有波澜，没有起伏，也没有尽头。

后来这样的客人多了，营业时间便从晚上九点提前到七点。每天下午四点到六点，正式营业之前，我会去店里走头一天的流水，然后喝上一杯，碰不到熟客便提早回家。

今天就没什么客人，杯子里的威士忌只剩一口，我空坐了一会儿，然后干掉今天仅剩的自由，披上大衣准备回家，这时酒保急匆匆靠过来。

“今天这么早？”

“嗯，家里等我吃饭。”

“哦，那算了。”

“怎么？”

“没什么。”

“要请假？”

“我临时有点事，八点，本来是想跟你请假的。”

“哦，那你去吧，我偶尔不回也没关系。”

“那……我就先走啦！十一点准时回！谢谢老板！”

他的背影十分雀跃，上个月的颓废全然不见，想必是有了新恋情。我羡慕他对待爱情可以始终保有热度，其实说激情更为贴切。

这种激情，是一种与生俱来的馈赠，不是每个人都有，即便有，每个人的使用期限也长短不一。真的有人从未体验过热恋的激情，我是早已失去的那种人。

给林淼去了电话，告诉她不用等我吃饭，她叮嘱我注意身体便收了线。从不关心昨天的流水如何，不关心今天的生意如何，更不过多追问我晚归的缘由，这样绝对的体贴，看上去是给了我百分百的自由，实则是对我百分百的放弃。

和她性格截然相反的余欢在我出事之后尝试了各种联系我的办法，甚至把电话打到台湾旅游局，最后通过台湾新闻得知我出了事故，动用一切手段办理入台证，不过她赶来的那天，我恰巧刚登上飞机离开，回了南京。

（九年前）

我是躺在手术台上醒过来的，白光刺眼，恍惚间我以为自己只是在烈日下做了场梦，直到清晰的痛感沿着神经四下发散。

“几点了？”

“六点半。”

“要做手术吗？”

“别担心，是很小的手术，很快就好。你觉得台湾的女生好看吗？”她们试图分散我的注意力。

“台湾的女生好看还是大陆的女生好看？”我看不清脸面，只听到右边一个细嫩些的声音插嘴道。

“台湾女生温柔……”

“那你也温柔点对我嘛，手被你握得很疼。”我这才意识到，到刚才为止，我一直紧紧攥着另一只手。

“对不起。”

“那我们开始咯？先消毒，放轻松……”

“哎呀放轻松嘛！”那声音又插嘴。

我没有故意紧张，他们这么一说，我更加不知所措了。

“不然还是给他打针让他睡觉好了，他这样太紧张没办法……”

“我去配药。”

“劳动节会演怎么样？”

“下了节目就过来了，妆都没卸。”

“你儿子最近还有没有在学校捣蛋？”

“这几天还算乖，嗳你知不知道宠物诊所有多黑心？我家狗狗生了点小毛病，啊只是带去挂个号就要贵死了啦……”

……

他们叽叽呱呱聊着家常，把我搁在一边。我感觉自己成了一个坏掉的无生命体，一把生了锈的手术剪刀，一片浸了血的纱布，毫无存在的意义。

“我的膝盖还好吗？”

“你要更担心一下你的脚趾啦……”

“那我同伴呢？”

“先顾好你自己比较重要，睡一下吧，醒来就结束了。”

可当我醒来时，一切痛楚根本才刚刚开始。整条左腿像架在热炭上炙烤着，发烫的皮肤缓缓噬咬骨骼，我庆幸它被医用纱布裹得结结实实，因为缺乏参照物和想象力，我就只能以它原本的样貌来揣测它未来的样子，不至于太吓人。

所有感官都在不断调适，以接受身体发生的变化。其中最让我感到羞耻的，是股沟之间隐隐约约有一些类似于虫子爬动的瘙痒感，大腿内侧闷热潮湿，我怀疑自己小便失禁。环顾四周，我在三人间最内侧靠窗的床位，中间床的病人在睡觉，最外侧空着，我借助月光试着查看自己的下半身。

可是僵硬和疼痛不准我动用身体，我无法顺利坐起来，只好勾着脑袋朝被子里面张望。看到尿不湿时，我联想到有人趁我昏睡将手探入我的脊梁骨，把我作为成年人的尊严悄悄抽去，除了侮辱还感到些许悲凉。我没打点滴的手迟疑着伸进那软绵绵的蓬发物中迅速摸了一把，然后放在鼻子底下嗅嗅，还好，还好只是汗。我将那玩意儿连扯带撕地拆下来，用力丢到垃圾桶里。

护士查房的时候，大概凌晨两点。

“你好。”她被我突如其来的声音吓了一跳，停顿两秒才开口。

“你醒着呢。”听声音她就是手术室里插嘴的那个女护士。

“睡不着。”

“疼吧？”

“嗯。”

“你现在手术完没多久，麻药还没过去，等过去了比现在要疼，明天换药会更疼。忍不下的话就按铃，床头这个红色的钮，我会来给你打针。”

“好，谢谢。那个……我的衣服……”没等我结结巴巴说完，她就知道我要问什么，答得轻描淡写。

“没关系，我见得多了。”她用脚踢了一下垃圾桶，“嗳？尿不湿自己脱掉的？脏了？”

“没有，不舒服。”

“没关系的啦，伤患嘛，我再帮你拿一片好了。”

“别！不用了……”

“那你要上厕所，可没人扶你喔。”

"我自己能行，谢谢了。"

她没再搭腔，转身走了，之后的几天，我为自己的这句话吃了不少苦头。24小时不间断输液让我时刻膀胱胀痛，好在我胃口不好，没多少"大的"需要处理。没办法独立行动，又不愿意在床边的移动便桶上解决，不难想象我一个人弄得满头大汗、磕磕碰碰还没挪到床下的情形，更别说洗手间了。

那晚我躺在洁净、清冷的气味中，月光也失去了温度，十分寡淡，唯一热烈的就是我突突直跳的伤口，仿佛那里额外长了一颗心脏。果然如那护士所说，随着时间的逝去，伤口越来越痛，无论如何都无法入睡，忍无可忍时我按响红钮，不消一会儿，护士就来到床前。

"不好意思，能麻烦帮我打针吗？"

"这么快，从刚刚到现在才不到半小时，我以为你能忍更久的。"

"实在很疼。"

"你等我去配药。"

她朝我的点滴瓶里注进配好的药，那药是小计量的吗啡，这是后来我再要求打针，护士因为使用限制告诉我的。很快我便感觉周身血液缓缓流动起来，散发着温温的令人愉快的热气，皮肤也像由上好的毛毯裹着，动一下就被温柔地安抚一次。又过一会儿，我开始昏昏欲睡，但究竟什么时候睡着的我说不清楚，因为我已经无法确认现实与梦境的界限。即使是梦，也是一捅就破、脆而轻薄的梦，我可以透过手臂看到那里暗红色的血管，还有来来往往的人，接二连三直直穿过窗户，从我脚边走过。我或许向他们打了招呼，或许没有，反正没有一个人回过头来。

（现今）

"喂，喂喂……我说一杯长岛，听到了吗？"

“喔好，马上就好。”

我没从回忆中完全离开，只一只脚跨进酒馆，匆忙调酒，交给客人，复又坐回去，把头埋在吧台下。

“没想到你会把我忘了。”

客人用食指轻叩吧台，再次唤起我的注意。我抬头望向眼前这个短发过耳的女人，她朦胧失落的眼光像遗失在湖心的宝石，散发着湿润的光亮，带有暑热的植物香气幽幽扩散。我握紧失温的拳头再松开，心头吃紧，耳朵里措手不及地嗡嗡响着，时夏正完完整整、确确实实地站在我面前，我感觉自己的生命正缓缓失控，冒出火星，完了，毁了，死定了。

2

“嗯？”

“哦！我说没忘。”这下我才摆正自己精神的轨道，意识到失言，马上改了说法。

“嗳，我这几天每天都来，就在那边坐着。知道吗？”

我摇摇头，心里一千一万个懊恼，懊恼错过了她的“每天都来”。

“还是这么不爱讲话。”

“我要是早点看到你就好了，来做什么？”

“看你啊。”

她突然伏在吧台边上，觑起眼睛盯着我，有块睫毛膏把几根睫毛黏在一起，令我很想伸出手去帮她轻轻擦掉。

“还写字吗？”

“有时我觉得自己活了很久，已经很老了。”

我避开她的目光，没有提自己曾出过一本书的事，低着头假装擦拭玻璃酒杯。如果当年没有遇见余欢，如果没有退学，以我的成绩兴许能在哪栋高楼里谋得一个好职位，也不至于到如今困在无望的婚姻里。我陷入回忆，深深地懊悔着。

“我还在养蜘蛛呢，你该来看看，她蜕了几次壳，越来越胖。”

“蜘蛛还会蜕壳？”

“当然！结婚了？”她看向我的婚戒，那带着婚戒的手便像受到拷问般马上缩进黑暗里，虽然我的手拿开了，可她的眼神仍然落在那个地方。

“你呢？也结婚了吧？”

“你猜。”她一扫刚刚的迟疑，微笑起来。

“我有件事有些在意，想问问你。”

“哦对了对了，忘了我还有约呢！下次再问吧！”

时夏就这样突然急匆匆走了，手机号也没留下。是我的眼神太凶猛了吗？是我吓到她了？究竟是什么要紧的约会？连外套都是边走边穿的。她镶有钻石的积家手表，香奈儿的手包和风衣以及我没来得及认出品牌的黑色高跟鞋全都价格不菲。她看上去很阔绰，她在做什么工作？这些年在干吗？怎么就到了南京？为什么来找我？……人们都是通过相处来慢慢熟悉，可时夏完全不是这样。从年少开始，每见她一次我就对她多产生一些不了解，为什么她如此神秘？总是牵动我的心。

我冲出门去，对着已经坐进出租车的时夏大喊。

“什么时候？”

“什么？”

“下次！什么时候？”

“我还不知道。”

她挥挥手，车子开走后很久我还愣在原地，惊讶于自己体内突然挤满了力量和冲动，在半个小时前，这还是一具颓然的，连享乐都十分消极的身体。

（九年前）

这种消极是住院沿袭下来的后遗症。很长一段时间没吃过像样的东西，没人可以聊天，每天坐起来的时间不超过一小时。因为是手摇床，所以每次都要叫护士帮忙，有次被一个当值的护士严词批评了，那是一个四十岁左右的妇女。

“啊少年郎，你当护士是什么？可以随便使唤？我们还有很多工作要忙，你看看别人都是家人在做这种事，你如果需要，我帮你叫护工好不好？一天也就一千五百块台币左右，要不要？”

“不用了，不好意思。”

“没关系没关系，下次不要再这样咯。”

从那之后，我就尽量省去一切不必要的事情，就那么躺着，像已经冷掉的尸体，不去麻烦别人。除了常来看我的爱插嘴的女护士，她对我格外照顾。

“今天怎么样？有没有比较好一点？”

“好多了。”

“饭怎么都不吃？要不要坐起来？我帮你升床。”

“嗯。”

“你这个床位还是很厉害的，可以看到外面的大海喔。”

那块被窗子圈起来的、灰沉沉的正方形海面，在我望向它时苦起了脸，涌出褶皱来。

“13日中午，在垦丁盘山公路上发生一起车祸，两名游客撞向山壁，男性重伤住院，女性不慎失足跌落悬崖，至今下落不明……”

“嗳，嗳嗳！肖年郎，这甘系得供哩？（年轻人，这是在说你吗？）”

“您要多休息，不要总看电视。”护士快步走到隔壁病床，从上了年纪的阿公手中取过遥控器，关掉电视。

那个山崖的高度我是知道的，下落不明大概就是尸骨无存了。不是说分流去了别的医院吗？不是没什么重伤，在我面前躲过了车子吗？那绝不是失足，只有一种可能，她是故意摔下去的。还有苏瑶的口型，她在最后想要跟我说什么？我后悔了，我一生中后悔的事情有很多，尤其后悔这一桩，就是没有在车子上立即原谅苏瑶。

我凝视吊在天花板一角的黑色电视机，想从那里找点像样的答案出来，我跟它一动不动地僵持着，直到我落下眼泪。那是凝结如豆般大小的眼泪，我能感觉不安、歉疚、痛苦和自我厌弃在眼角聚集，再聚集，最终无法负荷地坠落下来。从我有记忆起，还没有哪一次流过那样大小的滚圆的眼泪，每一滴都砸出响声，敲得手背生疼。

护士破例给我提前打了一针吗啡才使我重新躺下。

“既然打了针，就顺便把药换了吧，会有点疼哦。”

换药，就是把缠绕在整条腿上的纱布揭下来，再包上新的。经过一天，新生的皮肉早已跟纱布长在一起，所以这是一个重新撕开伤口的过程。然后涂上消毒剂和药水，覆上新的纱布，等到第二天再更换，这样反复折磨，直到伤口痊愈。

有一次换药时我看到了膝盖上的伤口，很像老太太掉光牙齿，皱巴巴的紧闭的嘴，它的所有经历都被缝合，我已经慢慢习惯了疼痛。夕阳下，一切都被拉得很长，变得沉默，变得对悲伤不以为然。

见面的次数越来越多，往往小护士没到跟前，我便能听出她脚步的方向是要来了，有时半睡半醒也能通过味道觉出是她。她的气味是一种清淡小巧的香气，夜晚一个人躺在床上时感受尤为清晰。那是尚未成熟的晚香玉的味道，可爱、娇俏、神经质般脆弱，容易消散。

“我帮你充了电，好像没摔坏。”护士把手机递给我。

"哪里得来的？"

"就警察先生送来的啊，自己一个人很无聊吧？"

"还好。"

"你有 FB 吗？"

"是什么？"我一时没反应过来。

"就是 Facebook（脸书）啊，这都不知道。"

"哦，没有，大陆好像用不了的。" 她把我刚接到手里解锁了的手机又拿回去摆弄起来。

"好惨喔，那 Line（通讯软件）有吗？"

"也没有。"

"就是一款聊天软体，我帮你载一个好了，上面有很可爱的贴图嘞。"

再拿回手机时多了一个绿色图标，手机震动了一下，收到一个圆脸兔子的表情。

"是我啦！可爱吧？"不知她在问贴图还是在问自己的头像，由于她一直戴着口罩，这倒是我第一次看到她的样貌，应该是比我小一些的年纪。打理过的头发很入时，嘴巴和所有年轻女孩子一样嘟起来拍照，照片上带了美瞳，眼睛显得很大，水汪汪地望着我。

"蛮可爱的。"

"不要说出去喔！"她把手机迅速藏进口袋里，"过几天我要去香港了，第一次去呢，你去过没？"

"没有，听说有很多可以买的东西。"

"是喔，所以才存了很久的钱，恐怕要一次花掉了。"

"你要买什么？"

"女孩子嘛，买衣服买包包买唇膏，总之就是会管不住自己乱买一通啦。到时候传照片给你看，好不好？”

“可以啊。”

“我先走了，下次再来找你聊天啦。”她揉了揉我的头发，然后一脸嫌弃。“咦！好油喔。”那只手在粉色护士服上蹭了蹭，推着工具车走开了。

这是第一次我手机上收到的消息可以用涌现来形容，发出消息最多的是余欢。她的口气从随便问问到质询，从关心到关切，从生气到发怒，再到得知原委后的道歉和急切……我能从每条消息背后看出她的前思后虑、斟字酌句，但我没有回复，我无法帮自己和余欢从苏瑶的死中撇清关系，那段时间，我是恨着余欢也恨着我自己的，觉得自己还活着就已经很对不起她。

然后是母亲的消息，她从林森那里得知了我的情况，正在办理入台手续，虽然字句中没什么感情色彩，但我知道她最终没有放弃我，就已经很开心。林森的消息则很简单。

“你好啊穆远，好久不见。我想利用加急特殊通道办理入台证，可我不是直系亲属，只好通知了阿姨，希望你不要怪我。”

我摸摸头顶滑腻的头发，意识到自己已经没情没绪地在这张床上躺了一个多星期，打算去洗手间洗头发。

在这段时间的训练下，我早就对翻身下床相当熟练，既不会碰到脚趾上冒出来的五寸钢钉，也不会让点滴瓶有什么闪失。只要坐上轮椅，第一步就完成了。第二步是把轮椅移动到洗手间门外，我的两只手都没有重伤，这看起来好像不难，但得注意左腿无法弯曲，要一直保持抬高。往往我把心思放在抬高小腿上，就无暇顾及脚趾，钉子几次碰到墙壁、床边，每次都狠狠往脚心里扎一寸，疼得我龇牙咧嘴，半天都佝着背无法直起来。

移动到洗手间门口之后就剩下最后一步，单腿站起来跳进洗手间。按理说我的左腿即便不碰地面也是不可以垂下的，因为超过两分钟就会造成血液淤积，整条腿也会开始变黑发麻。上厕所还可以，洗头至少需要十分钟，我从未试过。

果然头发刚浸湿，腿已经麻木起来，像丢失信号的雪花电视，示意我它需要休息，不过我没有管它，坚持洗完了头发，再按照刚刚的步骤返回病床。窗户开着，湿漉漉的发尖坠着水珠，滴落到脸上，脖子上，海风一吹，显得很清爽。我再向那片正方形的海面看去，不知道它在什么时候变成浅蓝色了。虽然之后脚面肿了两天，但那个下午，我好像轻松了一点。

有一次那个护士对我说："腿的愈合跟心灵的愈合是同步的，你的腿痊愈的时候，你的心也会痊愈。"到现在我才开始理解她的话，同为四肢，手与脚完全不同，膝盖的弯曲意味着让步、遗忘、向前走，而手肘的弯曲，则是想要拥抱、抓紧和不舍得。

（现今）

时夏再次出现在店里是三天后，这次她又带了长长的假发，妆容清淡，脚步轻盈，淑女极了。我很想冲她发脾气，质问她怎么这么晚才来，可一看到她，我就打心眼里高兴，什么脾气也发不出来。

"喝点什么？"

"长岛。"

"很喜欢这个？"

"习惯了而已。"

"今天怎么有时间？"

"就是有时间啊，所以过来了，你在等我啊？"

"我每天都在这里。"

“今天怎么没戴戒指？”

“洗完澡忘记戴上了。”我撒了谎，戒指就在我口袋里，时夏进店时我才摘下来。

“哦……”她若有所思地摇晃酒杯里的冰块。“孩子怎么样？”

“还不错，儿子成绩很好，女儿还小，但已经非常爱美了。”实际上，这些年是林淼一手将两个孩子带大，我只是偶尔关心，更像是逗逗邻居家的可爱宠物，我根本不是做父亲的材料。

“哇哦，两个孩子。”

“嗯，其实有一个……”

“你不是要问我什么？”她打断我，脸上蒙了一层蛛网似的，望着我的眼神也不像刚刚那样神采奕奕了。

“哦对，是有事要问。你之前是不是去过北京？”

“你尾随的人是我。”

“你……都知道？”她直截了当地说出来，我反而不好意思问下去了。

“故意不见你的。”

“那个人是谁？”

“不重要了。你在北京过得好吗？”

“挺坏的。”

“哈哈哈哈，这种时候不是至少应该说‘还好’嘛？”

“啊？是吗？”

“别人问你过得怎样并不是真的关心你过得怎样，问你吃了没并不是真的关心你吃了没……”

“好吧，那你关心什么？”

“你猜。”

“你总让我猜。”

35岁的我已经不再像少时那样拥有对女人的自信，时夏跟我说话的语气，递过来的眼神，牵动的嘴角，我都觉得暧昧。我认为她连桃粉色的舌根都动用了起来，在每次张口时释放出微妙的讯号。可我不敢确信，透过她的双眼，我看不清楚世界。

“明天有空？” 怕她又突然走掉，我想马上找个约她见面的理由。

“有事吗？”

“没什么事，有台话剧不知道你想不想看。”我从包里摸出两张票放在吧台上，那是我三个月前就托了关系定下来的，因为林淼想看。

“你怎么知道我想看这个！”

她把脸转过去，背靠着吧台站了一会才回过身来说：

“那就这么定了。”

“你的手机号留给我吧？我提前去接你。”

“不用你接，我能准时到。”她随手抽了一张吧台上的名片对着台灯弹了两下。

“如果需要，我会找你的。”

回家时我的拖鞋照例整齐摆在玄关，房间永远那么清洁、明亮，充满洗衣房的清香，以至于每次回家都觉得是新家。正换着鞋，林淼已经牵着两个孩子迎上来。

“回来啦？”

“回来了。”

“饭做好了，看看合不合胃口。”

“你做的，哪有什么不合胃口。”这是实话，不是我吃惯了林淼做的菜，而是她习惯了只做我的口味，少油少盐，偏酸或甜。

“今天有排骨哇！还倒了红酒，有什么好事？”

“早就做好了，你回来得比平时晚，菜冷了我就去热一下。”

“没冷。”

“那快坐下吧，修，你也带妹妹坐好，妈妈马上来。”

林淼平日在家只穿一些棉麻质地，宽松又舒适的素色衣服，现在竟兴冲冲跑回卧室换了条水蓝色长裙过来，在餐桌前转了几圈，有点拘谨别扭地站定。

“合适吗？”

“好看，你皮肤白，穿这个颜色好看。”

“那就好，我不怕冷，明天我就在裙子外面套一件大衣，进场便脱下来。”

“呃……对了……这几天太忙，有件事我忘了跟你说。”

“什么事啊？”

“你坐下说，”我停下来等她坐下，接着说：“之前开店时帮了大忙的张总，你记得吧？也不知从哪听说了我有票，开口跟我要，我实在不好意思驳了面子，你说呢？”

我看她那样高兴，着实有些不忍心，想着如果她开口坚持，我就改了时夏的约。

“是啊，那样不太好。”她收整了一下裙摆，然后站起来，“你们先吃，我去把衣服换了。”

“吃好再换就是了。”

“我还是去换了吧，奇奇怪怪的。”不像刚才风风火火的，她在卧室待了好一会儿才回到餐桌上。

“没关系，我已经打听了，两周后在杭州还有一场的，我们那时候再去看，好吗？”现在想想，好在我当时为了以防万一，连杭州的票也一并定了。

“真的？”林淼又亮起眼睛来。

“真的。”

“这次算话？”

“算话！”

“我这裙子总算还能用上，从有排演的消息开始就盼着呢，到现在都两年了。”她又重新憧憬起来。

“我都知道。”

吃完饭，做好清扫工作，照顾两个孩子都睡下之后，林淼才能结束她的一天，稍稍得以休息。不过她人躺在床上，脑袋还在忙活。

“修最近越来越少说话了，精神也不是很好，我怀疑他是不是生病了。”

“他性子本来就闷，现在又是青春期，你别担心。”

“是吗？会不会是跟妈妈待在一起的时间太久？”

“我以后多抽空陪陪他，不会有事的，放心吧。”

“而且我总觉得，他不太喜欢妹妹，你没觉得？”

“男孩子哪里会想这么多。”

“好吧。”

同床共枕的日子里，我和林淼自然而然形成了一些心照不宣的小暗号。她知道我睡得浅，照往常都是由我先关床灯，她再关自己那边的，后于我睡下。如果哪天她迟迟不关灯，或者像今天，她问我：“什么时候睡？”就表示来了兴致，就她的端庄品性这么形容似乎有些不太妥当，或者说到了尽夫妻之事的时候吧。

“这就睡吧。”

我关上灯，她也关了靠过来，轻轻偎着我。这就是她能做的最大表示，如果我不把她揽过来，她也可以就此睡到天亮，不多要求什么。这种事情如果太相敬如宾，总会欠缺点氛围，失去了情趣和刺激，变成一件例行公事的任务。

顾虑着她，我从未玩过花样，其实真要让我玩，我也玩不出什么，和写作一样，我已经自认为是一个半残的人，眼高手低，写不出什么像样的东西，在床上也搞不出了不得的名堂，只是重复着一样的流程，按部就班，枯燥乏味。林淼倒也不是不配合，只是任由摆布，没什么动作而已，像一个软趴趴的偶人。结束后她总要再洗一遍澡，这次起身前我叫住她。

“怎么每次都不开灯？这么黑，别碰着。”

“不会的。”

“前面的问题呢？”

“什么？”

“是因为害羞吗？我们之间没什么可害……”

“不是的，不是害羞，跟你我怎样都可以的。”她有些急切地打断我。

“那为什么？”

“这种时候，我怕你不想看到我的脸……”

3

说完她匆匆跑进洗手间，在关门和开灯的间隙里，我瞥见了那么一眼她一丝不挂的身体。想来好笑，什么事情都做了，我却从未光明正大地目睹过自己妻子的胴体。于她而言，那样精心保养的为丈夫单独准备的身体，却不曾被好好欣赏，是多大的浪费呢？可能是因为想象到未来将要发生的事，我很想加倍地关心她、补偿她，从这一刻就开始。

“开门。”

“怎么了？”

“我和你一起洗。”

“我马上就好。”

“开门啦，我也什么都没穿，很公平吧？”

大概等了十几秒她才夹着身体，缓缓撇开一条门缝，我马上推进去，一把将她搂入怀中，她带着肥皂泡的湿滑的身体微微颤抖起来。

“怎么？冷吗？”我抚着她的后背，没想到她抽泣起来，幽微的轻声喘息断续拍打在我肩头。

“好了别哭了，你要真这么不情愿我出去就是了。”我单手撑起她的肩膀，腾出一只手帮她擦眼泪。

“别走。”她将我抱紧。

“那我来帮你洗头吧？”我拉着她的手，把她带到浴缸里，“来，别滑倒了，我扶你……”

“唔，弄到眼睛里了，女人洗头发不是这样啦……”

“啊？对不起对不起，现在呢？有没有好一点？”

头发像沉重的海藻覆在她脑袋上，黑乎乎一大片，她不停撩开眼睛上的水帘，然后止不住哈哈大笑起来。看她的样子，我也觉得好笑，两个人便笑着抱着，缩成一团。我们在浴缸中对坐，静止不动地抱了许久，像已经融为一体。

“有件事我很想问你。”我把手指插进她乌黑的长发里揉着。

“什么？”

我想问她为什么那么多年一直没换号码，转念又想，如果她真是为了等我回来找她，这样的感情我该怎样面对？

“说啊？”

“哦，妹妹要升初中了，我想问问你学校的事考虑的怎样了？”

……

（九年前）

苏瑶死了，北京的家是不能再住了，我躺在病床上对着烂到脱皮的墙角自言自语，想我之后可以去哪里。有时觉得干脆让腿这样一直坏下去好了，变成一个修不好的人，这样就能理直气壮地躺在现实跟前，撒泼耍赖。把我从地上拉起来的，除了林森，还有那个小护士。

她每天都会发来一些很无聊的话，但那段时间我却很乐意看，因为不用耗费脑力就可以打发时间。

“我在咨询台，这边有个超好笑的阿嬷在炫耀她镶了金的牙齿，可惜你不能过来看看……”

“死了死了，忘记开静音，被主管发现，都怪你了啦，这时候给我传信息！”

“今天要去手术室当助手，超烦，要站好几个小时！”

“嗳你说我去香港穿什么衣服啊？现在天气冷不冷？就算冷我也还是不要穿太厚了吧？”

“在不在，在不在，在不在？快帮我看看，这两张自拍哪张比较好看？”

诸如此类，源源不断地发来。几乎每天午休的时候，她都会端着午饭过来跟我一块吃，把帘子一拉就在我床边坐下来。

“看我干吗？色色的！不要想歪哦！帘子拉起来是怕被同事看见，又要说‘啊医患怎么可以一起吃饭？’我偏要！奇怪嘞！”

“我还什么都没说，你就可以讲这么多。”

“我还可以讲更多，我超能讲，小时候啊，班里都选我去打辩论，根本不用看什么演讲稿。”

“那你很厉害。”

“当然了。你是从北京来的吧？大城市耶，一定很漂亮！超想去！”

“我觉得台湾比较漂亮。”

“哪里有？乱讲！这里都是农村啊，都没有像样的高楼大厦，也没有漂亮衣服可以买。嗳！那你有没有去过蒙古啊？”

她从自己的饭盒里分出一块狮子头放到我的饭盒里。

“给你吃就吃啊！愣什么，干吗！还嫌少啊？难道要我一整颗都给你啊？才不要嘞！问你有没有去过蒙古？”她面朝窗子，每次讲话都要把头转过来。因为床很高，所以她的脚够不到地面，来回打着秋千。

“没去过，怎么了？”

“那你知不知道蒙古人如果喜欢一个人会说什么？”

“说什么？”

“就会说‘我们一起去山上吧’！”

“干吗不直接说喜欢？”

“哎呀，人家害羞嘛！那因纽特人嘞？那你说因纽特人如果喜欢一个人会说什么？”

“不知道。”

“他们就会说‘我们一起去捉鱼吧’！台湾人嘞？台湾人怎么说？”

“也不知道。”

“什么都不知道！那我问个你肯定知道的。”

“好啊。”

“你喜欢一个人怎么说？”

我们对视了几秒，她忽然很小女生般地站起来。

“哎呀不问了不问了！没劲，都是我在讲话，才没工夫关心你喜欢谁嘞！明天我就去香港啦，保持联络哦！拜拜！”

“拜拜。”

这个时候我已经在恒春旅游医院待了十五天，身体的疼痛变得尚可忍受，不需要再依赖吗啡。母亲说虽然办理证件可以走特殊通道，但是资料等到五一假期之后才能提交，实际办理完成的时间未可知，所以估摸着一时半刻也无法来接我，建议我自己飞回南京，她会去机场接机，在家里更方便照看。

伤筋动骨至少要三两月才能复原，一则苏瑶音信杳无，我实在无法心安理得地待在这个地方；二则这里的食物太难以下咽，并且这样等下去不知要增加多少开销；三则我想家了。同院方反映了情况，她们很乐意有偿把我送到机场，效率也出乎意料的高，第二天便推我动身。我畅通无阻地走了残疾人通道，无须安检及其他，回望还在排队的人们，想着自己的生活。

手机上小护士又发来信息和她的照片。

“你那天干吗不问我？”

“问什么？”

“台湾人如果喜欢一个人会说什么？”

“不好意思，先生，飞机已经在起飞了，您的手机要保持关机状态哦。”空乘很有礼貌地走过来，示意我关闭手机。

“哦好的，马上。”我说着马上，手还在打字。“突然决定离开，回南京住院，抱歉没能早点告诉你，多谢你的……”

“先生！请您马上关机可以吗？”不光她的口气变得强硬，前座的乘客也将恶狠狠的目光投射过来，好像他马上就会因为我没关手机而暴毙。我只好放弃，关闭了手机。

回南京之后，那款聊天软件必须“翻墙”才能使用，于是费了很大力气“翻墙”，可“翻了墙”又说软件被禁，总之怎样都用不了。从那之后我再也没和小护士说上话，我们之间的联系就此戛然而止。我有时会觉得不平，因为她一定误会了我，在心里骂我，有时觉得好奇，因为最终我也没能知道，台湾人如果喜欢一个人会说什么。

母亲接过轮椅时在哭，而我在笑，我心里高兴，觉得自己不再是一个人在世上走了。几年间她的样子变化很大，头发染得乌黑，我猜是因为大半都白了。她脸色晦暗，原本白皙的皮肤显得有些老旧，像白蛾容易脱粉的翅膀，泛着脏兮兮的黄色。

“我爸呢？”

“他换了个新工作，很忙的。上周你三叔二婚他都没来，我也很久没见到他了。”母亲挂着泪的脸有些迟疑，似是对自己说出的话不太确信。

“这样啊。”

“不管他，咱们回家，饭都做好了。”

回去的第三天我终于匆匆见到父亲一面，他是因为忘带了什么文件才回来的，鞋也没脱就踩进客厅，带领子的POLO衫扎进西裤，和皮鞋一样油光发亮的还有齐刷刷向后倒去的头发。他精神抖擞得全然不像连日出差的人，取了文件便要出门。

“爸！我回来了。”

“我看到了。”他没抬头，仔细翻找着什么。

“还在生我的气？”我转着轮椅追出来。

“我生什么气，你好好养伤，我现在应酬多。吃饭了吧？”他一点也没有停下手里的事情。

“吃过了。”

“好好吃饭，我先走了。”

“你不等妈回来说句话吗？”

“不等了，还有事，走了。”

关于父亲究竟在忙什么，我还是后来从林淼口中了解了一些情况。她常推我出去散步，往北到老门东，往西会走得远些，到雨花台，最常往南走，到卡子门那边的大公园，那里人很少，她知道我不喜欢人多。两个本不该再见的人硬是被命运凑到一起，于是只好变成一对哑巴，谁也张不开口。直到第三次一起出门，我才终于硬着头皮跟她说话。

“家里怎么样？”

“你现在去应该不大认识了，装修大改过，什么都不一样了。”

“哦，林老师和伯父还好吧？”

“我妈还在教书，爸爸几年前心梗过世了，你知道他的，好吃肉，又好酒。”

“抱歉。”

“没什么，都过去了。”

“能这样就好了，让过去的都过去。”

“只是人和人之间的关系，可不是谁死掉就会结束的。”

林淼稍稍停下脚步，茫然遥望前方，似是在那里发现了什么我并未发现的东西。

“装修干吗改了？以前我觉得挺漂亮的。”我尝试换个轻松一点的话题。

“因为我搬出去了。”

“你搬出去？”

“我结婚了。”

“哦……这样啊……那，那挺好的。不过你这么出来陪我，没关系吗？”

“没关系，我到你这边会先把严修送到我妈那里去。”

“严修？”

“我儿子，1 岁多了。”

“我们认识的时候才几岁？你这么一说，感觉自己很老了。”

“你 14 岁，比我大一岁。”

“我……”

“你等我一下！”

没等我说完，林森就急急跑开，进了路边的一个小店。我坐在轮椅上等着，尽量不去想她的婚姻，默默观察望向她离开的方向。她将长发改成了过耳短发，半片斜刘海搭在额上，其余的别在耳后，两处鬓角有些许碎发散落，意外显得轻盈可爱。今天她穿了一件毛茸茸的淡青色短袖，过膝长的百褶裙泛着金属光泽，使她洁净的整体搭配看上去多了些灵动，不至于寡味，漆皮黑色小短靴与裙摆之间露出两拳长的小腿，节制得恰到好处。

下午三点钟的阳光依然很烫，今年夏天的知了还没开始叫，从前到了夏天，那叫声总恼人地围裹过来，像毛线衫打头顶套下来似的噪闷，令我觉得讨厌，可少了这点讨厌，就觉得真的夏天还没到来。

她回来时，不光神态，连语气也变得轻快了许多，有点像小时候的她，秀发让风吹得飞起来，从回忆里快活地跑到我身边。

“这个还记得吗？”她捏着一个半透明的塑料包装袋递到我眼前。

“红豆面包？！我以为都没的卖了！味道还一样吗？”我也觉得激动，马上拆开包装揪下一块举到她嘴边。

她接过去，眼光变得柔软、包容，我看见自己的倒影在她的眼睛中逐渐释然、消融，被理解了。

“真的一样！好吃，第一次吃还是在你家写暑假作业。”

“我们一起听《花样年华》，看莎翁。”

“两次差点被林老师发现，害我又是躲在床下面，又是躲在柜子里的。”

“我那时可比你紧张多了。”她玩笑似的拍了一下我的肩。“不过，我妈早就知道了。”

“你是说知道我躲在房间里？”

“嗯，后来跟我提起过，在逼我结婚的时候。”

林森的婚姻在某种程度上算是门当户对的家族联姻，据说是为了在她父亲参与的一家公司保障股份分成采取的手段。不过事情发展到最后并未如愿，人财两空，这也是导致她父亲心梗发作的原因之一。安慰别人的方式有很多种，其中最不可取的一种叫比惨。

“这几年我家好像也发生了不少事，我不知道他们之间怎么了，好像什么变质了。”

“比起以前，伯父是会多赚一些钱。”

“你知道他在做什么？”

“大概知道。几年前，我拜托我爸给伯父引荐过一个项目，那个项目结束之后，他应该是和当时的合伙人建立了不错的关系，现在才会有越来越多的合作。”

“所以他真的是在外面努力工作？”

“工作不假，但……应该是有了伯母以外的女人，这件事伯母也知道的，所以我就直说了，对不起。”

“没什么可对不起的。”我不太吃惊。我发现人的感情是会被消磨的，不管是爱情还是亲情，就像鱼缸里的水，每天都会不知不觉少一些，如果不一直适时加水进来，很快鱼就要干死了。

“如果不是我家，伯父也不会做现在的工作，如果没有现在的工作，或许就不会……”

“算了吧，这怪不着你，倒是我该跟你说谢谢。谢谢你，林森。”

“谢我什么。”她的脸泛起红晕。

“谢谢你为我做的一切，还有这个。”

我举起手中的红豆面包，两个人对着它笑起来，傻傻的，像阳光下两朵缓慢绽放的猴面小龙兰。

（现今）

我的肚子咕咕直叫，可我不敢轻易离开。七点半演出开场，是个很尴尬的时间，六点吃饭太早，等到了饭点，时间又不够两个人吃一顿正式的晚餐了，所以当时才约定在剧院直接见面。怕自己比她晚到，特地很早赶来，饭也没吃，在路边看云。天边的云层逐渐变得又黑又厚，只过了十分钟，就像染了墨的棉絮，不堪负重地纠缠在一块了。不知待会儿会不会下雨，我心里嘀咕着，生怕多出什么令时夏不来的变数。

我移步到近旁的橱窗前审视自己，头发做了较好的打理，刘海故意没全梳上去，偏分半遮住额头，可以略显得年轻些。露出大部分眉毛，因为眉毛是我自认为这张脸上最拿得出手的地方，嘴唇没有起皮，口气也十分清新，不过我还是拿出口喷多喷了几下。我着一件黑色圆领羊绒衫打底，外面套了宝格丽经典板型的米色风衣，我不太注重品牌，这样的衣服不多，全是林淼置办的。想到我几乎从没像这样为了谁慎重地关注过穿着，竟对着橱窗在自己面前不好意思起来。

“嘿！”时夏跳到我跟前，高跟鞋发出嗒嗒声。

“我以为你不来了。”她又换了一种风格。卡其色长发干练中分，黑框墨镜几乎挡住半张脸，黑色充绒皮夹克上的金色拉链与耳畔隐约露出的金色耳坠相得益彰，棕色打底薄线衫，配一条酒红色短皮裙，被紧裹着的一双腿就那么毫无遮拦地裸露在外。棕色网眼细高跟，黑手包，水粉色指甲，桃蜜色嘴唇，时髦又高级。

“等很久了吗？”

“就一小会儿。”

“你今天穿得可真斯文。”

“你今天穿得可真好看，之前也穿得好看，每次都这么好看。”

“哈哈，见每个女人都这么说吧？”时夏歪着头，踮起一只脚尖藏在另一只后面。

“你也猜猜？”

“进去吗？已经排队了。”她忽然换了话题，往剧院走去。

“不冷吗？”我跟上她问。

“你见我冷过？”

“现在还戴墨镜，不怕看不见路吗？”

“我有黑色的眼睛嘛！哈哈……”

她拉住我的袖子往前走，并没有碰到我。

直至演出开始，全场灯光熄灭，时夏才终于取下墨镜。我们的位置很靠前，话剧到了高潮的部分，音响振聋发聩，我感觉自己的灵魂吊在一口钟里，被来回击敲着。黑暗中，她微凉的手摸过来偷偷攥住我的，过了一会儿又把脑袋倚在我肩上。

我悄悄回头看后面的人，看有没有人注意我们，黑暗中我看不清人们的脸，他们全都静止不动，像摆在那里作为陪衬的道具。都怪时夏，接下来的时间我一直想着能不能亲一下她的脸，什么表演也看不进去，什么艺术都欣赏不了，心脏咚咚在胸口砸着门，到最后我也没敢。我知道我爱着她，但我没指望她也能爱我，仅仅像现在这样，我就已经觉得很幸福了。

演出结束后我们回了酒馆，我随手做了几个小菜。

“墨镜还不摘啊？”

“你不高兴？”

“倒没有不高兴，只……”

“你这样总是忘戴戒指，太太不怪你啊？”时夏打断我，指指我的手。

“啊，真的又忘记了。”我极不自然地活动手指，后悔第一次不该让她见到那枚婚戒。

“恋爱的激情和婚姻的长久是可以共存的吗？”她忽然口气认真。

“年轻的时候我们喜欢选滋味丰富的肉桂卷，尽管它可能会让你得上糖尿病。慢慢地我们开始选择全麦面包，因为它无脂肪，还有利于结肠健康，尽管它吃起来很无趣。健康和美味恐怕不太会同时拥有吧，并且很难讲选哪个才是‘明智的决定’。”

“至少你做了决定……”

“你知道作者都希望自己写一些有感知力、生命力的文学作品，而市场不是这样，市场需要畅销，可这种存心迎合是不会有什么真情实意的。有很长一段时间我都在代笔，或者被要求写一些‘水货’，这些东西卖得很好，我甚至不知道为什么它们可以卖得这么好，当编辑对我说‘你真棒，你就是我要找的作者’时，我哭笑不得。我多想有生之年从一个图书编辑那里得到这样的称赞，然而我得到了，却难过得想哭。”

我从来没和别人说过这件事，不知道为什么这些话突然从我嘴里冒了出来。时夏拍拍我的手，端起酒杯碰了一下我的眼神，一饮而尽。

多年前我出了第一本书，卖得非常差，可我就是不甘心，抱着可笑的奢望，我反反复复重读那本书，希望从中找出失败的蛛丝马迹，并夜以继日地完成了第二本。然而正如林老师所说，“不是所有人都能出书，出了一本书的人大部分也出不了第二本。”当我抱着书稿兴冲冲地去找编辑时，他掐了烟，把我拉到一旁。

“以后这种书就不要往这儿送啦！”

“这种书？”我很恼火，因为他像在说什么见不得人的事，而我曾认为他是有文学品味的，甚至还觉得他与我志趣相投！

“上次那本拉垮了我的绩效，年评落在最后，升职资格也被取消，害惨我了。你还不明白吗？你我的水平还不够做这种书。”他又点燃一支烟，还没抽就在墙上捻灭了。

“是我的水平不够还是我的名气不够？我以为你是一个有情怀的编辑，我以为你和那些人不一样！”我嫌恶地瞪着他，这还是我人生中第一次这么大胆地瞪谁。

“听我的，放弃吧。这样的书即便出了又有什么意义？没人看还不是一样。不如写一些畅销的，轻轻松松就可以赚钱。你不是想跟丈母娘证明自己吗？”

“绝不！”

我气哼哼地从他手中抢过书稿，倔强地走了。其实我何尝没写过那样的小说，“绝不”的底气也是空穴来风，硬撑罢了。如果不是和林淼结了婚，如果不是衣食无忧，恐怕那种写书的机会我到现在还趋之若鹜呢。

时夏往嘴里丢进三两颗烤银杏，指甲来回描着杯口留下唇印的地方。

“张爱玲说得对，在这个时代，谋生已经很难，人们还要谋爱，简直比‘徒手劈开生死路’还要让人绝望……”

她支起一只手臂撑着失重的额头，手里的酒杯摇摇晃晃，盛着她飘忽不定的思绪。我迟疑着伸出手去，想拍拍她的头，正巧她抬起脸，迎上了我的手掌，墨镜被我不小心打掉，眼角露出努力过却最终没能被粉底遮盖住的瘀青。她惊慌地捡起眼镜，几乎是立刻重新带回脸上。

“我该走了。”

我处于一种身体与意识的双重震惊之中，停了好一会儿才说话。

“让我送你吧？”

时夏没有拒绝，不过我们一路无话，直到她家路口前她才再次开口。

“停在这儿就好，我家就在里面。”

“我陪你进去。”

“不用了，没多远，第一栋就是。”说着她已经摆出下车的姿势，刚打开车门又想起什么似的停下来，脸回过一半，并不朝向我。

“如果有天我要离开这里，你会不会跟我走？”

她的问题像一记始料未及的发球，飞速砸向我，我想要完美利落地接住它，可又有诸多顾虑。只有一无所有的人才能拥有自由，只有自由的人才能全心去爱，我想到林淼，想到女儿，想到母亲，想到曾同我谈判的林老师，我早就被困住了。时夏等了我一会儿，然后说：“谢谢你，我们先再见了。”

她走后没一会儿，第一栋四层右手第二扇窗便亮起来，我想象自己跟在她身后换下皮鞋，一起步入客厅，我去打开电视，她去和吓人的宠物们打招呼，两个人一起喝点红酒，靠在沙发上聊天……我就这么看着那橘色的灯光，一个人想了很久，很久。

4

正因为爱的自由性，它的发动才极其简单，就像把车停在树荫下打盹的司机，只要一睁开眼睛就可以随时启动引擎。爱也是这样，随时随地，不管不顾。时夏转动了我的引擎钥匙，自己却消失无踪，害我独自一人蠢蠢欲动，身体徒然轰鸣着，无处消解。一回到家，我便将林淼扑倒在床上。

我急切渴望一个怀抱，一个终点，一个让我可以埋头沉睡的地方。不知是不是所有的爱都这样，总之它令我变成了一个纤细脆弱，时而焦虑时而慌张的人。见不到时夏的每一天我都觉得胸中荒芜，神思恍惚。为了缓解这种空虚，我每天都索求林淼，好像除此之外别无他法，也别无他事可做。

“你最近怎么了？”林淼躺在我怀里细喘着。

“没怎么呀。”几乎完全消失的斜视症状忽然折返回来，我感觉到右眼自作主张地扭向一边。我知道我辛苦筑建起来的完美人生已裂开了缝隙，面临全线崩坏。

“刚结婚的时候也没见你这样。”她害羞地捋了一下头发。

“我也不知道为什么，一回家就想抱着你。”我感到一阵沉滞的满足，以及过度满足后的麻木。

“那就抱着好了。”

我拥着林淼，手臂狠狠用力，心里却一个劲儿地想，什么时候才能再见到时夏，怎样才能联系上她?

（九年前）

我回到南京的每一天都会接到余欢的短信和电话，因为无法面对苏瑶的死，所以也无法面对与苏瑶有关的所有事物。每次收到余欢的短信，都像有一双手催逼着我，推搡着我，终于有一天我在这种挑衅中恼羞成怒。

“你怎么样了？”

“让我去南京找你吧？”

“我想见你。”

“我就是想跟你说句话，看看你好不好，有这么难？”

“你这样我会死的。”

“我真的会去死的！”

“那你去死吧。”发完这条短信我关掉手机，告诉自己死只是一件十分寻常的事情，和吃饭、睡觉没什么两样，每个人都会经历的事情，况且余欢根本不会真的去死。人生中有许多比活着更重要的事，也许苏瑶得到了她想要的。可我不明白，如果一个人死了，那么“重要的事情”依然存在吗？即使存在，存在的意义又是什么呢？

睡意昏沉中，伤口开始隐隐作痛，那里流动着连接另外一个世界的血液，死的世界。我在黑色的梦境里，发出干哑的呼喊，可是那里的一切都是死的，云是死的，树是死的，苏瑶是死的，他们冷冰冰地横陈在我面前，没人能听到我的声嘶力竭。当我颓然坐下，认定一切无望时，苏瑶忽然爬了起来，我看着她，眼里满是恐惧，不断后撤，最终从死的地表跌落出去。

醒来时我才明白，自己的痛苦不过是为了掩藏虚伪的假象。即使我们相当谨慎地做了安全措施，但我仍不止一次想过去做检测，比苏瑶的死更难以令人接受的是苏瑶的活。对我来说是这样，对别人来说是这样，对她自己来说更是这样。她意识到自己已经丧失了为人的“基本条件”，早就不再是一个“健康”的人了。而我最在意的是我的心烦难过究竟是因为什么？真的是因为苏瑶死了吗？还是因为她死后我要独自面对的麻烦生活？我和她的交往，仅仅是因为我需要她吗？

后来再想苏瑶的时候，我就去看海。我把“想她”放在天平上，我心里在这一端，而大海在另外一端，这样一来，似乎就把这心事全权交由大海来承担，自己便轻松了许多，也暂时忘掉了“想她”。

天光是墨蓝色的，日落和日出，午夜和清晨都这么容易让人混淆。我打开手机，时间是凌晨四点，过去了十六个小时，余欢真的没有再发信息来，我发了一身冷汗。死的凉意就像一只慢吞吞的毛蜘蛛，从手机屏幕里攀爬到我慌张的手背上，倏忽间，床铺不再柔软，房间黑得险恶，周围的一切景致都变得面目全非。在确认余欢电话关机后，我立刻报了警。

到了早晨九点，电话铃才响起来，我慌不择路地抓起电话。

“喂？！”

“吼什么吼什么！不认识我了？”

“对不起啊，曹姐。”原来不是余欢。

“你们玩疯了吧？该交水电费了，苏瑶的同事也来过，问她什么时候上班！”

“我们出了车祸，苏瑶应该不会去上班了。”

“怎么？伤得很严重？”

“她摔下悬崖……不在了。”我压着气，尽量顺缓地将这句话表达出来，表面上是告诉曹姐，更大程度上是对我自己说，好像终于吐出了积在胸中的瘀血。电话那头大概沉默了一分钟，声音才又突然炸开来。

“不在了是什么意思？什么叫不在了？死了？”

“嗯。”

“死了？！死了就行了？你们这些年轻人也太不负责任了，说死就死，给别人添了多少麻烦？现在这时节我找谁来租？耽误的时间都要算进你们的房租里！怎么能这样？连个招呼都不打，好歹也住了几年了，合同里写得清清楚楚的，退房要提前一个月通知房东，怎么能说话不算话呢？这是违约！这么热的天，这么多的东西，我扔哪啊？说死就死……”

“曹姐，对不起，已经交的房租就不用退了，房间里面的东西您看着处理，墙上那个壁橱里有几幅油画，那个您帮我留下来，等我腿脚方便了再去取，麻烦您了。”

“谁要你的钱，没住我干吗收你的钱！等我找到人住钱会退给你。给我一个地址，油画我给你快递过去，你别来，看见你我心烦。”

“那行，有什么事给我打电话，别太难过。”

“用不着你操心，挂了。”

（现今）

整整一个月过去了，没有任何消息，我怔怔望着地上某个点，关闭了身体所有感官，唯独保留了听力。将所有洞察力都集中在耳朵上，希望可以捕捉到一些关于时夏的蛛丝马迹，比方说熟悉的脚步声或者电话铃。

“老板，有人找！”

我不敢停止收集声音，不能被打断，虽然听到了酒保的喊话却抽不出时间回应，因为我害怕错过。

“有你电话。”他跑过来，趴到我耳边。“是学校打来的，说严修出事了。”

据同学说，严修上完体育课之后就很不舒服，回到教室没一会儿就流了鼻血，然后昏倒了。

“医生，他怎么样？”我赶到医院时，严修已经醒来，躺在病床上输液，唇色与脸色融在一起，惨惨白白。

“暂时没事了，是长时间吸入式中毒，跟孩子生活的环境有关。你作为家长，这么久都没有察觉出孩子有异样吗？”

“怎么可能？怎么会中毒的？”我一头雾水。

“他们学校上学期重新整修了运动场，安装了新的橡胶跑道。我推测应该是跑道使用的聚合剂导致的，一般的孩子不会有什么事，但抵抗力很弱的孩子日积月累吸入那种气体会有不同程度的过敏，头晕症状……”

“那他怎么样了？”还没到跑跟前林淼就气喘吁吁地喊起来。

“没什么大事，让他好好在家休息一周再去上课吧。”

“那……不会有什么后遗症吧？”

“不会的。”

“谢谢医生，谢谢你。”

“你感觉怎么样？”林淼生怕看不清他似的，和他贴得很近。

严修不说话，只是摇了摇头，可能因为头晕，脸皮痛苦得泛起褶皱来。

“逞能！身体不舒服，怎么不跟爸妈说？”

“我真没什么……穆菻呢？”

“你别担心了，她在家里。都怪妈妈，没早点看出问题……”林淼说着说着竟流起泪来。

这时一个陌生号码打来，我按掉，那号码又打过来，我退到病房外接通电话。

“喂？”

“是我。”一阵电流从耳孔直直击穿头顶，我故作镇定地说。“是你啊。”

其实我很意外，因为我从未预设过会再接到时夏的电话，或者说我早已在内心深处断定她不会再联系我。尽管我一直等着，一直盼望着，但那只不过是为了不让自己在生活崩坏之后，马上就迎来精神的溃堤。

“你怎么样？”

“还好，你呢？”

“我也还好。我养的蜘蛛蜕过好几次壳，没跟你说过吧？”

“没有，头一次听说蜘蛛还会蜕壳。”她是故意的吗？难道已经忘了我们之前的见面？或者压根混淆了说话对象？

“下次带你看看。”

我很想去看，但我总觉得“下次”不会到来，好像我们之间的每次见面都有可能是最后一次见面，每次交谈都有可能是最后一次交谈。

沉默了一会儿，时夏又问起最初的问题。

“你还好吗？”

“还好。”

“有件事想请你帮忙。”

“什么事？”

“能当面说吗？不确定你还愿不愿意跟我见面，所以特地打来电话。”

“除了想‘和你见面’，我已经什么都想不了了。”

“我在琵琶湖边，你知道在哪？”

“现在？”

“现在。”

“修，爸爸有点工作要先走，晚点家里见好吗？”我退回病房，站在林淼身边，扶着她的肩膀。

“怎么了？”林淼转过来，有些担心。

“有本杂志想跟店里合作拍摄什么，我也不清楚，我看修也没什么大问题了，就答应过去跟他谈谈……”

“可是……”

“让爸爸去忙吧。”严修赶在林淼说话的间隙里，突然喊了一句。

琵琶湖是少有人来的一块小湖，因为多数人都去了它旁边的紫金山。被城墙环绕的湖面完全结了冰，形成一个不规则的圆，深深浅浅地反射着惨淡的月光。黑暗中我急促地呵着白气，羽绒服摩擦出飒飒声响，这儿极静谧，除了我大概什么人也没有。

“时夏？”我喊了一声，跟着就传来回音。

“穆远！”她的声音在我左边的方位。

“时夏！”

“穆远！”

……

我们依靠次第回荡的声音相互靠近，名字交缠在树林间，城墙根和夜色中，如两只嬉闹的蝶。终于见到对方时，所有的声音都收止了，我死命捂住自己的心跳，生怕它打破了什么。

“好冷啊。”时夏向前跨了一步，几乎贴在我面前。这时候恐怕我该搂住她，可是我没有，只是不解风情地回应了一句。

“是啊，真冷。”

“我们去湖面上吧！”

“你说真的？”

“当然真的！”

“很危险吧。”

“我刚刚试了，可以的，不骗你。”

“还是不要了。”

“来吧！”

她忽然拉起我的手，这就没办法了，一旦被她实际抓住，我便再无力反抗，只好由她牵着鼻子走了。

“穿了球鞋呢，真是意外。”她套了条牛仔裤，以及一件松垮垮的白色毛衣，没有首饰，也没有化妆，月光下的脸极清透，全然不像年过三十的女人。

“被你发现了。”

我正要踮起脚尖试探，她已经在青白色的冰层上蹦跳起来。

“快点啦！”

我被她猛地拖下岸去，两个人一同跑入空旷纯然的夜色之中。

“怎么样，没骗你吧？”

时夏说完这句，我脚底一滑，拽着她一起硬邦邦地倒下去，我们在滑溜溜的湖中央折腾了半天才静止下来，然后哈哈大笑。

“你好像总带着英文书。”我捡起她落在地上的书还给她，那是原版的《木麻黄树》。

“连这也被你发现了。”她竟笑得有些羞涩，我从没见过她这样笑，四周的月光都跟着收敛朦胧起来。

“你英文一定很好。”我骄傲地看着她，像在为自己自豪一样。我翻了个身，跪坐在地上指指天空，月亮朦朦胧胧地泛着发光的毛边儿。“你看，今天的月亮穿了马海毛毛衣呢。”

仰躺着的时夏也坐起来，在相距我一厘米的地方停下。

“是啊，今晚月色真美。”

我们互相对望着，屏住呼吸。

“我一个人在这里等了你好久。”

“对不起，我来晚了。”

“没关系，来了就好。”过了两秒，她在我的脸颊上轻轻吻了一下。“虽然脚底凉飕飕的，但感觉真是个浪漫的夜晚呢。”

“那个……你要我帮的忙？”

“我知道我不该这样，你已经结婚了，我不知道为什么跑来找你，凭什么相信你，我只是感觉除了你我再没有别人了。”

她的声音细弱且清晰，充满感伤，我很想体谅她的心情，可我压抑不住内心的快乐。因为无论是怎样的帮忙，都能建立起我与她之间的联系，一旦系上这根看不见的细线，我们就将变成彼此牵扯的人，有了再见的理由。可能的话，我希望是她无法归还的忙，希望她就此亏欠了我。

“你看天上的星星，我无法够到，假使可以，也无法令它们闪烁，但不管怎样，如果是你想，我就会努力试一试。”

“我……需要一些钱。”

“多少？”

“十万。别问我发生了什么，也别问我用来做什么，我会还的。”

“好。”

十万不多，但也并不是一个小数目，家里的开支都由林淼计算，我不可能没来由地要出这些钱，好在我还有临时周转小额资金的信用卡，额度刚好十万。只不过要想办法在一个月内还掉就是了。

“谢谢你。”

“真要谢我就把你的手机号给我。”

她望着我，一动不动，想要穿过我的身体看到背后的东西。

“我再也不想联系不上你。这一个月我拼了命地想你，但就是见不到你，连句话也说不上，怎样能说上话也不知道，还能不能再说上话也不知道。我不要活在对你一无所知的世界了，再也不希望你去我不知道的地方，再也不要听到‘如果’能再见，再也不要毫无根据地判断‘下次’是什么时候……一旦失去你，我就变得坐立难安，变得不是我自己。这么说吧，我的引擎已经被你发动了，怎么也关不掉，如果失去了终点，那么我本身也就失去了存在的意义。”

她揉了揉我的肩膀，然后靠过来抱住我，没有说“好”，没有说“别担心”，没有说任何带有感情色彩的确定的词语，只是说“我知道了”，她心里怎么看我，我一点儿也不清楚。我捧着时夏的脸，她就那样微笑望着我，不带任何言外之意，像幽谷中的野百合，即便没有气味，也足以令我神魂颠倒了。

我小心翼翼地靠近，碰碰她清凉的嘴唇，她凑上来亲吻我时，我的口腔似是被甘甜的草木香气填满了。卧在冰面上的，畏寒的两人，哆嗦着交换口中的温暖空气，那种出乎意料的激动是我从未体验过的。我的身体又麻又胀，逐渐失去知觉，周围的一切也慢慢消失，只有意识凌驾于现实之上，超然地存在着，观看着。

不知怎的，当我伸手探进她的毛衣，在她后背摸索时，她身体的温热触感竟令我想到女儿的手，想到即将冷透的饭菜，想到林淼失落的眼神。我停下动作，慢慢地，极不情愿地，强迫自己从令人迷惑的幸福之中抽离出来，我们就这样默然无声地坐了好一会儿。

“当我离开那个家，离开妻子和女儿，我总是觉得轻松。好奇怪啊，刚才有个瞬间，我却突然十分想念她们。”

时夏抚摸我的耳朵，拇指在面颊上摩挲。

“如果我死了，你就忘了我吧。”

“如果我忘了你，我就是真的死了。”

我又把她送到那个路口，手脚在暖气的吹拂下早已回温，心却仍透彻地沉浸于凉夜之中，不觉念起一句诗：“山月不知心里事，水风空落眼前花。”没过一个星期，时夏又来了酒馆，带着一个男人，她是故意的。

5

（九年前）

曹姐的电话挂断不久，就有人按响了门铃。

“伯母，您好，我们之前通过话的，我是余欢。”

“快进来吧，穆远在卧室，喝什么？”

她们还在絮絮不停地寒暄，我的脑子里像飞进了一群鸟，胡乱扑腾着翅膀，扇得我头晕目眩，只有把太阳穴抵在床右侧的桌角上，才能稍微缓解内部的疼痛。

“穆远，是我。你怎么样了？”

余欢微笑走过来，看着那若无其事的笑，我心里一阵窝火，想发作又不敢大声。

“余欢你是不是有病！”

“我没病啊，你有病，我来看你。”

“余欢！”

“想我啦？”

“从今天起，我不会再管你！要死要活都不要再告诉我……”

“原来是担心我。你是怕我死的对吧？因为我死了，你这辈子都会想着我。”她瘦了很多，眼窝深陷，面皮松垮垮地挂在头骨上，头发也干枯得发了黄。

“我们就断了吧。”我几乎有点恳求。

“我们？”她不可置信地用食指在我们之间摇来指去，那手指像一根折了一半的树枝。“怎么断得了？除非你跟我死别，否则只要我活着，每一刻都是爱你的。”

最终余欢还是死了，死在我和林森结婚那天。她说：“穆远，我要你永远都记得我。”

“坐啊，站着干吗？吃点水果。”母亲端来一盆挂满水珠的葡萄，日光下隐隐泛着光。

“谢谢伯母，伯父又出去了？”

“啊……嗯……”母亲尴尬地点点头。

“别担心，很快就会回来了。”余欢用纸擦好一颗葡萄，胸有成竹地丢进嘴里。

“你们慢慢聊。”母亲闪躲着退出去，带上了门。

“吃吗？”余欢把椅子搬得离我更近了些，将擦好的葡萄递到我嘴边。

“你干吗跟她说那些？”

“哪些？我就是关心一下。”

“以后不要再提了。”

“我这次来可不只是为了看你。”她站起来四处观察房间的陈设，然后晃悠到我身边，手指轻浮地在我身上游走。“你这样子怎么洗澡？不会是让伯母帮忙吧？不然我来帮你好了。”

“不用。”

“我开玩笑的，你就是爱当真。”从进门开始，黏在她脸上的笑就没摘下来，仿佛凝固在那里似的。“我就住在对面的酒店，事情处理完之前，会常来看你的。”

“余欢，你到底想干什么？”我捏着嗓子，不让自己喊出来。

“跟你讲个故事吧，《特伯雷故事集》里有一话讲的是犯下重罪的武士获得了被赦免的机会，条件是在限期之内回答出‘什么是女人最大的心愿’？如果到期答不上，就仍然会被砍掉脑袋。这个武士走遍天下，终于寻到一个答案，并且通过了所有贵妇的一致认可。你知道这个答案是什么吗？”她一边帮我收拾书桌，一边不紧不慢地讲话。

像以往一样，她料得到自己人生中每一步棋的结局，她早知道我答不上，依旧笑盈盈地空等了我一会儿，然后才接着开口。

“女人最大的心愿就是……能够有人爱她。我不比别人少什么，我的爱也不比别人的爱缺胳膊短腿，我总想着，早晚你会爱上我的，可是渐渐地，我自己都不爱我自己了，我发现我已经坏了，毁了，变质了。也许去爱，本身就是一件让自己穷途末路的事。”

傍晚的天空像被火烧过一般，热得令人发昏。余欢理了理我的头发，爱惜地凝望着我，可能是吃了药的关系，在她的眼神中，我竟有些发困，几乎要睡过去了。

“所以别再叫我不要这样了，不要爱了，你知道我的脾气，我已经回不去了，除了这条路，再没有别的路可走了，我不能输，至少不能认输。我说的这些，你明白吗？”

我知道她就是这样，但那个时候我还不明白她为什么这样。她像海中的热浪，浪头的尖尖角儿，拼命追逐阳光，即使一再被礁石劈开，即使一再面临破碎。迷蒙中我昏昏然睡了过去，连余欢什么时候走的都不清楚，醒来时背上汗了个透，母亲和林森正在客厅忙活着，准备轮椅和病历，陪我去医院拆除钢钉。

正值盛夏，太阳烤得人睁不开眼，一丝风也没有，她们俩都不会开车，只能把我推在树荫下等着，一遍遍在路边招手。可没有出租车愿意载一个带着轮椅的伤患，我们像困在一场热梦里团团转，浑身湿透。就这么等了半小时，两人裸露在外的手臂和脸已经涨红，发了疹子似的。

“伯母，上车吧。”

余欢开了一辆黑色三厢轿车停到路边招呼我们，林森帮母亲开了车门，就跑来推我。

“是北京的一个朋友。”没等林森问，我就先开口解释。

“还好她来了。”林森微笑道。

到车子的距离不过一百米，车轮却因为地上的石子磕绊了好几次，这在以前林森推我时是从未有过的。终于上了车，余欢从后视镜里冲我笑了笑，然后转向林森。

“你好啊，林森，辛苦你了。”

“哦，没事。”说完林森不易察觉地怔了一下。

“伯母刚刚介绍过，我叫余欢。”余欢解释完，马上补了一句，“穆远的前任，他一定没提过我。”

去医院的路上余欢得体大方地一直同她们聊天，可这谈笑间有一种表演的尴尬，强求的压抑，每个人都在心里算计着什么事，嘴上说着的又是另外一码事。如果我以前只是为余欢的力量感到吃惊，那么我现在已经开始慌乱了，她是怎样得知我们的行程？又是从哪里弄来这样宽敞的汽车？然而之后发生的事，令我陷入了对她的畏怕之中。

“准备好了？”医生捏捏我脚趾上的骨头问。

“不打麻药吗？”母亲在身后对医生说。

“不打啊，这个不会很疼的。”

“真的？”林森很不放心。

“好了好了，家属都出去吧，别在这关心他了，越关心越疼，这是心理作用。出去出去。”母亲和林森被医生挥手赶到门外，只有余欢一动不动站在我身边。

“你怎么还不出去？”

“我在这陪他。”她一只手不容置疑地按在我肩膀上，十分有力和笃定，医生感受到了她的坚持，竟没有再多说什么。有时候人与人之间的胜负角力不光是靠能力和智力决定，还要靠自信和气场，也就是“动物电”。

“准备好了，1，2！”医生使诈，数到二的时候就猛然用力，但他低估了钢钉的长度，以及它与皮肉间不断生长的牵扯。钢钉只拔出了一半，仍森森然钉在脚趾一头。

“还挺结实，我们再来一次。”

可我说什么也不想再来一次，像备胎似的，这根钢钉已经成为我的“备骨”，如果家鸡在死前就被剔去脚骨，恐怕才能体会这种疼痛。这时，余欢突然说了句不相干的。

“穆远，今天已经是29号了，8月29号。”

她的话像一盆冰渣子，兜头浇砸下来。我这才猛然记起何仕出狱的日期，这段时间，我完完全全将他抛到脑后去了。不过即便没忘，以我的状况也是去不了的，错过他，是早就注定了的事，我虽然这样安慰自己，心里却止不住替他酸楚起来。

千辛万苦爬出黑暗，却没人在光明处等他。迈出第一步时，腿脚是否打了软，在烈日下是否会不适应地觑起眼睛，暴晒中是否舔舐干裂的嘴唇，如何重新开始，都没人在意。他什么也没有，没有钱，没有食物，没有衣服，连可以去哪都不知道，两手空空在那堵恨不得马上离开的高墙外等了我多久呢？在等了那么久之后，仍是孤身一人，那种心情有多失落呢？

他在哪？他在做什么？我该怎么联系他？……我的心脏像被掏去了血肉，徒剩一具壳，在冷风中，传出阵阵干涩的令人痛苦的空鸣。我拼命捂住那里，喉咙发出一声长而低回的，打着战的闷喊。

“啊——”

钉子被医生拔了出去，我的一部分也随之被拔了去，那种持续的心碎的声音不断震荡我的神经，我伏着身子抖瑟不止，直不起身来。余欢将我扶进怀里，贴住她温热的小腹，轻轻拍揉，口中小声念叨：“好了好了，没事了没事了。”如果可能的话，我想立刻推开她，逃得远远的，可我就像被雨浇透的一摊软泥，烂在那里，失去了所有力气。

“你们去车上等我一会儿，我要办点事情。”余欢把车钥匙交给林森。“先把空调打开，会用吧？”

林森什么也没说，点点头推着我和母亲一起离开了。没有了余欢，我们三个在车上干坐着，无话可说。没过多久，父亲竟在挡风玻璃正前方停下，和一个女人撕扯起来。因为是镀膜玻璃，所以从外面看不到车内的情况。

“哎呀！你放开我！这么多人呢，你还要不要脸了？”那个看上去比父亲小了十来岁的女人几次没甩开父亲的手，有些不耐烦。

“我不要脸还是你不要脸？你怎么能这样对我？”

“你也不看看你什么样子，我们能当真吗？这么老了还这么幼稚！嘁！”女人把手臂抱在一起，脸转向另外一边，不看父亲。

“你的皮鞋，包都是我给你买的，光这件破裙子就要两万多，我还从没给我老婆买过这些，每天不回家，挣得钱都给你花了，你还想怎么样？”父亲又走了几步，从正面看着女人，列举自己的付出，大拇指来回抠着食指。

“对啊，你花了钱我才跟你，不然呢？搞公益吗？因为爱吗？说出来你自己都觉得好笑吧？”女人顿了顿，态度缓和了一些，语重心长地说：“既然你都发现了，那就玩不下去了，我实话说了吧，我是真心爱他的，我怀孕了，咱们俩，散了吧。”

说完，女人转身就走，父亲三两步追上去从后面扯住女人一条胳膊猛得一转，然后下了狠手，一巴掌扇在女人脸上，她懵懵地踉跄了几步，歪坐在地上大哭起来。

父亲见她哭，马上又后悔了，跪在这个与自己差了辈分的女人身边低声哀求，甚至抽泣起来。

“不能这样，你不能这样对我，我已经经历过一次，不能再承受第二次了，求求你，别离开我，我会加倍对你好的，加倍！行吗？”

“滚！给我滚！”女人歇斯底里地大叫，手臂和脚丫自在空中乱舞，高跟鞋和手包都甩落在地上。围观的人越来越多，大家捂着嘴在一旁咯咯笑。

“谁笑？我看谁敢再笑？！”父亲瞪着红眼珠环视一圈，果然大家都收敛了，只有一个不懂事的小男孩仍咯咯笑着。

“我让你笑！”父亲冲上去把男孩推倒，他涨着脸，脖子粗红，额上的青筋通通爆起来，口中不停喊话。“老子今天非得打死你！我打死你！”

这时从群众中窜出几个彪形大汉把父亲架走了。等人散得差不多，那女人摸起地上的手包，抽出纸巾和粉饼，擦了擦眼泪，就地补起妆来。她在镜子中端详了好一会儿脸上的指印，生气地戴上口罩和墨镜，撑起身子，端了端胸脯，快步走开了。

车子里的沉默逐渐上升，没过膝盖、胸腔，逼近口鼻，闷得人喘不过气来。终于在濒临窒息的结点，母亲异常冷静地开了口。

“他是知道我怀了孕仍然决定和我结婚的，忍了这么多年，难为他了。”

沉默在这些话的催化下，突变为一种令人作呕的恶臭。我一分钟也不想在这里多待，一心只想着离开，忘记自己仍是半个瘸子。打开车门，一骨碌翻下车去，腿上的伤口又重裂开，呼呼冒着血，这样的疼痛来得刚好，让我暂时没心力去想那些事，刚刚好。

在一段爱里，没人不是自私的，可恨的也并不是自私，而是人们常常自然而然地把自私包装成“为你好”的苦口良药，逼着你吞下去。余欢一身轻松地赶回车上，她说的事情圆满解决了。

“哇，还是车里凉快，真舒服。等急了吧？我现在没事了，你们也没事了吧？”

“嗯，走吧。”

母亲把头歪向车窗那边合上眼睛，手却伸到这边握我的手，我撇开手，从后视镜中与余欢带着笑意的目光对视了几秒，冷气开得太足，我有些不寒而栗。

（现今）

“阿嚏！”

“不是感冒了吧？”林淼把看好日期的牛奶放进购物车，重新挽住我的手臂。

“没事，大概受了点风。”我想到与时夏躺在冰面上的夜晚，心中不免紧张，眼睛左顾右盼，假装认真挑选商品。话说回来，那次之后我已经又有一周没见过时夏了，她在做什么呢？偶尔想起过我吗？是时候给她打一通电话了吧？

“回去要吃点药预防一下。”

“嗯。”

“这家超市！今天的芥蓝混了好多不新鲜的进来……你手机响了。”

“我吗？”我从口袋中翻出震动着的手机，是时夏打来的，我紧张地倾斜屏幕，避开林淼的目光，还在犹豫要不要接，电话就挂断了。

“断线了？诈骗电话吧？”

“恐怕是。”对林淼撒谎渐渐变成了一种脱口而出的习惯，内疚和不安越来越少，一想到不这样就有可能再也见不到时夏，便马上觉得撒谎也不是什么大事了。

“真讨厌啊，最近我也接到不少这种电话。”

“没办法的事。”

“像这样和你一起逛超市，是从小就有的想法呢，如今成了日常，倒不大敢相信了。对了，有件事要跟你说，你记得我会弹钢琴吧？今天……”

“这里的洗手间是在这层吗？”耳朵里虽然听着她的话，心里却根本没在意听到了什么内容。

“好像是吧，怎么了？”

“肚子突然很痛，需要解决一下，你自己先逛会儿？我一会回来找你。”

“我没关系，那你快去吧。”

我小跑着离开林淼，迫不及待地掏出手机，看着那通未接来电，心里雀跃得不行，她终于忍不住先给我来了电话，她还是想着我的。形迹可疑也没办法，我想要立刻回一通电话给时夏，想尽可能快地见到她。

我靠在隔间的木门上大喘着气，可是回拨过去的电话一直到自动挂断也没人接听，再试一次，嘟……嘟……嘟……仍然没有人接。怎么回事？难道刚刚是误操作？有这么巧？

女人有时真的奇怪，明明是专程来找你，却硬要装作只是路过，明明敲了门，却并不把门推开。如果男人这时不主动打声招呼，她们便会若无其事地擦肩而过，有些故作矜持的，就算男人打了招呼，她还仍要略微迟疑之后才有些惊讶地搭理你呢。不过时夏完全不需要这样啊，因为早在十几年前，我就已经飞奔向她了。

心情在一瞬之间发生转变，原本的激动冷却下来，开始觉得失落和不平衡。为什么只我一个人牵肠挂肚？为什么她不能明确给我一点动力？或者干脆给我一刀让我放弃？算了，我转念又想，爱不是计较得来的事，我就让着她，多爱她一些，也没什么大不了的。

离开超市时，天下起了蒙蒙细雨，南京总是这样，动不动就下起雨来，也不大，但会淅淅沥沥下上一整夜，到白天才收止。新的一天仍阴沉着，晚上很可能会再下起来，这样循环往复几日，冬天就变得尤为清冷，尤为潮湿。刚进门喝了口水，就接到店里的电话，说是排水管道出了问题。当我下楼到车库，又从车库返回家里拿忘记的车钥匙时，不小心听到了一通林淼的电话。

“你有哪一刻是真心祝福我的吗？不，不不，你就是对穆远有偏见，你从没有看好过我们的婚姻……”

“什么叫如果他真的爱我？他为我，为这个家付出了什么你怎么会知道？你有什么资格这么说？你怎么知道他不爱我？他很关心我！他只是最近太忙了，我不会……我才不要告诉你他做了什么！”

“照顾孩子是我该做的，那本来就是我的孩子啊，妈！”

“你从头到尾就只是在等我失败，等着我哭着跑到你怀里，然后你就又可以趾高气扬地对我说那句‘看吧，我早就告诉你了’。我不是小孩子好吗？”

“别说了，别说了，妈！妈，我真的没心情跟你吵架，他很关心我！我希望你尊重我，尊重穆远，也尊重我们的婚姻，如果你打来只是要说这些，那我要挂电话了。”

房间安静了一会儿之后，林淼号啕大哭，我很难想象总是轻声细语的她是怎么大声说出那些维护我的、连她自己都不相信的话。于她，别说是倾诉，就算在谁面前流露出一点真实感受都不行，母亲不行，孩子不行，邻居不行，丈夫更不行，只有一个人时她才是安全的，自我的。而这短暂的安全时间，很快就会被放学回家的孩子们打破了。我悄悄离开家，这时时夏已经在店里了。

“今天来得这么晚？”

“嗯。”我不想理她，因为我有些生气，她旁边还跟着一个身份不明的男人。

“这里可以抽烟吗？”她问我。

“嗯。”

“你有火吗？”

“我不知道你还抽烟。”我把打火机递给她，手指碰到了她的手指，令我想起那年冬天她给我的纸巾，至今仍在抽屉里珍藏着。我也想过这只不过是一包纸，不可能永远保留下去，早晚都要丢掉，可心里虽然这么想，却仍然完好无损地收在身边。

“你不可能什么都知道。”

她歪着头将烟点燃，火光几乎要将她的脸烧着，时夏眯缝着眼睛猛吸一口，眼角浮起细纹来。她回过脸，把夹在指间的烟交到男人嘴里，男人也吸了一口，又贴在她耳边耳语了什么，两个人十分暧昧地大笑起来。

简直龌龊！这个老男人的发际线很不牢靠地后撤到一半，油亮的额头上挤满了褶子，刀刻似的，我还从未见过这样黑这样深的抬头纹，想必他的年纪绝不低于五十岁！不过他的身体倒管理得相当结实，手臂上的肌肉将皮夹克撑得又饱又鼓，不知他是做什么的。我气得要命，可又没立场说什么，我自己有家室，也并不是时夏的谁，只好身体转向另一边，尽量不去看他们，耳朵仍不自主地关心着他们的一言一行。

“我知道一家刚翻新过的星级酒店，特别豪华，最重要的是……浴缸特别舒服。”男人的语调中充满撩逗的意味，他一开口，整块空气都被烧焦的烟草味搅浑了。时夏绝不会答应他的，至少在我面前不会，我心里暗暗想。

“干吗又破费？”

“犒劳你怎么能算破费？你知道我最不愿意的就是委屈你。”

“那好吧。”

“乖，我去洗手间，你先埋单。”男人丢下一张卡，起身离开了。

“穆远，埋单，喂！”

“不要去。”我抓住她伸过来的手不放，恳求地看着她。

“嗯？”

“你听到了，我叫你不要去，不要跟那个男人去酒店。”

“你留在南京为了什么我不知道，我来南京可不是为了陪你喝酒聊天。”她满不在乎地甩开我的手，挑起眉毛，灌了一口酒。

“那你为什么？我也能帮你！”

“你不能一直帮我的……他来了。”时夏用眼神示意我不要再说，并立刻带上她特地为这个男人准备的笑容，那是完全打开的饶有意味的笑，跌似的撞进他怀里。“怎么这么久？走吧？”

两个人卿卿我我地推开门，闯进湿淋淋的雨幕中。

“我本来已经接受了的，接受没有你我也可以好好活下去，接受一成不变的生活并且觉得满足。你为什么再次出现？为什么要来找我？就为了让我空欢喜吗？”

我躲进洗手间颤抖着发出这条信息，眼泪鼻涕一起落在屏幕上。我第一次知道爱让人这么痛苦，心脏像被一只大手握住，死死攥紧，仿佛要将那里最后一点汁液全部绞出，滴答，滴答，一滴不剩地绞出，直到那颗心脏变得残废，变得像一块拧完鼻涕又风干的皱巴巴的手帕。

“我没想到我的出现会伤害你，我只能和你做朋友。”收到她的回信是深夜两点，那时候我还没有回家，在店里一直喝酒，不过已经不想哭了。

“我们做不了朋友，还是不要再见为好。”

“钱还没还你。”

“不用还了。”

“真这么狠心？”

“我狠心？你明知道我喜欢你！怎么眼看着你和别的男人亲近？我们之间没有中间值，做不成朋友的。”

“对不起，不光是你，我没办法和任何人在一起。”

“所以不要再见了，请别再回复。”

屏幕停留在对话界面，还没熄灭就被我再次点亮，嘴上说着别再回复，心里其实无比期盼收到她的回复，哪怕再多一句也好。我屏蔽了她的朋友圈，又忍不住一次次点进去查看，希望从任何人那里收集她的近况和信息。现在我似乎可以理解余欢的心情了，原来喜欢上一个人就会变得不安、神经质，变得起伏不定，自己不像自己。她爱着我的时候，也经历过这种痛苦吧？

现在与以往不同，以前说离开，是一种再也联络不上的失散，如今即便咬牙切齿说了成百上千回离开，还是会有意无意从网络的缝隙中，窥视到对方的生活，不管怎样想方设法，都无法摆脱。不能够彻底了断，不知道是现代人的幸运还是悲哀。

“店里很忙？”林淼被我吵醒，拧亮床头灯，半卧着。

“嗯，在那多待了会儿，抱歉，吵醒你了。”我脱下衣服靠在床头，像忘了该怎么入睡似的，愣住了。

“有心事？还是店里遇到麻烦了？”林淼也坐起来。

“没事，我就是有点累。”我把头放在林淼的肩膀上，静静靠着，真是温柔的肩膀啊，为什么我不能就此满足呢？

“那就靠着我歇一歇，喘口气。酒馆那边我也可以去帮忙，我是说如果你想休息几天的话……明天想吃什么？做个樱桃派？这时候樱桃正好吃……”

“林淼，林淼……”我打断她，“嘘嘘……你说钢琴怎么了？”

“嗯？”

她忽然语带哽咽，像金鱼在浴缸里吐出沉闷的气泡，咕噜噜把一个字掰成了两半。

“下午你说了钢琴吧？我记得你小时候弹得很好，钢琴怎么了？”

“是一个老同学……开了……一家西餐厅，开业那天……很多，很多同学都会去，他，”林淼语速很快，声音停停顿顿，她在尽力控制语调，我知道她哭了。“他想请我去弹……一次钢琴，我不知道，我好紧张，我从没在那么多人面前弹过。我……我没想过你还会问的。”

“去吧，我想听。”

林淼终于不再抑遏哭泣，任由眼泪流下来。我伸出手臂，越过自己的头顶，抚摸她的脸颊，轻轻帮她揩泪。这一刻，我觉得我能重新做好她的丈夫，因为我们同病相怜。

6

（九年前）

两个月之后，我的腿伤基本恢复，可以丢掉轮椅，靠拐杖自己走路。最近我开始疑惑，不再感到疼痛究竟是时间抚平了伤口，还是人类缓缓死去的过程所带来的失去知觉的副作用？腿上的痂越结越硬，那些深褐色树皮样的东西下，已经没有了痛，只剩下轻轻蠕动的痒。

那天之后，余欢回到北京，暂时没了联系。父亲不怎么出差了，母亲则一如往常，一点变化也没有，没有身体的抗拒，没有情绪的波动。可越是如此，我越肯定她正过得无比煎熬，神经紧绷得像拉满的弦，丝毫不敢松懈。有时候婚姻解体并不是最坏的结局，最坏的结局是两个人因为逃离命运的不成功，被扣上负罪感制成的面具，困在一起，没有爱，也没有期待，假惺惺地生活下去。

只是我并不想要陪他们这样假惺惺下去，我谁也不想理，变成了一个寡言无望的老人，日复一日瞪着几近干涸的双眼，不知未来迎接我的是痊愈还是死去，我也不在乎。

“穆远，你在想什么呢？”可能是见我气咽萎靡，林淼最近每天都来。

我在想什么呢？每个人都问过我这个问题，我很抱歉让大家操心，因为大部分时间里，我并没有什么事要想，只是空泛地躺着。我本身就是一个无趣的人，现在更加乏味，对一切失去了热情，不想去追寻任何遥不可及的愿望，爱情或者写作……也不再企盼人生还会有好事发生，熄灭了改变物质与精神生活的原动力，只是无目的地躺着。甚至就是这样躺着，也觉得给周围的人带来许多麻烦。活着失去了原本的意义和光泽，对我来说，活着变成了一件可有可无的事。

“究竟在留恋什么？究竟为什么要在这种世上只剩下自己一个人的处境里，孤零零地活到现在呢？干脆死掉好了……”那个靠着我死去的老人又在我耳边喃喃自语，他最近总是出现。

我将他打发掉，活动硬邦邦的手臂和肩膀，连那些关节都已经咯吱作响，平庸无力，更别提萎缩了的小腿。我转向林森，脸上挂着终日里那副白日梦都懒得做的表情。

“不知道我还会不会好起来。”

“不是在一点点变好吗？”

下午四点钟的阳光横斜着切去林森半张脸——安静地隐没在黑暗中的脸，被阳光赋予了灵魂的嘴唇来回活动，露出半透明的牙齿，我几乎可以透过那些牙齿瞥见她紧张到微微颤抖的扁桃体。

“我说过我当不了作家吧？果然到现在为止，我还是一事无成呢。”

“真正想做一件事，就不要计较结局如何，能尽力为其奋斗，已经足够令人感觉幸福了吧？不过你说这种话还早，我不是也没放弃吗？”

“放弃什么？”

“你。”

她忽地伸手，鼓足勇气似的，将我摊开的手掌握住，整张脸探进阳光里来，发根处凝结着亮晶晶的汗珠。

“就算你都不相信你自己，我也还是会相信你，会在这里一直相信你。”

我对她的信任很不理解，这种盲目害人害己，我不会再上当了……

“我们重新开始吧？”她将这句话说得很快，导致我以为自己听错了。

“你不是已……”

“生了孩子之后，我们就离婚了。”

“为什么？”

“因为我结了婚啊。”

久违的，我竟笑了出来。我没有答应她，也没有立刻拒绝，虽然于现在的我来说，恋不恋爱，同谁恋爱都没什么差别，但我想对林森来讲应该不是这样，如果两个人没能建立同样的标准或规则，这段关系就失之公平了。换作其他任何人，我或许都可以轻易答应，因为我根本不在乎，可林森不是“其他任何人”。

晚秋了。我终于在穿绒裤前可以慢慢起立，屈膝，丢开拐杖走少量的路，一个人在家的时候我时常这样练习。那天，我半挪半走地移到客厅，正巧有人敲门。门外的女人穿了一身白西服套装，垂坠感很好的高腰阔腿裤令她看上去精神抖擞，涂了颜色雅致的口红和指甲，没有刻意追求年轻，发型仍像多年前一样一丝不苟地绑成职业马尾。

这是初中毕业之后我第一次再见到林老师，一看见这张脸我就马上想起当年与她女儿的“偷情”，羞臊起来，又像是犯了错的初中生了。

“林老师？您来了……”

“穆远，你好，多年不见了。”

“进来坐吧。”

“不用客气倒茶水了，你也不方便，我来是想和你说点事，很快，说完就走。”

她扶了一下脸上的镜框，抿抿嘴，这是她教训学生之前的习惯性动作。然后看了一眼椅面后才坐下，顺势将手包放在右手边的茶几上。

“准确地说，是来和你谈判。”林老师扬起下巴，示意我在她对面坐下，姿态中有种与生俱来的优越感。

“我不太明白。”

“我家虽不算多阔绰，但相比你家来说，还是有一定基础的。有位老友移民了，他的酒馆我打算接盘，并不是经营不善的酒馆，当然也不是可以赚到钵满盆满的那种，我想我也不需要那样。总的来说，是可以让人惬意生活的一个营生吧。”

“您说这个？”她用眼神打断我，示意我听下去。

“除此之外，我在教育行业多年，或多或少有些出版资源，如果你还有想法，我是很乐意帮你引荐的，我猜你应该不至于就这样随便放弃多年来的梦想吧？”

“我暂时还没有想清楚……”

“你已经没有多少时间用来想了……那我换一种方式说好了，你想一直住在这间屋子里吗？和父母一起？”

我老老实实地摇头。

“和林森结婚吧，无论对林森还是对你，这都是一个成熟的决定。”

“什么？”我怀疑自己的耳朵出了故障。

“和林森结婚，这样你们都能得到自己想要的。”她摊开手掌，仿佛这是一件不用挑明的显而易见的事情。

“你怎么能说出这种话？她是你女儿！”

“正因为她是我的女儿，我才不得已提出要求，不然你以为我看上你哪一点？说实话，你完全不是我会中意的年轻人。有些话你或许不爱听，我说出来也没别的意思，之所以帮你们考虑生存的途径，就是因为我在你身上根本看不到未来，但又不能让女儿受苦，我也很为难……”林老师不动声色，仍然傲慢地睥睨着我，一点也没觉得自己哪里不妥。

“你竟然这么自私……”我的声音很小，连自己都听不清。我又想起幼年被压在地上的筋疲力尽，那种毫无半点还手之力的感觉。那种奇特的意识上的瘫痪直接导致了身体的任由摆布，不是无力挣扎，而是放弃了抵抗，因为我预料到就算拼了命，结果还是一样，不会有任何改变。

“你不用立刻就答应我，但我想最终你会的，所以这份婚前协议我留在这里，签完字之后再交给我。不过这是我们之间的秘密，不能告诉林森，明白？”她用食指叩击桌面，引起我的注意。“那我就先走了，等你电话。”

这份婚前协议事无巨细地陈列了我应该履行的作为丈夫的责任以及财产分配，一旦有任何原因导致离婚，我都将净身出户，一无所有。除此之外，婚内我主导的投资行为所带来的风险也由我一人承担。最令我觉得可笑的是，其中有一条无法考量的规定，即无论何种情况，我都应让林森感受到爱意，也就是说签了这份合约，我就从配合转而变成扮演一对假面夫妻。

眼下摆明了两条路，一条是充满光明和罪恶的虚情假意的路，一条是有可能令我回到北京地下室生疮腐烂的坦荡的路，我试着用预想在每条路上走了几步，每当我踏上一条路，心中就不断想着另一条路上的事，这令我很乱。

虽然知道这样做不对，但我最终还是翻到合约最后签上了名字。一方面是为了让林老师多年后为自己的自私感到悔恨，更多的是我已经不再相信自由意志了。生活总让你误以为自己还有选择，以为自己仍能自由地为自己做决定，其实无论我当下做了何种决定，无论签不签字，即将到来的事情都是不可避免的，注定了的。

中国人很喜欢热闹，他们大多爱选在五月、十月的节日里结婚，我并不在乎这些，圣保罗教堂能安排出的最早可行时间是一月五号，于是我和林森的婚礼就定在那天。为了早点从家里搬出去，十二月我们便同居在一起，住进了新家。那是间 120 平的房子，很宽敞，家具简单，有大落地窗，干净到几乎不用清扫，林老师说直到结婚前严修都由她照看，因此只有两个人走动的房间就显得更空旷了。

刚搬进来那天，客人一走，我们立刻从准新婚夫妇变成两个不太相熟的人，像第一天认识似的，突然生分起来，说什么做什么都小心翼翼，带着点初次见面就要同床的尴尬。我们默不作声地各自完成睡前工作后，我走到卧室门口敲敲门，对已经躺下的林森说："要么，我睡沙发吧？"

"那里不舒服吧？"

"不会，沙发又软又大，我看比床还要舒服。"

"哦。"

我转身要走，林森又说：“可是，没有被子啊！”

“有毛毯就行了。”

“总不能以后一直睡在那里。”

“说的……也是……”

我缓慢走到床边，缓慢地冲她笑笑，再缓慢地掀开被子一角轻轻钻进去，尽量不撑起我与她之间隔着的棉被褶皱，林森关了灯也滑进被子里。我们像两根僵硬的冰棍，一动不动，不过在黑暗中，说话变得容易了许多。

“我们终于到了这一步。”

“再也不用躲进衣柜了。”我觑起眼睛望着高处黑乎乎的天花板。

“那时被管束着，现在没人管束，反而好像更难了。”

“你会不会后悔？”

“嗯？”

“现在还来得及。”

“穆远……”

“嗯？”

“你有没有做过什么事是你不知道为什么去做的？”她悄无声息地摸过来握住了我的手。

“我……”

“我有。”

说完林森翻身吻住我的嘴唇，我讶异于自己竟没忘了她亲吻的方式，这熟悉的触感令我回想起青春期的悸动，以及久违了的未完成的心愿。我们害羞而又生疏地褪去彼此的衣物，赤身裸体地温柔相拥，每一个动作都十分斯文和慎重，这对我来说，已不单单是一场情事，而是一个仪式。

第二天醒来时，林森已经做好早餐，到卧室叫我起床，她拉开窗帘，站在阳光当中，令我有些恍惚。明天我会不一样吗？当明天早上我醒来时，可以理所当然地接受这样的早餐，这样的房间，这样的阳光，这样的生活，接受林森就是我真正深爱的妻子吗？

婚礼前，我和林森一起去婚纱店试礼服，她用手机软件叫了辆车。

“我不会开车，这款APP帮了大忙了。”她热情地向我推荐。

“这样在这里等就可以了吗？”

“是啊，你看，从手机上就可以看到车型和牌号，还有司机师傅和我们之间的距离，好像快到了……”

“是不是要调头？”

“嗳！应该就是对面那辆白色雪佛兰，看见了？”

我们站在司机一调过头便可以靠边停车的位置，我没用过这样新鲜的工具，怕错过了，于是认真观察每一辆车子减速、转弯，面向我们继续转弯，再加速开走的过程。如果不是这样，恐怕我也不会注意到雪佛兰前面那辆出租车的司机。即便隔着车窗也不难看出他身形魁硕，留着极短的圆寸，脸上晒伤的红斑带了墨镜也没能遮住。他调过头就立刻加速，我跟着车子狂奔起来。

“何仕！何仕！何仕……”

车子开得更快了，不知道是因为没看见我，还是因为看见了我。

“你的腿怎么样？”

“我没事。”

“快上车歇一歇。”

“我说了我没事！”我一把甩开林森搀扶的手，意识到自己失态，我又道歉。“对不起，我不是故意的，只是……”

“我知道，没关系，我帮你记下了车牌号，也许能用上。”她在手机上点了几下，发了一串数字给我。

“真对不起……谢谢你……我刚刚太激动了……”膝盖传来的痛感逼得我咬紧牙关。

“快上车吧，师傅等着呢。”她摇摇我垂下的手臂，像女儿怯怯地催促父亲。

之后我去了出租车公司，这里的墙和出租车一样刷了橙蓝相间的油漆，一进门便有一股幽森森的凉意扑面而来，带着烟草和油渍的气味，细嗅间还混有热乎乎的茶香。下午四点是晚班交接的时间，我搓了搓手心里的汗，走到前台，希望能在里面碰见何仕。

“您好，我想请问，这个车牌号是你们公司的出租车吗？”我将抄在纸上的号码递给前台。

“没错，是我们公司的，您是落了东西吗？”

“啊……不是的，那司机是叫何仕吗？”

“您有什么事吗？”

“我……我是他的……朋友……”我结结巴巴地组织措辞。

“哦。”前台扫了我一眼，“我也不知道他现在在不在，不过这个时间所有司机都会过来交班的。”

“那我能坐在这等吗？”我指指身后钉在地上的蓝色塑料椅。

“随你的便。”

塑料椅又硬又冷，才坐了十分钟我就微微打起寒战来，我有些不好意思地又走上前台。

“您好，那个……他，我是说何仕，在这里工作很久了吗？”

“你等他来了自己问他吧好吗？”这回她连头也没抬。

“哦，好的，谢谢。那您能查到他的联系方式吗？邮箱也行，我还有事，不知道能不能等到他。”

“他来了。”

“啊？”我左顾右盼，眼光慌乱地四下寻找。

“在门口抽烟的大个子，看见了？”

“看……看见了……谢谢。”说话时我扔扭着头盯住门口，生怕一个不小心又让他消失了。

何仕踩了一双马丁靴站在阳光里，右手肘支在左手搭成的平台上，来回向嘴里递着烟。因为用力，单薄的牛仔夹克被肌肉撑得一节节鼓起来，牛仔裤也是，紧绷绷地绑在腿上。我一步一步缓慢地朝何仕走过去，没想到他丢掉还剩半截的纸烟，眼看就要转身往我这里走了。我立刻退缩到角落的阴影里，紧贴墙壁站着，不知道为什么，我突然害怕与他相见了。

我看着他越过我一直朝大厅里走去，拐进走廊前还冲前台挥手打招呼，他的样貌、衣着、走路的姿态，甚至气味都已经和从前全然不同。我不清楚这个人的身体中是否还有我熟悉的部分存在，直到他完全消失，我才深深吁了口气，从眼睛里平白落下一滴泪来。

后来我还来过两次，一次没有等到他，一次带了封信。

“您好，何仕……今天过来了吗？”

“又是你啊，那天不是见到了吗？没说上话？”

我尴尬地摇摇头，还没想好找什么借口，前台又开口说话。

“我跟他说了有人找他，不然你把联系方式留下，我让他联系你。”

“我这有封信，如果能麻烦你帮我转交就太好了。”我把一直捏在口袋里的信摆上桌台，往她面前推了推。

“那你不等了？”

“不等了。”

“行，那就放这吧。”

我道谢后便离开，出门没多久竟下起雨来，不过并不是很大，淋着不痛不痒的，我没有打车，就那么在雨里走着，心像一片湿冷的野草丛，又糟又乱地立在泥洼中，什么也理不清。背后忽地响起惊人的喇叭声，被车灯照着，雨水坠向地面的路径都立体了。我靠向路边，那辆车停在我身边摇下车窗。

“什么意思？”

我已经靠了边，没心情和人争执，想着任由他骂两句就算了。

“喂！穆远！”

“何仕？”

“有什么话当面说给我听不好吗？”

“我……”

他抽出我刚刚交出的那封信，原封未动地用打火机点燃，然后丢到我脚边。本来就不旺盛的火苗在细雨中摇晃，没多久就颓萎，熄灭了，徒剩烧了一半的信和字随着黑色灰烬一起被雨拍在地上。

“上车吧。”

“哈？”

“我让你上车，带你去个好地方。”

7

我一上车他便开始脱衣服，先是脱了皮夹克，继而又开始脱打底的白T恤，我看着他紧实黝黑的胸腹肌，阵阵发晕。

“你……干什么？”

“车里没有毛巾，将就一下。”他将T恤递过来，撇撇嘴，我看出他是想笑，然后又憋住了。

“不用了。”我扭开脸，看着窗外。

“赶紧擦擦。”他的黑手臂抓着衣服在我面前晃荡，我只好接下来，他又光着上身直接套上自己的皮夹克，拧开空调。

“冷吗？”

“不冷。”实际上我的脚已经冰透了。

“你不冷我冷。”音乐响起时，车子也重新上路，他放的是Louis Armstrong的La Vie En Rose（玫瑰人生）。

我们一言不发地并排坐着，我几次想说什么都无法顺利说出口，好在下着雨，这样的气氛中，沉默变得不那么沉默，并不觉得尴尬。我们行驶了大约三个小时，停在一条火车道旁。说是火车道，其实已经难能窥见轨道的边角，因为两侧生长了大片树木，这些树木又被繁密的藤本植物围裹起来，连什么品类也分辨不出。火车积年累月在其间穿梭，将这里打磨成了一条天然拱形隧道，现在已经入冬，隧道呈现出略有些衰败的青黄色，散发出一种病态的孱弱的美。

我随何仕下车，有些吃力地爬上小坡，走进隧道。若有似无的雨水被枝叶阻挡，渗不进这椭圆形的空间里来，隧道上有许多地方仍是干白色的，像一条条裂纹。我置身在这隧道之中，看着它拐了一个漫长的弯，难以想象我与终点之间很长很长的看不见的距离，竟都是这样美好的。那些被烧掉一半的话飘飘零零落在眼前，被我一一捡起，小声念了出来：

何仕：

你好啊！

一别经年，时在念中。

我该当面向你道歉，而不是写下这封信，我是一个懦夫，这点你最清楚。我做了很多错事、坏事，所以我害怕面对你。你总喜欢向前看，你会教我不要逃避问题，你还会原谅我，我不想被你原谅，这样我才能记得。也别帮我成为什么更好的人，别对我抱有希望，我不想又让你失望，因为我已经彻底修不好了。

你是我最好的朋友，我有好多话想跟你说，但一想到这几年你的处境，又不好意思给你增添烦恼了，还是多说说你吧。那天你等了我多久？发生了什么？怎么从北京回到南京的？脸怎么伤了？又是怎么开起了出租车？现在住在哪？将来怎样打算？这些我都不知道，不过想想，也不必要知道了，别怪我这么说，因为我是来跟你道别的。你总是照顾我，之后的人生没有我拖累，或许你能松一口气，我希望你幸福。说好了去接你的，可是我没做到，歉甚愧甚。

穆远

“你还是喜欢穿白衬衫。”何仕吸吸鼻子，勾住我的肩膀，我碰到他扎实润凉的胳膊，心里突然十分安心，和他并排立着目视前方。

“我以为你又要带我去酒吧。”想起大学时的事，我情不自禁泛起笑意。

“现在我才没那么俗。”

“你看起来强壮了很多。”

“没办法的事，有时候人要顺应环境做出改变。别的还好，你知道那里不让带口琴吗？”他腰背挺得很直，语调也铿锵，仿佛还是一个孟浪的小子。

“嗯？”

他摸出那支旧的生了铜锈的口琴，不锈钢盖板也已经发黄发霉，没想到经它吹出来的声音却仍然响亮清越。他吹了一首长长的生日歌，到末了，我们两个人都泪眼汪汪。

“我说过，下次吹口琴给你听的。”

“雨停了。”

“嗯，雨停了。”

何仕把我送到家的时候，天已经黑透，道了别他又将我叫住，摇下车窗说。

“我不会再照顾你了，穆远，再见。”

“再见。”

我努力抬起胳膊挥手，等我上了楼，从客厅的窗户探看，他仍停在楼下。我再次挥手告别，他这才闪了两下车灯，驶出了视线，当时我并未疑惑，他是怎样得知我家窗朝路边的。从这之后的第三年开始，每年我都会收到何仕从世界各地寄来的明信片，有时候一张，最多的时候五张，每张背后都写着一样的字：向你问好。

“在看什么？”林森摆好碗筷向我走来，我急忙拉上窗帘。

“没什么。”

“那快来吃饭。”她停下脚步折回餐桌，我因为紧张不小心踢翻了垃圾桶，整理时发现了从中掉落的验孕棒，原来林森已经怀孕了。我说不清自己的感觉，很复杂，更多的是想假装什么都没发现，不再提起这件事，可是她又为什么不立刻告诉我这个好消息呢？

“我来收拾吧！”

“不用！已经收拾好了！”我急忙拦住她，将那根验孕棒重新塞回垃圾深处。

“明天我想接修来过周末，可以吗？”林森低着头，来回拨弄碗中的米饭。

“可以啊，当然。”

“你陪我一起？”

“我？我就不去了吧……”想到林老师，我有些发憷。

“你总板着脸，修本来就有些怕你，我在想如果你多主动点会不会好些？”

“对不起，是我还没做好当父亲的准备。”这话我是故意说给她听的，不过她没什么反应。

“给你添麻烦了，我只是随口说说，不去也没关系，以后多的是相处的机会……”她一连说了很多话，为自己提了“过分”的要求而抱歉，我打断她。

“我陪你去。”

修是一个很闷的孩子，无论你抱他或是逗他，他都没什么反应，十分顺从，不显出反感但也不觉得他喜欢这样，这点很像林森。林森去卧室替修整理行李，林老师请我坐下喝茶。

“房子住得习惯？”

“习惯。”

“喝口茶尝尝，这是很好的明前龙井，不是你常能喝到的。”她跷起腿，优雅地捏着青花瓷杯抿了一小口。

“谢谢，我喝水就好。”

“书写得怎样？”

“算不错吧，写到第十五章了。”我有些心虚地答道。

“哦，那很好，我已经联系了出版编辑，这是他的联系方式，不是什么有名的编辑，但我想第一次出书的无名小卒对编辑大概也没得挑。你和他约个时间见见，带上样章。”

“谢谢你，林老师。”她示意我接过便签，可当我真的伸手去接时，她却并不放开。

“不是所有人都能出书，即便出了一本书的人大部分也出不了第二本。林森喜欢你什么我很清楚，不要让她失望，好好写书，也别让我在外人面前丢脸。”

“知道了。”我看得出她根本不在乎我的写作梦想，无论是关心小说进展也好，施压也好，完全是出于令我难堪的目的。她从未觉得我能写出什么像样的东西，从未把我放在眼里，甚至从未把我看做一个有尊严的人类。可我能怎么办？我只有忍气吞声。

“你要记住，虽然我的钱和人脉总要用在女儿身上，但我也不想白白浪费。”

“在聊什么？”林森抱着修走出来。

“没什么，收拾好了吗？我们早点回去吧？”我已经尽力控制自己的情绪，但口气还是无可避免地带了一丝不快。

“嗯，走吧。”

一直到婚礼的前一天，我和林森每天都忙忙碌碌、筋疲力尽。不过我倒有点想让这种劳顿的日子久一点，因为在这段时间里，生活成了一件具象的事，成了一个只要一点点去做就能完成的目标，不似以往那样飘忽、困惑和不确定。

婚礼本身没什么特别，仪式从简进行，人也没请多少。这是我第一次结婚，却丝毫不感到新奇，如果不是余欢突然出现，这件事仿佛就同所有日常一样，只是一件寻常事而已。当我和林森拉着双手相视而立，牧师询问“是否有人反对”时，教堂的大门被轻轻打开了。所有人都回过头去，望着那个被白光包围的看不清的人影，停顿了几秒，人影笔直缓慢地朝我们走来。

灯光逐渐覆盖到人影上，我也看清了余欢的样子。与林森用羽毛装点的端庄长裙不同，她穿了一件极修身的露肩白色礼服，丝质面料反射的光芒十分柔滑，整体剪裁干净利落，优雅大气地露出金三角。她带着凝固的毫无瑕疵的微笑，以及周身那团强大的私有的气场，试图一步一步侵吞整间教堂，她每靠近一点，我都倒吸一口凉气，林森的手指也细细地打起颤来。

余欢在我们面前站定，目不转睛地凝视着我，我的眼睛也似乎被她眼中的某种磁铁吸住，强制着和她对视，全场肃然无声，好像没有一个人在呼吸。一会儿之后，她伸出手，轻轻帮我理了理额前的碎发，动了两下嘴角，却什么都没说，出人意料地转身在一旁的空位上落了座。她刚一坐下，人们就纷纷解了冻，开始低声窃窃私语，扼住我脖子的大手也突然撤去，我得以长吁了一口气。仪式结束所有宾客都跟着我们移到户外，没人注意到余欢一个人静静地留在教堂里，死去了。

据说来之前，余欢在家里预留了一封遗书，这才免去了我的麻烦。那天所有人的注意力都被热闹的婚礼吸引，她的死，我也是回家打开手机才知道的，我收到了一条她发的信息。

“在这个地球上，两个人相遇的几率是一百八十亿分之一，我们至少相爱了一场，或许我该知足，可我偏不，我要以死相搏，换个平手。没忘了大学时死里逃生的那颗香菇吧？不知我这样算不算死得其所？穆远，我要你永远都记得我，永远都亏欠我。”

听说当一只鲸鱼死去时，会花费超过一天的时间慢慢沉入海底，这时其他的所有鱼都会看着它下沉，像看一尊巨大的雕像，像看一栋楼，很慢很慢地下沉。我凝望手机，像望着鲸鱼死去的眼睛，眼泪一滴两滴地砸在屏幕上，心中却出奇的平静。不是预料到余欢的死，而是我知道我的心在今早交换誓言时，就已经被自己亲手埋葬了。我不光想到余欢，想到时夏，我还想到一个一个从我身边经过的女人，她们就像一片片涌动的海浪，被时间推搡着，头也不回地离我远去了。可能就是这样，我们错过，各自爱着别的人，守住偌大世界的一个角落度过余生，能这样或许已经很不错了。选择，从来都不是选择哪一个，而是要放弃剩下所有的。

弗洛伊德曾有一个理论，假如人长久生活在一种无力改变的痛苦之中，就会转而爱上这种痛苦，把其视为一种快乐，以便使自己好过一些。诚然，人是会欺骗自己的动物，过着过着，日子也就过下去了。

酒馆很快开起来，除了偶尔照看严修，安排周末家庭活动，其余的时间我都用来写小说，没想到编辑居然很喜欢。次年秋天，我的书已经到了排版印刷的阶段，林森也临产了。

“我这就要去见编辑，讨论封面，不能陪你吃晚饭，不过一结束我就回来。”

“没关系，离产期还有一周，不用担心我。”

“嗯，手机联系。”

说话间手机响起来，是编辑打来的，他叫萧明。

“我开车了，来接你。”

“不用，别客气。”

“已经在楼下了。”

“那我马上下来，稍等。”

因为对文学相似的喜好和见解，我与萧明的对话总是很投机，他是发自肺腑地向我提出意见，帮忙梳理故事脉络，谈到激动时常挥手划脚，我的情绪被他带动，时有产生一种自己即将一鸣惊人的错觉，后来证明这只是一个不切实际的误会。这本书首印八千册，而我只在发行的头两个星期在书店见过它，恐怕连八百册都未售完就被回收仓库了吧。

我在车上和萧明交谈甚欢，根本没有注意到手机滑进车座缝隙，晚餐时也全然未曾察觉手机的消失。正巧那天下了暴雨，中央路上一条地下桥积水封路，我们因此被困在餐厅直到午夜，那时林淼已经因为早产独自一人在产房生产。

之后我又重复起写书、经营酒馆、照看孩子的日常，接受自己的碌碌无能，对林老师巧言令色的羞辱也习以为常。直到时夏再次出现，我终于被数年来压抑的感情淹没，生活的门重又摇摆不定。我像一个长期处于半饥饿状态的犯人，在垂死的边缘，忽而认为自己还有救，于是奋力迈开营养失调的步子，撑起有气无力的双眼，朝着她的方向，寻找一线生机。

（现今）

“明天能让孩子们睡在你那吗？林淼有场聚会，我们可能回家很晚，林老师那边也有事。”

“当然可以了，要我去接吗？”母亲的声音很热切，可能年纪大了便格外需要亲情。

“不用，我下午三点钟左右把他们送过去，你在家等着就好。”

结婚后，除非必要，我尽量不同母亲联系。十年间，我们的相见都是短暂的碰面，会晤也称不上。我像一个定期来访的邮差，完成接送孩子的任务便马上离开，不做逗留，她也不强求我多待。母亲总是这样，有时我会怀疑她有没有真正在乎过谁。

我远远看着那栋房子，当年的崭新已经无影无踪，灰秃秃的墙色加上一扇扇黑色窗户摞起来的高楼，真像一所监狱，那上百个黑色的洞中有一个关着我的父母。到家里时，父亲还在睡，母亲则精神抖擞地等着我们的到来。

“来啦！”

“奶奶好。”两个孩子都长得很快，母亲已经不用蹲下抱他们了。

“怎么穿得这么少！冷不冷？预报说今晚要下雨的。”母亲嗔怪地看了我一眼，“桌上有奶奶洗好的水果，洗洗手再吃！”

以前觉得很大的房间，现在看又觉得不够宽敞了，屋子里有一股掺了肉桂的骨汤香气。父亲在四年前退了休，不知道他们俩怎样在这小房子里怀揣着各自的心事，四目相对了数十年。

“你想进来吗？”

我没回答，径自换了鞋子，穿过客厅朝卧室里望了一眼，带上门，冲孩子说。

“你们小点声，爷爷在睡觉。”

“没事儿，也该起床了。”

“爸那屋也没开空调，冷不冷？”

“他不冷，客厅暖和就行，怕孩子冷，我已经开了一会儿了，还是有用的吧？跟外面相比？”

“嗯，挺暖和的。”

我搓着手，摘下围巾搭在沙发扶手上，自己也顺势坐下。

“林淼呢？”

“今天晚上要演奏钢琴，说是先去排演了，有模有样的。”

“喝茶吗？”

“别弄了，我这就走。”

“哦。”她还没完全站起身就又坐下去，喃喃应道。“还好吗？累吧？带两个孩子，还有生意要照顾。”

“我倒希望能再累一点，可能会比较容易睡着。”

“失眠了？我这有安神的花茶，给你带上点……”她又起身往厨房走，被我的话拦住了。

“你就能安心睡着吗？这样的日子不难熬？”

“有时候日子过得好，有时候日子过得不好，但这么多日子里总有还行的一天，往后也还会再出现不错的一天，何况我们的年纪，已经是在等着死了。”

我这才注意到她佝偻的背、干枯的手、斑白的发，她拿着花茶回来时冲我笑，脸上的皱褶全部展现出来，像苍老的树。一刹那，我觉得自己和母亲十分相像，都追寻过，失去了，妥协着。我忽然觉得该理解她，不该那样怪她，觉得和她亲近了起来。

“对不起啊，穆远，那时候把你一个人留在北京。”

从母亲那笑着的眼眶中突然流出泪来，流到她略微凹陷的面颊上。我什么也没说，站起来轻轻抱住了她，她已经薄得像张纸了。

晚上林淼穿了一件藕色晚礼服，高开叉侧边像旗袍一样雅致，正面采用兜肚式的设计吊在脖颈上，露出柔白的肩背，尤其是肩头惹人多看，在射灯下微微泛着光，珍珠似的。她的头发一侧别在耳后，一侧半遮眉眼，抿出油亮的光泽来，很是风情。手指在琴键上伶俐跳跃，音符也随之欢快地流泻出来，别人恐怕看不出，但我能从她的一颦一姿中清楚地探到她的害羞、紧张以及自在。我对她的了解胜过任何人，难道这就是我无法爱上她的原因？

她很开心，整个晚上一直在笑，酒也喝得多，手的动作都有些恍惚了，声音却还是那样细柔。

“你能来我太高兴了。”

“你在台上真美。”

说完这句，我竟害羞地红了脸，回想起当年第一次要求和她牵手的情形来。

“嗨呦，大家快看这俩人，结婚这么多年了还腻歪呢！来说说，怎么才能像你们这样恩爱？！”

原来这就是大家眼中的幸福，原来这就是大家羡慕的婚姻。一群人闹哄哄地撺掇我们喝交杯酒，我们不是没喝过，但这一次，我注视着她的眼睛，产生了不一样的心的悸动。

借钱给时夏之后，我跟着张先生进了股市，当然是事先同林淼商量了的，只不过赚到的钱我暗暗扣下了一部分。我没想着堆金积玉，一攒够十万，就谨慎地把所有股票抛售一空，这事就算这么过去了。

距离时夏最后一次离开酒馆已经两年，“如我所愿”，她没有再联系我。我去过她家的那个路口等她，不过一次也没见她从那里出来。有一回第一栋第四排右手边第二个房间亮起了灯，我便急忙跑上去敲门，不过里面的人并不认识时夏，我这才知道她根本不住在这排房子里，她连自己的住址都骗了我。

其间那个曾和她一起出现在酒馆的男人倒是还来过一回，他当时对我说的话到很后来的时候我才明白，但明白和相信是两码事。人们离开的原因有许多种，我更愿意相信时夏的离开是因为她正在经历着什么事，我不是构成这些事的一部分，因此她无法让我参与其中。

“你和我，还有其他不知多少男人对时夏来说都一样，都一样！看见她的第一眼就爱上她，觉得她真迷人，可搞不懂她为什么看起来充满悲伤，你想弄懂她，想拥有她，愿意穷尽一切令她感到幸福，将她拉出水深火热的生活，是不是这样？是不是这样？我也是这样！但我告诉你一个小秘密，她那套情凄意切的把戏，全都是装出来的，她才不会为谁伤心，因为这个女人，根本就没有心！”

男人一口气喝光杯子里的酒，不无得意地看着我，以一种过来人的姿态紫着脸，恼愤得像一颗即将爆炸的烂番茄。

“你喝多了。”

“但我是清醒的，你还醉着。”

第四部分 Part 4

远的身体 近的海

她转过头去，遥望海水，乌亮的眼睛里满是彷徨。我忍不住思考，她从这片大海里看到的，和我从这片大海里看到的，是一样的吗？

1

“下周深圳有场葡萄酒会，这是供应商寄来的邀请函，张先生也去，你要和我一起吧？”

“16号？那天要陪修去写生的，你忘了？” 林淼把给穆莯喂饭的勺子放在一边，望着我。

“让奶奶或者姥姥陪他，两个孩子都大了，离开你几天没什么，听说住的酒店不在市内，在海边，一起去吧？”

“算了，还是你去吧，我不想答应孩子的事情做不到。”她又把邀请函推回来。

“那我也不去了，本来就不怎么喜欢热闹。”

“你去吧，有张先生在，不去不大礼貌，家里有我，放心吧。”

如果林淼答应陪我一起，之后的事情也许就不会发生，一切也都不一样了。

时值盛夏，天气已然是火伞高张，我躲在酒店里不出门，远远观察大海。海浪与海浪相撞，空气的潮味、海水的咸味混合着鱼尸的腐臭在半空中破碎，泡沫炸裂、热浪拍岸的声音不绝于耳。这样生动而浑厚的海与我在台湾所见到的又不一样，但我总觉得不管哪里的海都是悲伤且神秘的，只不过悲伤的方式不同，像女人。我凝望海面，好像可以就这么看下去，永远也不会腻，海的样子，有那么多种，我每种都想记得，然而我每种都失去了。

等到张先生叫我去参加宴会时，我才意识到自己的眼睛已经十分不适，用手掌压着眼眶，把那里挤出的眼泪揉碎在脸颊上。宴会上的人们大多穿着华丽的衣饰，胸针、礼帽、手镯、项链，我平生都没见过这么多亮闪闪的东西齐聚一堂。

“这里的东西真难吃，食材也太糟糕了，别说挪威，就是跟我在日本吃的鱼生都没法比。”

“对啊！我也这么觉得，一会儿还要自己出去找东西吃才行。”

说这话的男人刚刚才狼吞虎咽地往嘴里塞了好些三文鱼卷，不光看起来十分享受，而且食量颇大，估计趁人不注意，他还要再偷偷吃几片才能过瘾。在吃上面外行没什么，我猜他是不想让人觉得他没见过世面。

这里的女招待都穿着一样的黑色连体比基尼，光脚端着酒走来走去。我被张先生拉去同各色“贵人”应酬，从她们手中接过一杯又一杯酒，心里只希望早点脱身去海边走走。等我逃到沙滩时天已经黑了，我脱下皮鞋拎在手里，脚底的沙子还留有太阳的余温。不远处，借着灯光可以看到一位女招待的黑色身影，她在这里抽烟偷懒。

我并不是有意向她靠近，只不过随着脚步慢慢向前走而已，但我越是走近她，心跳越是剧烈。海风经过她吹到我这里来，我又闻到了那熟悉的气味，她长长吸了一口烟，火光映红她的脸，真的是时夏！我的双脚突然肿痛，稍一走路就觉得气喘，我停在原地，不再前进了。理智劝告我应该马上离开，立即消失，可是我被迷住了，我的身体已经被她劫持，宁愿冒险留在现场，冒着被她摧毁的风险。

这时有位年长的女人走到时夏身边同她谈话，具体说了什么，一开始我不太能听得清，但到后来两人大声争吵起来。

“为什么又分手？你就没想过在一个人身边安定下来吗？”

“我的分手和你的分手不一样！我和你也不一样！你凭什么以为我没想过？”

“你什么时候才能不把每件事都拿来和我比较，作为证明你和我不同的机会？”

“你以为你是谁？这压根也不需要证明！你从没尽过母亲的职责，一辈子就只懂在无数男人间周旋，这么多年除了向我要钱你还做了什么？现在跑来对我指手画脚？我不指望你能理解我，只是别来管我了好吗？”

“你怎么能这么说？”

“请你走，我不想再见你。”

说完时夏转身朝我这边走来，路过我身边的时候她愣了一下，显然有些吃惊，不过她没说什么就继续向前走了，我鬼使神差地跟在她身后，走了很远，最终停在一堆未燃尽的篝火旁，看来在这里热闹过的人刚离开不久。

她坐下来，出神地望着火苗的形状。这篝火是捡了附近的漂流木烧起来的，何况已经烧剩，没撑多久就熄灭了，海风一吹，我的胳膊上泛起了鸡皮疙瘩。

“冷吗？”我还是第一次见她穿得这么少，不禁三番五次地瞥向她优美的身体曲线以及散发出性感光泽的小麦色肌肤。

“我最不怕冷。”

“是……倒也是。”

一阵沉默，我挖空心思想找些能聊下去的话题。

“我其实出过一本书，你有听说？” 我心里期盼着她暗中了解过我的情况。

“《夜色》？写得挺好，我喜欢里面的廖威。”

“你……看了？”已经坍塌的前路被重新劈开，空气忽然变得又浓又稠，像一锅煮过了头的热粥。我处在深深的震惊之中，被胶凝住了脑袋。

她没答话，因为这根本没什么好答的，当然看过了，我真蠢。我尴尬地笑笑，将脚埋进沙子堆，转开话题。

“如果以后能去个什么地方养老，你最想去哪里？”

“没想过，你呢？想去哪？”她托着腮，神情似一个少女。

“安塔利亚，土耳其的一座小镇，在一圈雪山窝窝里，或者去北加州，那边有个叫博得加湾的水边小镇，特别安静。”

“你怎么知道？”

“书上看来的，你想去吗？我想带你去。”

“你什么时候去？”

“不知道，可能我也去不了，但我有种感觉，如果我能去，就一定是跟你一起。”

“这里从不下雪，好想看场雪。”

她转过头去，遥望海水，乌亮的眼睛里满是彷徨。我忍不住思考，她从这片大海里看到的，和我从这片大海里看到的，是一样的吗？

“你知道平行世界吗？是理论物理学的一个假说。如果你能够穿梭时空回到过去，并在过去做出不同的选择，那么你的未来也将变得不同。但这个不同的未来并不影响现在行进着的未来，它是从世界分离出去的另外一个平行空间，你将同时拥有两个共存的未来。倘若我有机会回到过去，我就答应你。”

"答应我？"

"你不是问过我如果有天你离开了，我会不会跟你走？但凡有机会让我回到那天，我都会毫不犹豫地跟你走。"

时夏穿透黑暗凝视我，仿佛我眼中含着刚刚那团篝火，我从未这样坦率地与她对视过。她目光滚烫，在质问我为什么不抱住她吻住她，我再也顾不上什么理智什么道德，我已然情令智昏了。我将她推倒在沙滩上，疯狂亲吻，汗水和沙砾把我们黏在一起。我突然冒出一个念头，如果现在海浪扑来将我们一起抓进海里就好了，那样我们就能永远这么快乐地在一起。快乐与羞耻是分不开的，越是绝望的快感，越是令人感到羞耻。无论什么时候我想起这个夜晚，都仍觉得脸红心跳，因为它太浪漫、太刺激、太不像我能拥有的了。

我们仰躺在沙滩上拉着手，我自顾自开心地傻笑起来。

"你怎么会来这？"

"我的钱就快攒够了。"

"嗯？"

"我要去法国。"

"学西点？"我想起幼年时她曾说过的话，以及几次偶遇她抱着外文书的情形。

"你怎么知道？"她吃惊地转过头来。

"你的事，我一件也忘不掉。"

时夏害羞地低下头，很不像她。"你也觉得我不该去吧？这把年纪了。"

"这种事，没有早晚的。"我认真地看着她，想尽量给予她一些支持。

"我查了，雅思考到 5.5，完成全部西点和西餐课程的学费大概是七万四千欧元，不算生活费。”

“数目不小呢。”

“这是我爸的愿望，他在我十岁那年上吊自杀了。”

“对不起。”

“没什么，二十多年过去了。”

“要学多久？”

“十八个月。”

“唔，那可真久，恐怕会很孤单。”

“我早就习惯了，我已经很长一段时间没有关心的人了。”

“我是说我，我会很孤单。”

“走吧，让我好好看看你。”

“去哪？”

“你住哪？”

时夏跟我回了酒店，她将我安置在窗边墨色的麂皮沙发上。从额角开始，逐一亲吻我的眉毛、眼睛、耳朵……我觉得不好意思，她拨开我遮掩的手，抬起头命令般望着我，贴近了我。我遥望窗外黑黢黢的大海，波涛上下翻涌，当海面平静下来，就成为了一块被水洗过的黑板，一片漆沉地嵌在沙地上。

她一丝不挂便坐到窗台上去，佝偻着背，缩起一只脚，从包里摸出一瓶指甲油涂起脚趾甲来，我仔细看她弓起的脊骨，透过后背皮肤一颗颗清晰地显现出来。我伸手远远地描她的影子，想象自己已经触到那细滑的肌肤，想象我们已经这样在一起生活了很久。她没征兆地开口说话，惊得我把手缩了回来。

“你做过最坏的事是什么？”

“可能……就是这件事，你呢？”

“我做过太多坏事了。”

“不知道为什么，我觉得我就是喜欢你身上的那点儿坏。”

时夏点起一根烟，抽了两口递过来，这是我第二次抽烟，仍不能适应辛辣的烟油味，被呛得咳了好一会儿，咳嗽中我说。

“跟我回南京吧？”

“不会抽就别抽了。”她垂着眼睛将烟从我手里捏了回去。

“好吗？”我站到她面前，恳求地拉住她的手。

“我们不会有结果的，你该好好和家人在一起。”

“一定会有解决办法的。”

“你要离婚？”

“我……我还没有想到那一步，但我只想和你在一起，再也不要分开了。”

“早点睡吧。”她掐灭了烟，也掐断了话。

在深圳的三天，她一直住在我房间里，每晚我躺在她身旁，都在想怎样才能永远拥有她，苦瞪着双眼，无法入睡。她睡觉的时候喜欢贴着人，有时还要拉我的手，以至于后来时夏不在了，我仍会在被子里伸手找她。她还喜欢踢被子，每当这时我就起来重新将被子盖到她身上，将被头拉起，塞到她下巴底下，盖得严严实实的。我意识到，从前都是林淼对我做这种动作的。

我已经和林淼结婚十几年，家里的积蓄是两张五十万的银行卡，我和她一人保管一张。离开深圳之前我在时夏的口袋里留下了我保管的那张，这是我一下能拿出的所有钱，虽然不够负担她的全部学费和生活费，但我想不到其他能为她做的了。至于怎样同林淼交代，我还没想好，只盘算着或许我可以再次通过股市将这笔钱填补回来。

“你回来了。”没等林淼走到玄关，我就已经自己换好了鞋，往卧室走。

“嗯。”

“酒会好玩吗？”

“没什么好玩的，孩子们都还好？”

“嗯，都很好。修的画你想看看吗？”

“下次再看吧，我累了，想去休息一下。”

“好，那晚上想吃什么，我做点合口味的。”

“你能不能别说话了，让我休息。”

林淼顺从地不再说话，轻轻捡走地上的脏衣服，帮我拉上窗帘，在床头放了杯柠檬水。我是有些累，但也没累到连句话都说不成的地步，我只是不知道该如何面对林淼，一看见她，我便心生愧疚，厌弃自己是个可耻的混蛋，可又忍不住不去想时夏。因为控制不住自己的情绪而恼羞成怒，将长久以来窝藏在心中的失败、懦弱、自怨自艾，以及对现实的无能为力，甚至清晨起床后的头痛全都归咎在林淼身上。如果不是她，如果不是她可恶的母亲，我就还是自由的，是拥有一切可能的。

晚饭时，林淼做了满当当的一桌菜，我一直很纳闷，她是怎样做到烧菜时让屋里一点油烟都没有的。就像她的脸，永远那么洁净，洁净得苍白，显得病态。

“多吃点。”她不断帮我夹菜。

“妈妈做了这么多好吃的，你们也多吃点，和爸爸比一比。”我点点头，朝向两个孩子说话。

“马上就要暑假了。”

“是啊，都已经六月了。”如果林淼不提起，我还压根没注意到这点。

“说好了今年带他们俩去度假的，我几天前问了，他们说想去马尔代夫，可以吗？”

“可以啊，那就去马尔代夫吧。”

或许这是一个交换的好时机，我心里暗暗想。

“张先生说最近股市很红，我虽然不太懂，但我想他不会害我们，就没跟你商量，投了些钱进去。”我装得十分淡然，对能赚钱这件事胸有成竹。

“哦，生意上的事你不用跟我商量的。”

“毕竟不是小数目，这次买了一百万进去，我这只有五十万，从张先生那里借了五十万，你那张卡……能用来先还上？也不好一直欠了人家的……”我担心她看出我眼睛的老毛病，低着头端起碗来喝汤，那一口太猛，烫得我牙龈都起了皮。

“一会儿我就拿给你，好吗？”

“嗯，也没那么着急，明天也行。”我疼得倒吸着气。

“还是尽快还了比较好。”说完，她又朝我碗里夹了几块肉。

第二天我一早就把张先生约在酒馆。

“我这儿有些钱，能麻烦你帮我投到股市里？”

“最近不怎么景气啊，过段时间吧。”

“这么差？”

“你小子，急着用钱？”他若有所思地打量我，我没说话，算是默认了。

“那好吧，但我不保证能赚多少喔。”

“自然，谢谢你。中午在我这吃吧？”

“我约了人，这就要走，改天。”

没想到张先生走了不多久，时夏找上门来。这次她穿得不像之前那样贵气，但仍旧相当入时，上身黑色中袖短衫，下身配一条黑绸过膝高开衩裙，内衬镂空蕾丝，似遮非遮地露出大腿。

“你怎么来了？我真开心！”我急忙从柜台里绕出来伸出手抱她，想了一下又把手收了回去。

“还你。”她掏出我留下的银行卡塞进我口袋里。

“你留着，你不是需要用钱？”我又拿出来推回给她。

“这样你就好受了？”

“什么？”

“无法面对妻子，良心备受谴责，所以才给我钱吧？不能给予承诺，又想对这具身体保持占有，所以才给我钱吧？反正花了钱，关系就能算清了。其实不用的，我本来也没认真，只当是成年人之间的消遣，我就是这种女人，你太紧张了。”

“我只是想帮你……”

“我先走了。”

“你就一点也不在乎我吗！”

我们隔着沉默站了漫长的几秒，那沉默就像细细的粉末，悄然飘浮在空中，它们若落进我瑟瑟发抖的心中世界，那儿便会顷刻崩塌。终于时夏微微笑笑，转身离开了。

我在酒馆喝了很多酒，回家倒头便睡，醒来时发现哪里亮着蓝莹莹的光，原来林淼还没睡，正坐在电脑前。眼睛逐渐从迷蒙中恢复，慢慢聚焦，她居然在看我的书稿，我气得直蹿起来拔掉电源，想一想，我还从未在她面前这样失态过。

“这是还没完成的初稿！谁让你看的！谁允许的！”

“对……对不起，你从不跟我提起，我……我就是关心你的小说怎样了……”她显然是被吓到，想靠近又不敢靠近我，双手支在空中，眼泪簌簌地滚落下来。

“谁要你关心啊！假惺惺！别以为我不知道，你和你妈一样！都等着看我的笑话呢！”

“对不起，对不起，对不起，我不看了，我再也不看了，你别生气。”

我甩开她的手，连鞋也没穿就跑出门去，不过没跑多远我就后悔了。冷风将我吹醒过来，时间大概是凌晨三点，虽然是夏天，但也冻得我直打哆嗦，我本来就不擅长运动，加上宿醉，现在头痛欲裂，想回家，又不好意思这么快回去。

硬着头皮又跑了几步，牙齿便开始打战，虽然冷却又觉得脊背发汗，头皮深处的发根发出被铲除般的痛叫，眼皮变得沉重滚烫，靛青色的空气蒙上了一片白花花的纸屑，越来越看不清了。我擦了一把鼻涕，耳朵被气堵住，这下整颗脑袋都轰鸣起来，像有只飞蛾在里面四处乱撞，我被撞得昏天黑地，一头栽了下去。

2

“穆远？穆远！你终于醒了，太好了……护士小姐！……”林淼手忙脚乱地按下床头的呼叫铃，护士很快便赶来了。

“醒了，有没有哪里不舒服？”

“头还有点晕。”我扶着额头坐起来。

“这是正常的，多休息休息就好了。”

“他没事吧？有什么要注意的吗？”林淼问。

“我没事，大概是宿醉的原因。”我插嘴道。

“是恐慌症……发生严重影响生活的变故、失去重要的人或者心理压力过大都有可能导致恐慌症发作。这跟生物机能失调有关，不用太担心，以后多注意就行了，休息休息就可以出院。”

我自觉心虚，不知该说什么，无意义地摆弄起手指。林淼试探着摸过来，将手搭在我的手背上，停下我的动作。她看着我，好一会儿才开口说话。

“其实……当你第一本书不了了之的时候我松了一口气，或者说有些庆幸，对不起我这样说。我当然是为你难过的，因为我知道你付出了多少努力，写作对你有多重要，但我很怕，怕你一旦收获了成功就会开始不满于现在的生活。我身体里阴暗的，自私的一小部分甚至忍不住希望你就此放弃写作，也许这样你就能安心地跟我和孩子生活下去。我一直都想和你道歉的，真的对不起，我错了。”

我突然也想向她坦诚，坦诚我出了轨，和别的女人好上了，坦诚我的恐慌症并不是她的过错，不过那些话畏畏缩缩、时进时退，不肯顺利地从嘴巴里跑出来。

“不急着出院，你多休息一会儿，我去给你准备些吃的。”

在林淼即将走出视线时，我的话突然脱口而出。

“我和别人在一起了……”

她顿了顿，什么也没说，连头也没回，走出病房去了。虽然明知她不是那种人，但我还是由衷希望她能大吵大闹地打骂我一顿，或者干脆同我离婚，一了百了。想完又立刻觉得自己可笑，自己都没有勇气，凭什么指望别人有呢？

摸出手机，前思后想还是拨通了时夏的电话，没想到她很快就接了。

“喂。”

“喂喂，是我。”

“怎么了？”

“我在医院，我想见你。”

“我去不了。”

“我们的事，我跟她坦白了，而且我生了病，很严重的病，你就来看我一下，行吗？”

电话那头沉默了良久才终于答应，我开心极了，之前的头痛全部消失不见，一心盼望她来。

“怎么一天不见，住到这里来了？”时夏环顾四周，确认没人才将水果放下。

“你坐，坐这儿。”我拍拍床边，让她离我近一些。

“什么病？”

“相思病。”

“无聊。”她将脸扭向一边。

“真的！不信问医生，医生说是恐慌症，不就是因为你那样决然地走掉，我才昏倒的。”我没想过自己竟也能说出这种肉麻话。

“那恐怕以后你是要长睡不起了。”她被自己逗乐，偷笑起来。

“拿着。”正巧林淼将我的外套也带了来，我从那里又掏出卡交给时夏。“可别再让我昏倒了，滋味真不好受。”

见她没动作，我硬是把卡塞进她手心里，又帮她握起来。

“去了法国别把我忘了。”

她转头看向窗外，我也转过去，并没发现什么值得注意的事物。

“从这儿飞过去，恐怕要很久吧？十几个小时？”

“这钱算我借的，和之前那十万一起，都会还你的。”

“我等你回来，到那时候，说什么都不和你分开了。”

“以后的事，以后再说吧。”

“有朋友来啦。”林淼笑容可掬，拎着水果和保温盒走进病房，时夏马上站起来。

“这是我妻子林淼，这是我……这是时夏。”

“你好，我很少见到穆远的朋友呢，能见到你真高兴。”

“你好，我还有点事，就不多打扰了。”

“多坐一会儿吧，我才刚来呢。嗳？你也带了水果，看来我多余买了的。”林淼放下手里的东西，着手整理并不需要整理的床铺，看上去很忙碌。

“慢慢吃嘛，我真的要走了，下次见。”

“那好吧，有机会能请你到我家做客吗？”

“有机会吧。”

时夏瞥了我一眼，摇摇手走了，我的手也跃跃欲试想同她告别，可最终也没勇气抬起来，我太心虚了。林淼细心地帮我垫好餐巾，然后打开饭盒慢条斯理地喂饭给我，没有露出一丝不悦，我有点怀疑早上我是不是真的说出了那句话，或是她压根没有听见。我深吸一口气，将感情的块体推往身体深处，打算冷静地和她再聊聊这件事，却被她抢先一步说话。

“哦对了，有件有趣的事，想和你说。”

“什么事？”

她想了一会儿说：“……忘了，我要说什么来着？明明刚才就在嘴边，怎么突然就忘了，怎么忘了呢？”

“你还好吗？”我去握她的手，因为碰到我没戴戒指的无名指，她的手指神经质地抖了一下，我急忙又缩回手来。

“没关系，我也常常忘戴的，戴久了不舒服，总要松口气嘛。”林淼重新拉住我的手，用大拇指来回摩挲，眼怀期盼地望着我：“吃完饭就跟我回家吧？”

那段时间林淼变得神思恍惚，不爱讲话，时常咬指甲。她记错家长会时间，烤煳面包，家里也相继出现被遗忘的灰尘死角……每当我显露出想要的和她“谈谈”的迹象，她便立刻岔开话题。

七月，我们一家出发去了马尔代夫，刚下飞机就要转船去南马累环礁，那种船在当地被叫作 Beeboat，很小，载客量是六到十个人，并且十分颠簸。可能是因为新鲜感，两个孩子没觉得多大不适，反倒是林淼晕船得厉害，一直干呕。

我牢牢握住桅杆，揽着孩子，全心感受每一片海浪的冲击。它们一次又一次迅猛有力地将船撬起，这么轻小的船几乎是在浪尖上跳着行进，令我想起年幼时常玩的飘石子。我们行船路过积雨云，头顶下了五分钟的雨，海面不时掠过成群的白色水母，我被大海深处的黑暗景色所吸引，同时又感到畏惧，几次想站起来眺望都没能成功。

小岛边缘向外伸出许多栈桥，像许多小爪子，每条栈桥的尽头都连接着一所木屋，我们就住在那里，住在蓝色大海最浅的地方。林淼一直休息到晚上才稍微回过神，这里米珠薪桂，我们两个大人两个小人简简单单一顿晚餐竟花费一百二十美金，我和林淼一同抱怨选错了地方，气氛竟意外地缓和下来。

“爸爸，有乌鸦！”

两只乌鸦在偷餐盘里的饼干，它们将饼干叠摞到一起，一次性搬走最多的分量，看来是两位终日与游客打交道的老手了。

“你们知道吗，在北欧神话里乌鸦是思想和记忆的化身。所有天神的老大奥丁对天下的事情无所不知，就是因为有两只乌鸦每天帮他巡视天下。”我揉着穆莯的小脑袋，她已经初长成一个小姑娘了。

“是这两只吗？”

“那可说不准。”

“乌鸦是终生一夫一妻的，只要在一起了就会在一起一辈子。”林淼遥望乌鸦飞走的方向，跟着说。

我们落脚的酒店只有十所木屋，每所木屋都拥有一小片海域和沙滩，因为带着孩子，所以除了散步，其他时间我们都在自己的小房子周围活动，然而还是没能避免意外的发生。

浮潜是在规定的区域内进行的活动，足可以兼顾一旁沙滩上玩耍的孩子，目测了可能性之后，我和林淼才决定下海。我流连于绚丽的珊瑚，成群的游鱼，手臂上摇动的粼粼波光，拉着林淼浮于水面，缓慢向海洋深处靠近。不消二十分钟，我们便游到了安全线的边界，安全线以外珊瑚完全消失，那是一片无边无际的蓝，由浅及深，没有尽头。

我站在最后一株珊瑚上朝脚下望，与其说是站倒莫如说是悬于其上，那株珊瑚俨然成了一块高耸的峭壁，延伸到看不见的地方，大概三米开外处就变作漆黑一团，脚下的白珊瑚似是凭空立在海中央的。倏忽间身旁一阵蓝黄相间的海葵鱼快速掠过，有几只甚至慌不择路地撞到了我，仔细看才发现它们是追随一只暗色苏梅濑鱼向深处游去了，那只青灰色濑鱼虽体型巨大，却与海色浑然一体，难以察觉。那些鱼一条条离去，像一颗颗黯淡下去的星星，消失在森凉的黑暗之中。

它们究竟要游去哪里？前方神秘的深处又藏着什么呢？我害怕被那黑暗吞噬，又没来由地被其深深吸引，不由自主想跟上去看看。手脚轻轻划动，一个连自己都没意识到的小动作便令整个人在一瞬间飞出老远，停在一片虚无之上。有声音正呼唤着我，如果我想听清它说了什么，就必须昭示出真实的自己，摧毁多年来我精心维持的表象，沉入水底，拥抱黑暗。只有这样我才能感受到内心真正的欲望，只有彻底自我放弃，才能得到全然的清醒。

我将抖抖索索的双手在自己面前摊开，它们的发抖不是因为害怕而是因为激动。脱下脚蹼，脚蹼升上水面，摘掉面镜，眼睛艰涩而清晰，然后脱下救生衣，并在身体下沉时吐出呼吸管，我毫无防护地任由自己向最黑暗处下沉，如同一只光溜溜的新生的鱼。我当然听不到林淼水下的惊恐，我早已经沉沦了，直到她将我拖出水面，我才意识到自己差点因此死掉，可回想起来，又说不出自己为什么这样做。

与此同时，教练在不远处招手，一是告诫我们退回安全线，二是穆菻出了事。她不慎摔倒，磕破了脑袋，低血容量性休克，需要立刻输血。加之我刚刚的“自杀”行为，林淼一时难以承受，晕了过去。我和教练一人一边扶着她游向沙滩，因为穿着救生衣，她软软的身体轻飘飘地浮起来，像一大片湿透的海带。如果她就这样不再醒来，生活会变成什么样子呢？快到岸时水变得很浅，我只好站起来背着她走，刚刚丢掉了脚蹼，现在走得艰难，脚底疼痛难忍，小腿也被珊瑚和碎贝壳刮出许多伤口。

抢救的过程十分匆忙和慌张，所有人一下子全涌入手术室，嘈杂的走廊突然安静下来，只剩我独自被留在门口等候。有个瞬间我仿佛变成了这个医院的一部分，像一张椅子或者一面墙壁那样，一动不动地呆愣住了，整个人都失去了着落，沉陷于一种半混沌的状态之中。缓了一会儿，我不得不坐下用手拖住变得笨重的脑袋，才能勉强进行思考。虽然医生已经提前告诉我母女两人都没什么大碍，可我仍然不放心，那种患得患失的担心是无法被说服和安慰的，一定要亲眼看见她们安然无恙才能停止胡思乱想。如果林淼真的发生了什么不测，生活会变成什么样子呢？刺目的阳光透过玻璃窗直射脚边的地面，似有一团看不见的火焰异常沉静地烧灼着，沉静得令人痛苦。

我顾不上国际漫游摸出电话，拨通了时夏的号码。

“嘟，嘟……您好，我是时夏，现在不太方便，有事请留言。”

“是我，我是……穆远，我知道你很忙，也记得你说……说我度假期间不要和你联系，可是……我现在很难过，很想……听听你的声音，现在……听到了，那……就这样……不用劳心回复，再见。”

挂断电话，我脑中突然闪过一个念头，一个可耻、疯狂而又令我振奋的念头。如果……如果林淼就此一睡不醒，不是正好吗？这样一来我是不是就可以抹去对她的歉疚？我的婚外之情是不是就不用躲藏？这样一来，我跟时夏终于可以顺理成章地在一起了。想到这里，一股刺鼻的嫌恶之情从胸腔翻涌上来。我摇醒自己，按住抖瑟的双腿，调整歪斜的眼睛。我知道我只是试图用另外的方式劝慰自己去接受最坏的情况，并不是真心这么想，可还是忍不住干呕起来，我对自己感到恶心。

“妈和妹怎么样？你也不舒服吗？爸？”

“啊？哦，你怎么来了？”我努力摆出一副父亲的神情。

“她们还好吗？”严修背对阳光立着，阴影中的脸微微颤抖。

“没事了，你先回去休息吧。”我捏住他的手摇动两下，他的手已经长得很大，像一个男人的手了。这时他突然大哭起来，他的脸因为害怕而扭曲，又像哭又像笑，拱着肩趴在我身上央求。

“我不是有意要害穆菻的！我没想到会这么严重，没想到妈也会晕倒！穆菻总在你们背后说我没人疼，说我不是你亲生的，刚刚她又这样说！她说得对，她说得对所以我才气！就连我住院你都没有留下来，也从没关心过我，所以我推了她，我想着要是她死了就好了，要是她死了就再也没人提醒我这件事了……但我没有真的想让她死，我好害怕，好后悔，我错了！我知道错了！你能不能原谅我？你能不能帮我劝妈？我马上就上大学了，我可以走得远远的，离开这个家！但你们别不要我，行不行？”

“好了好了好了，别哭了别哭，不是你的错，是我的错，是爸爸的错。既然当时想让我留下来，干吗逞强不说？傻不傻？别害怕，没人会不要你，你是我的儿子，无论什么时候都是我儿子，别哭了，好吗？”我捧着他伤心的脸，眼睛里看到的却是我潜藏在自己心中的那个二十出头就被赶出家门的男孩，我来回重复着这几句话安慰他，他终于放缓了呼吸，虽然仍哆嗦着抽气，但已经渐渐平静下来。能这样就好了，如果当年父亲也能对我这样，也许一切都会比现在好的。

“好孩子，乖孩子，慢慢呼吸，对，慢慢地……听爸爸的，你现在回去冲个澡，好好休息一下，妈妈这边交给我，什么事都不会改变的。相信我，好吗？”

严修刚走，医生已经悄无声息地站到我身边了。

“先生,您好,您太太已经醒了,女儿也没有危险,不用太担心。”

“嗯，谢谢你！”我激动地握住医生的手。

“还要告诉您一个好消息，您太太怀孕了。”

“怀孕？我太太？这个年纪？”

“是的，大概两个月了，恭喜。”

“谢……谢谢……”

在这种情况下，我就无法向林淼提出离婚了，这居然是我得知自己要真正当上爸爸时的第一反应。我理了理头发，把藏在那里的思绪也一并理了理，怀着复杂的心情推开了房门。

“怎么样？”

“我没事，穆莯呢？”

“她也没事，你安心休息，这是她的诊断书，没什么大问题。”

“你刚刚为什么那么做？”

“嗯？”

“我不明白，我以为这几天我们玩得很开心，和我在一起就这么难以忍受？难忍到你情愿去死？”

“那不是因为你，我也不知道自己当时在做什么。”

“你告诉我，你和她在一起快乐吗？”

“谁？”

“这段时间，想到你……我真的好痛苦。” 她一点一点拂去我额上的汗珠，细慢地说话，语调中满是酸楚。

“我这辈子好像从没被谁选中过，没被谁从心眼里爱过，抱着希望被认可的心情，拼命打理家事，拼命不让你感到心烦，拼命做一切可能向你靠近的事。在爱这件事上，我少了点天分，所以才加倍努力，可是没用啊，爱情果然不是靠努力就可以赢来的东西，一直爱着一个不爱自己的人，太难了……我从小就喜欢你，可又能怎么办？你一点儿也不喜欢我。‘她’一定很幸福，被爱着的人，真好啊！

“为了推倒而精心排列的多米诺骨牌有意义吗？明知最终会分开还要结合的婚姻……有意义吗？我刚刚想通了，算了……我爱过你，不想再爱了。我说过我是不会忘记你的，但我希望你忘了我，忘了我曾经那么卑微地存在过。”

林淼那只为我擦汗的手像受过伤的小鸟，耗尽了力气跌落在我的手背上，另一只手则钻进我的手心里，她深情地凝望着我，眼泪大颗大颗滚落下来。

“穆远，我们无法拯救彼此，我们只能拯救自己，和我离婚吧。”

“你怀孕了。”

暮风之后，天上的一抹晚霞，血红血红的，冷凝在那里，一动也不动了。

3

我和林淼没有离婚，回南京后为了不影响孩子们的生活，我们甚至仍睡在一张床上。虽然睡在一张床上，但彼此之间严格保持距离，我们两人心里都清楚，这场婚姻只剩下残喘的空壳，早已经名存实亡了。

经过这么一番折腾，加之林淼的身孕，我回来后没有联系时夏，就算只是在脑袋中闪过念头，也觉得十分羞愧。可我不联系她，她也并不主动联系我，这样子过了半月有余，我开始觉得生气了，我要拿出点男人的气魄来给她看看，这一次我是绝不会先联系她的！

有时我感到孤独难熬，连书也看不进去，便一小时又一个小时地坐在屋里发愣，双眼死瞪着时钟，陷入极大的悲苦之中，越是想着不能同她联系，越是心痒难忍。没过两天，我就约了她见面。这气是跟自己赌的，最终还要向自己缴械，仿佛自始至终都是我一个人的多情。

时夏把我约在紫峰下面的星巴克，她说她时间不多，只能陪我稍微聊聊，怎样的聊法才叫稍微聊聊？去咖啡馆的路上我一直考虑着这个无聊的问题。她着了淡妆，口红也没涂，上身一件收腰双排扣的白色小西服，下身黑格纹超短多褶蓬裙，光着双腿配一双半高跟黑短靴，头发拢也不拢地直接散下来，垂到她伏案的桌子上，本子上密密麻麻的法文说明她已经在这里很久了。

“嘿。”

“不知道你什么时候到，就没帮你点，怕凉了。”她放下手中的钢笔，抿了一小口咖啡。

“没关系，我本来也不怎么喝咖啡，容易胃疼。”

“哦。”她点着头，靠在椅背上伸了个懒腰。“终于课间休息啦。”

“你来很久了？”

“我一下午都在这。你怎么这么快就回来了？不多玩几天？”

“快吗？我已经回来有些日子了。”

“好吧，找我有事？”

“没什么事，就想看看你在忙些什么。”我嗔怪着，又不敢太明显，怕惹得她不高兴。

“喏，就这些咯。”她将面前的那摞书朝我手边一推。

“我给你打过电话，你也没回复。”

“功课很多嘛。”

“想我了吗？”

“这么多人呢。”我伸出去的手被她躲开，没着没落地停在半空。

“我想你。”

“那干吗不和我联系？”

“我觉得你也该抽空想想我，如果都只是我一个人空想，只是我一个人要见你、联系你，还有什么意思呢？”这次她没躲开，让我握住了她的手。

“太小孩子气了。”咖啡杯一直在时夏手中左右辗转，这会儿杯子被晾在一旁。“时间差不多了，我要做功课了。”

“就不能多陪我一会儿？”我抢过她手边的书。一见到她，我仿佛就丢掉了自己的年龄，总能做出与身份不相宜的事情来。

“除了英语我还要考法语，压力很大。”她虽这么说，却没有把书要回去的意思。

“可我们都这么久没见了，多陪我一会儿，求求你了。”

“你想的话可以继续待在这里。”

“好不容易才见上一面，我不光要看你，还要抱你亲你！”我厚着脸皮站起来，打算凑到时夏身边坐下，谁想到正巧撞到旁人，他手中的咖啡一滴不剩地浇泼在我身上。

“这下好了,你只能回家了。”时夏抱起两只胳膊,咯咯笑起来。

“还有一个办法！跟我来。”

“你说什么办法？”

我没答她，一把抱起桌上的书，拉着她跑了出去。

“楼上就是洲际，我们开间房把衣服洗了，晾干了再出去，你还可以在酒店里看书，多好！”话是这么说，但我们心里都清楚，在酒店的房间里怎么可能看书？

“要一间大床房！”我心急得要命，语速飞快，后来想想，我竟一点儿都记不起那前台长成什么样子，甚至连她的味道都没注意。

“先生，不好意思，大床房已经订完了。”

“那有什么？高级房？景观房？有什么是空的就要那间好了。”

“先生，我们还剩几间豪华湖景套了，您要订吗？”

“好好，就那间，马上帮我订吧。”不觉间我多了许多小动作，舔嘴巴，手指不停催促吧台，眼睛天上地下地四处乱看，一刻不闲。

“好的先生，请稍等，一晚吗？”

“先一晚吧。”

“先生，费用是 3580 元，包含了增值税、住房服务费还有自助早餐。您是现金还是刷卡？”

“现金。”

今天出门时发现了没带卡包，想着钱包里的钱足够应付咖啡和晚餐便没折回去取。我将钱包里所有的钱倾数掏出，结果才只有两千多块，这下可出了丑。我尴尬地立在那里，把钱默默塞回去，正打算解释，时夏已经递出一张卡来。

“还是刷卡吧。”

虽然丢了脸，但我心里涌起一阵又一阵快乐的波浪，散发出甜蜜的香味。因为她选择付钱，而不是就此作罢，这说明有那么一部分时夏是想同我在一起的，她也是有点儿喜欢我的。她总是这样轻而易举地就让我体会到幸福感，然而我太迫切，以至于忘了幸福感并不是幸福。

怎样拿了房卡、按下电梯，又是怎样开了门我都全然不记得，我身心之内与之外都只有时夏一个人，旁的什么也顾不得。一进门我便将她吻在墙上，头死死抵住她的胸口，真希望就这样直接钻到她心里去。我不知疲倦地问她想不想，她说想，问她喜不喜欢，她说喜欢……然而她从不说想什么，我也从不清楚她喜欢的是我这个人还是现在做的这件事。在我们相拥颤抖的最后一刻，我忽然间极其切近地感觉到了死的存在，脑中碎满雪片，周遭的世界死一般寂静，死一般泥足深陷，死一般不可挽回。

我紧紧抱着她，如同抱着致命的欲望，不管我怎样用力，我都无法完全拥有她，不管我们在一起多少次，她都仍然不属于我。我拼了命想要打破这种无力感，于是一而再再而三地索求她，直到筋疲力尽。

她的指甲是精心打磨过的，晶莹剔亮，春葱似的雪白手指轻撩发丝，让莹白的耳垂露在发外，我冲着那透亮的柔软的耳垂吹气，她痒得缩成一团，然后笑吟吟地揉我的脸。

“这位先生，你一点儿也不像你了。”

“我也不知道和你在一起时我是谁，好像什么事都干得出来。不知道是拥有你的时候我才变完整了，还是离开你的时候我才重新是完整的自己。”

时夏温柔地笑笑，拱到我怀里缩着。

“天都黑了，还不去洗衣服？”

“不要，现在还不要，让我再抱你一会儿，如果能一直像现在这样就好了。”

我用手指来回耙梳着她的头发，暗暗希望有人立刻从空中丢下一枚导弹将这里夷为平地，让我能就此抱着她凭空消失。旋转的天花板上映现出混乱的往事，和时夏在一起，我成了林淼、成了余欢、成了苏瑶，成了盖被子的人、心事重重的人、愿意和她随时去死的人，原来，我是成了爱情。我恍然发觉自己曾多么残忍地，以这样那样的方式伤害过她们。就像我说的，那些时候，我还不懂爱情是怎么一回事。然而现在呢？我就真的懂了吗？

“我接个电话。”时夏从我怀中挣脱，躲进洗手间，我知道这么做不对，但我还是忍不住去偷听了。

“多少？”

“你疯了吧？我没有钱。”

“我说了我拿不出这么多钱，就算七拼八凑地给你弄来了，你有没有想过我要怎么还？我从十五岁就开始养你！你能不能考虑考虑我啊？”

“你不是我妈！”

“我不会给你的，那些钱是我的学费！”

“没别的事我挂了。”

我跳回床上，装作一直在等她回来的样子，她出来时，带着浓浓的烟草味。

“要紧的事吗？”

“没什么事。”

“那就好。”

“今晚能留下来？”她靠在沙发扶手上燃了一支烟，那只夹烟的手抖得厉害，有些烦躁地将烟碾灭了，碾在那株巨大的铺满冷杉屑的素心兰花盆里。

“你想的话我就留。”

“家里没关系？”她好像很喜欢坐在窗台上，这会儿又攀了上去。

“偶尔也想不管那么多，爱做什么就做什么。”

“谢谢你。”

接下来的两个月，我和时夏每星期都会偷偷摸摸见上几次，林森也已经习惯了我的夜不归宿，尽力维持表面的和平。直到有一天，我在酒馆里见到一个熟悉的妇人。那妇人看起来比我母亲的年岁还要大，体态干瘦，略有些佝偻，皮肤呈土色，虽然精心化了妆容，仍显得营养不良。她的头发染得乌黑，做了烦琐的发型，脖颈和手腕上珠串琳琅。

“不错嘛！你是这儿的老板？！”她用下巴指指我，幽幽地从闪闪发光的嘴唇中吐出骄矜的口气。

“对，您需要什么？”

“时夏找男人的眼光，果然随了我的。”这一下我才恍然回神，她就是在深圳时和时夏对话的妇人，也就是时夏的母亲。

“时夏不在这儿。”

“我不找她，我找你。”

“找我？”

“先给我倒杯酒。”她坐下，咂了一下舌头，似是嗔怪我不懂事。继而端起我倒给她的莫吉多，一股脑喝得见了底。

“你和我女儿是什么关系？”

“朋友……”

“据我所知你有家室吧？”她把酒杯丢还给我。“愣着干吗，再来一杯啊！不要刚刚那种，水似的。”

“你找我到底有什么事？”

“你该庆幸伯母是相当开明的人，我可以同意你跟我女儿在一起，不过既然你们在一起，我的事就是你的事了，这样说你可明白？”说话间她已经又喝完一杯百利甜。

“能帮忙的我会尽力。”

“我的未婚夫绝对是个有头有脑的人，这点可以保证！但是！但是……”第三杯喝完，她的眼皮已醉成了桃色。“完全没有发挥的机会！他现在有个好点子，只要一点点钱，一点点就能让这个好点子运转起来，从此彻底改变我们的生活，时夏也会因此变得轻松，一举两得！我所求的，不过这么一点点钱而已，好孩子，这对你来说是轻而易举的事吧？”她举起杯子挥了一圈，像在跟天上的什么人干杯。

“只是……我现在也没什么余力了……”

“或者我改天再去你家里拜访一下？问问太太有没有余力。”

她立刻站起来，做出要走的样子，但实际上并没有离开。

“你不用拿这个威胁我，她什么都知道。”

“只要最终回归正轨，就可以偶尔变道？能把妻子调教成这样，没看出来，你也是有手段的男人呢！这算什么？某种婚姻癖好？”

“总有一天我会娶她，但现在因为无可奈何的原因还不能付诸行动……”

“根本是你自己无法取舍吧？我懂的，伯母是过来人，放不下这个也离不开那个，贪婪地想要拥有所有人的爱，这种事情常常有的。那你自己好好想想，我会再跟你联络。”她喝掉剩下的最后一点酒，又忽然想起了什么忘掉的东西似的，转身拍拍吧台。“在那之前先给我点钱零用吧？算我借的。”

我打开银柜，数了三千块给她，她撇撇嘴略带嫌弃地接了过去。

“虽然有点少，不过谢谢啦，用完我会再来的。”

这几个月我沉迷于同时夏幽会的欢愉之中，完全忘记关心股市，想到这里我马上拿出手机，没想到正巧在我解锁的同时接通了林老师打来的电话。

“喂？林老师？”

“最近你和林淼还好？”

“很……很好啊。”我紧张地摸了摸耳朵，眼睛斜向一边。

“听说家里的存款被你拿去投资了？”

“是有这么一回事，不过您放心，是稳赚不赔的。”

“我倒不在意这些，虽然那些钱是你们一人一半存起来的，但也只是形式上而已。我想你大概还没忘了合约的内容，一旦你和林淼的婚姻发生任何变故，无论是动产还是不动产全归在林淼名下，但凡赔了钱，你都是要如数赔给我女儿的。”

"我……知道……"

"不过你没必要担心，只要婚姻完好，风险也由两个人一同承担的。"

"嗯。"

"别的也没什么，我就是觉得你们有段时间没来看我了，抽空带上孩子们一起过来吧？"

"好，我知道了。"

那个女人没说再见便挂断了电话，我贴着听筒的滚热面颊，吃了突如其来的忙音一惊，汗毛都张开了。我的牙发起抖，觉得自己正立在冬日的凉风中，即便慌忙锁紧衣领，还是连连打了两个寒战。

第五部分 Part 5

深蓝色沼泽

她极微弱地缓缓抬起眼睛看着我，那里面却没有半点乞求，到了这一刻，她仍不肯向我妥协。

1

第一天

时夏，昨天你才说要离开，今天便消失无踪了，这是我最怕的事。为什么你总是突然跑掉？不交代离开多久，不知去哪，手机也关机，只说了因为家里的事，我想大概又和你母亲有关。那天真不该跟你说她找过我，如果我悄悄帮你把事情解决，现在你就不用烦恼，也不会离开我了。虽然之前常一个星期也见不上你一面，但我知道下次见你的时间，日子就很有盼头，现在不一样了，不知道哪一天才能见到你，于是见不到你的第一天就异常难熬，仿佛这天还承载着未来无数天的重量。希望你睡得好。

第二天

已经第二天了，我隐约觉得我能撑下去，这样一天一天坚持下去，直到再见你。你那边好吗？事情进展的是不是顺利？我忍不住猜想你会不会是因为什么人才离开的，那个人是谁？和你做过什么？一想到这些我就变得十分悲观，怕你再也不回来了。我不能这么想，我一直劝自己，明天绝不这样了。

第五天

有个坏消息，我买的股票多头套牢，到现在已经崩盘，投进去的钱一分也拿不回来，也就是说如果我同林淼离婚，就要背负一百万的负债，以我的能力恐怕这辈子都还不清。这件事就算现在我白纸黑字地写下来，仍然不敢相信。不过我们还有时间，我一定能想出办法来，相信我。

第二十天

近来南京不断下雨，一刻也不停，拼命要扑哪里的火似的，好像我想了你多久，雨就下了多久似的。你感觉得到吗？

第三十五天

不知不觉已经这么久了，你究竟在经历什么？有时候我觉得互为好友反而不是一件好事，如果不是好友，你不发信息也许是因为想而不能，可互为好友，那就一定是能而不想了。或许我该把你删掉。

第四十二天

你母亲真的没再出现过，我想你没有骗我，绝不是跟别的男人远走高飞了，我相信你一定会回来的！我等你！

第六十天

有时夜晚变成歌，穿过长而有风的街，有时夜晚淌成河，装满安静流动的酒，有时夜晚是你的脸，这么沉默，这么令人难过。

第七十七天

关于怎样还钱我还是一筹莫展，要是你也能和我一起想想该怎么办就好了，要是你能在我跟前，我的脑袋一定比现在灵光得多。可能也是因为这件事，使我变得暴躁，总对林淼发脾气，事后我很后悔，觉得自己太坏，她怀孕已经十分辛苦了，可我控制不住，唯一能控制我的，恐怕只有你，你快回来吧。

第一百天

这么久了，你都是含糊其辞，一句也没说过“喜欢我”、“想我”，甚至就连“在意我”这样的话也没有，我想你是真的不在意吧，哪怕你有一丁点儿将我放在心上，也不至于一个电话都不来，一条信息都不回。我的号码没变过，地址你也清楚，如果你想找我，那就是世界上最轻而易举的事了。说到底，我对你来说根本一点也算不上重要，顶多是食之无味弃之可惜的东西。虽然我现在这么考虑，但不难料想，只要一见到你，这些想法便会立刻烟消云散，只要你勾勾手指，我便又甘之如饴了。为什么你一次次将我丢下，我仍如此爱你，我恐怕永远也找不到答案。

第一百一十天

下雪了。记得你说过想要看雪，准备了一年的雪顷刻落下，天色灰暗，世界变成白色。雪是死掉的雨，所以才轻飘飘的，有点悲伤。我一个人在楼下的小公园里，转了又转，转了又转……孩子和猫，蹲守在路边陪雪人聊天，我的双脚冻得冰块一般，手指又僵又硬，不过总算还能用，勉强写了一行丑丑的你的名字，想着这样一来你就和我一同站在雪中了。若早知道我们将不再重逢，倒宁愿你我从未相见，可说什么都晚了。到明年的这个时候，我一定会想起我曾在雪上写你的名字，年复一年地想起。

第一百三十一天

今天收到何仕的明信片了，就是念书时我唯一的朋友，不知道你还有没有印象。他居然在冰岛，你能信吗？他离开我之后似乎过得很好，你呢？你好吗？

第一百五十天

我又当父亲了，虽然因为高龄早产，但好在手术顺利。我目睹了他的出生，激动地落了泪，仿佛只有这次我才真正地成了一个父亲。他红彤彤的半透明的身体，令我心里一动，忍不住俯身下去吻他，我真开心，开心得几乎忘记你了，这种感觉真好，真想永远忘了你，可我做不到。

第一百六十一天

我在洲际，就我自己，没别的人。躺在我们曾一起睡过的床上，我像一个有怪癖的人，趴在枕头上面使劲嗅，仿佛真的还能嗅到你的味道似的。那是一种寒冬里热带树木的种子散发出的浓烈香味。我闭上眼睛，将眼泪锁进眼眶，仔细想象夜晚的波浪，间断舔着岸边礁石的声音，像大海怎么也装不下这波浪一样，我的心也想要放弃装着你前行了。

第一百八十天

没有别的办法，我已经开始写新小说了，只有靠这本书发了横财，我们才能毫无顾忌地在一起。未知真是可怕，求求你给我一些启示和动力，别再让我苦苦空等了。

第一百八十九天

林淼和我早已没了夫妻之实，别人眼中最亲近的人，心与心之间却隔山跨海。生产之后，她白皙了很多，这么长时间远离了男性的口沫和体液，使她变得像一座清清白白的雪山，不易接近，又令人心生浮想。

第一百九十九天

随着日子一天天过去，我发觉要自己不去想你，似乎越来越容易办到了。我庆幸自己还残存那么一点骨气，我内心的痛苦不再那么显而易见，而是成为一种隐痛，一种没伤到骨头的皮外伤，只要不用手去碰它，就不碍事。不过时不时地，我还是想碰碰它，这就好像忍不住按压已经生病发痛的臼齿，是一个坏习惯，可我戒不掉。

第二百零六天

全是骗自己的谎话，我根本做不到不去想你，说不定哪一天你就会出现在酒馆，一转到这个念头，我又心慌意乱起来。好了好了，我认输了，下个星期有一场英仙座流星雨，如果你那时能回来，我就原谅了你。

第二百一十三天

可能是仰了太久导致脖子发酸，心也跟着发痛。我曾经坚信你会回来看我的，但我错了，我等了很久，如今不等了，我把你的脸刻在流星上，像许出去的无法实现的心愿，不再盼着了。

第二百二十天

不知道你有没有和别人提起过我？哪怕一次呢？你向别人介绍的时候，和我是什么关系？以什么口吻？以什么表情？我想知道又害怕知道，我怕你和别人说起我，像在说一个笑话。

第二百三十五天

你想象不出我有多高兴，我一辈子都没这样高兴过！真想让你也感受一下，可我描述不出来。我竟真的等到了你的电话，这两百三十五天忽然间也没那么难熬了。今晚去见你，明天就和这里的生活彻底了断，因为要放弃孩子，放弃现在的一切，我承认我有过迟疑，但那只是一瞬间的。我明白幸福是如果不放弃什么，就无法获得的东西，和你比起来，什么我都愿意舍弃。

2

“你要出门？”林淼手里的热菜呼呼冒着白气。“不吃了，临时有急事。”我慌慌张张地收拾东西。“这么着急？今天是穆莯生日。”明明下午还记得的事情，竟一下被我抛诸脑后。我面红耳赤，惭愧得很，无法再迈出步子。“那我……先去接她吧，过完生日再走。”

“没事，你走吧。”

“算了。”

“我来跟她解释，你不是有急事吗？生日每年都过，不要紧的。”林淼一边忙活着手里的事情一边说。

“真的吗？”

“你走吧。”她扬起脸，十分坚持地看着我，这场景似曾相识。

“今晚我……有可能不回来了，不要等我。”

“你看起来很高兴。”

“有吗？”

“嗯，很久都没见你这么高兴了。”

“那我走了。” 不知是不舍还是缺乏勇气，我伫立在门旁却不忍离开。“等一下。”林淼跑到跟前，像往常一样帮我整理衣服和头发，即便那里根本没什么要整理的。“你知道严修早就自己洗内裤了吗？而且我昨天发现穆莯偷偷用我的化妆品化妆了！他们都长大了，小言也会的，很快就会健健康康地成长起来。”她定定地注视了我一会儿，用手掌拍拍我的后背，像一位鼓励我远行的老友。

“再见，穆远。”

我想开口说再见的，可喉头好像让刀片猛割了一下，刺痛起来，嘴巴似是失去了舌头，哑然失声。为了不让分别更难，我迅速转身冲出门去，隐约听到门后传来林淼的呼喊。

“路上小心！”

我一路狂奔，跑到汽车旁时已经凶喘肤汗、两眼发黑，倚在那里好一会儿才回过神来。我要去的山庄建在近郊的山上，大概需要两个小时的车程。车轮不断前进，过去不断过去，我一边无比向往未来，一边对未来充满疑惑。我现在衣食无忧，生活惬意，究竟干吗要为了这个女人而搞砸自己的人生呢？就这样抛下一切值得吗？这两个小时，我心慌意乱，脑袋如一汪被搅浑的陈年潭水，浮出无数青苔和沼气，挤作一团。

我曾设想过上百种见到时夏时我可能或者应该做到的表现，可当她不停顿地走到我面前，我就只会呆呆傻傻地站在那里而已。张开嘴巴不会了，伸出双手不会了，甚至连移开眼睛也不会了。天气热得人坐立不安，我的喉咙就像刚刚跑完长跑，干得冒火。

“你好啊，好久不见。”时夏微笑着开口。我一把将她揽进怀里，紧紧抱着。“我想疯了你。”

“叫你来，其实……是告别的。”搭在我肩膀上的下巴一动一动地说话。我的一颗心，仿佛在体内无限增大、膨胀，并剧烈地跳动着，压迫身体中的其他器官，导致呼吸都变成一件困难的事。

“进来说吧，外面蚊子多。”

我被让进房间里坐下，神思也逐渐冷却，像一堆烧剩的灰烬。

“我们是不可能在一起的，所以我希望你能好好维持现在的生活，忘了我。”她拿出我给她的银行卡放在桌子上。“这里是你借我的钱，现在用不到了。”

“不去法国了？”

“这种事只不过随心情说说而已，我就是轻言放弃的人啊。”她笑道。

“我不明白，难道……难道我们的关系就只有钱吗？你敢说我们之间是偶然吗？！才不是！我们是选择！”我羞愤地喊出来，差点就砸了手边的水晶杯。

“你不了解我，你不知道我经历过什么，我会毁了你的。”

“我想了解你！我愿意从头到尾彻彻底底地了解你！我爱你！”

“你爱我吗？”她死死盯着我的眼睛，像要把我看穿一般。

“爱！”我脱口而出。

“你爱我吗？”

“爱！”我毫不犹豫。

“你，真的，爱我吗？”她一字一顿、过分清晰地又问了一遍这句话。

“我……”

不知道为什么，我突然无法将嘴边的那几个字说出口。就算到了这个时候我还是没有意识到，数十年来对时夏的爱，全是我空穴来风的想象。我从小就告诉自己她是特殊的，我是爱她的，假使我不拼命抓紧，哪怕有一点儿松懈，就永远也无法得到她。就像我从小就告诉自己，林淼只是我青春期利用过的玩具，我不可能爱她，而且即便我再怎么对她不闻不问，她也绝不会把我抛下。

“你还有孩子，他们更需要你。”

时夏轻蔑地将眼睛瞥向别处，嘴角微微一笑，我自以为的恋情被她迅速抛开，好像那是一个只有最乏味无聊的人参加的聚会，一块她自童年起就瞧不上的干泥巴。

“那是我的事！我的事！”

我捡起被践踏的自尊心，握在手中歇斯底里地砸向胸口，试图把它塞回原来的地方。

“如果我跟你在一起，你能给我什么？离了婚你什么都没有！”她点着烟，便毫不可惜地将打火机扔进垃圾桶。

“真心。真心相爱，真心疼痛，这就是我能给你的。”我颓然无望地瘫在沙发中央，做最后的挣扎。

“莎士比亚说，世俗之人容不下纯粹之爱。爱这种东西，对我来说已经不重要了。这世上有许多事都是没有办法的事，比方说有人辜负了我，我又辜负你，你再辜负别人……”

我打断时夏，疯一般扑到她身上撕扯她的衣服，像一只发情的野兽。

“那我对你来说算什么！我们在一起的那些日夜又算什么？你告诉我我们是什么关系，什么关系？！”

“穆远！”

她只短促地喊了一声，接下来便毫不抵抗，像一具断了线的木偶，由我摆弄。我不知道这算不算强暴，当下早已急红了眼，一心只想着占有她，呜呜地闷吼着。可这并没有让我产生征服感，甚至连快感都没有，我只感受到莫大的耻辱与悔恨，足可以捣毁一个人的自尊。我停下来，哭着、昏昏沉沉地睡了过去，醒来的时候时夏已经离开了。

天刚蒙蒙亮，我跑出去找她，大概四点钟的光景，四处晨雾弥漫，透凉的空气和远处潺潺的水声使人清醒。举目望去全是层叠的水杉，少有开阔地，根本看不到远处有什么。这山庄房屋松散，人烟稀疏，在你路过时，周边的杂草丛里随时会飞出不明生物。

昨晚来的时候没看清，现在才发现脚下这条生满了苍苔的石径。石径两旁的蒿草非常沃蔓，有齐腰高，一根根肥大的茎干间，结了许多蛛网，网上黏满了干瘪的虫尸，我一边走，一边用手拨开斜探到石径上的蒿草。在距离我停车地方不远的斜坡下面，有一条湍急的不知流去哪里的河，河中央不断有一些大石块从水面上冒出来。

河边的白雾中有两副赤精大条的身体叠在一起，蒿草的茎叶茂过了他们的上半身，我不清楚他们是谁，屏气敛息地猫在草丛里观察，一阵阵浓浊的腥臊味钻进鼻腔。头顶上空有一环密密匝匝的蚊子绕着圈子飞，野草的白絮子撒了我一身，不时有风吹断蛛丝刮到我汗湿的脖颈上，很痒。跟随身体的频率以及女人的挣扎，我听出若隐若现的被堵住的呼喊。只有蒿草偶尔被风撩开时，我才能在一瞬之间窥到两人的侧脸，但我实在没办法确认下面的女人是谁，可不管受害的女人是不是时夏，现在我都应当冲出去，将那男人抡翻在地，然而我一动也不敢动。我用手在左腿的关节上使劲揉搓，遇到这种阴湿环境，我那条伤过的左腿，又隐隐作痛起来。

最终男人猛地丢开女人，匆忙逃走。他是清醒之后慌了神志，想把女人推到水中灭口，但又因为怯怕急于逃走，根本没注意是否得手。要起身时我才意识到双脚已经木麻，麻痛从骨关节里渗透出来，根本无法快走，花了好一阵子才到河畔。她一只手死命抓住地面上的半截树枝，身体泡在水流中摆动，嘴唇冻成青紫色，经过搏斗和冷水的冲击，她不光无力爬上岸边，连眼皮也没气力抬起来了。

“时夏……”我轻轻唤了一声，感觉到自己的脸微微痉挛起来。

她极微弱地缓缓抬起眼睛看着我，那里面却没有半点乞求，到了这一刻，她仍不肯向我妥协。即便我帮她脱离险境，她也不会存有半点感激，和所有人一样，她是从心底里看不起我的，我从小就错看了自己，对这个世界来说，我根本就不是有价值的人。可无论怎样我都要救她，我摇摇头，赶走脑袋里乱七八糟的想法，握住她冷透的手，要将她拉上来。然而就在出力施救的霎时间，我又看到了那片无边无际、没有尽头的蓝，那足以将我吞噬的森然的黑暗又开始向我招手。

“如果你不去感受内心真正的欲望，你将永远无法听见自己真实的声音，放弃现在的自己吧，拥抱黑暗，那里才是你的顿悟之所。一旦抵达，你将不再受任何幻象迷惑，获得全然的清醒。”

我不由自主地跟随喑哑的声音，像松开自己的救生衣那样，松开了时夏的手。我自己不行，我要带着她一起，到我们即将老去的地方寻求解脱。失去了最后的支持，时夏立刻被水流带走，我紧跟其后跳进河中。急流像一群顽皮小孩的手，推搡着怂恿着，我眼看着她的头砸在石块上，昏迷了过去。带有血腥味的河水，刺骨地钻进鼻腔，这气味令我回想起那年缆车上的铁锈。这会子我仿佛又坐着冰凉的化有雪水的铁皮座，被送往紫金山顶。即将被雪块压垮的白檀、流苏树和水杉就在脚底不远的地方弓着腰，它们慢慢掠过我，如同我掠过风景，雪片再次零零落落地飘洒下来，一切都端静有序，十分沉默、十分淡然。

“要抓紧我喔。”

一串清脆而细柔的声音在胸腔中爆炸，我随着声音回过头，深吸一口气，呛得剧烈咳嗽起来，胡乱挥舞胳膊，尽全力抓住一切能抓住的东西，一点一点够到河岸，将身体滚了上去。

我跪在地上止不住地打战，只好用手抱住膝盖，就像小孩子伏进大人怀里，终于找到某种坚实依靠一般确认了自己的安全，之后又过了良久，才一抖一抖地抽泣起来。